Frank-Martin Stahlberg

Lila 4

Verloren

Fantasyroman

Mit Illustrationen des Verfassers

Zum Autor:

Frank-Martin Stahlberg wurde am 2.1.1957 in Bad Salzuflen, einem kleinen Kurort in Nordrhein-Westfalen, als zweites von fünf Geschwistern geboren. Dort wuchs er auch die ersten 19 Jahre seines Lebens auf und besuchte nach der Grundschule erst ein mathematisch naturwissenschaftliches Gymnasium, um dann auf ein musisches und Kunst-Gymnasium nach Detmold zu wechseln. Dort wurden auch die Grundlagen zu seinem künstlerischen Werdegang gelegt. Neben dem dem Geigen- und Bratschenspiel verlagerte sich sein Interesse auch zusehends auf die Malerei. Gefördert wurde dies besonders von dem auch überregional be- und anerkannten, mehrfach international ausgezeichneten freischaffenden Künstler Hans Helmut von Rath.
Während des folgenden Pädagogik- und Psychologiestudiums in Hamburg trat die Kunst vorübergehend etwas in den Hintergrund um danach umso stärker wieder Besitz von ihm zu ergreifen. In den folgenden Jahren entstanden zahlreiche Zeichnungen, Ölbilder und parallel dazu etliche Keramiken, die auch den Mittelpunkt der ersten Ausstellungen bildeten.
1982 zog Stahlberg an den Ortsrand des bekannten Künstlerdorfes Worpswede bei Bremen, wo er bis heute seine Inspirationen in künstlerische Werke umsetzt.
Ab 1985 trat Stahlberg eine Stelle als Modellierer und Designer in Bremen an, die auch heute noch einen Teil seines beruflichen Lebens bildet.
1998 schließlich begann eine neue Schaffensperiode: Als Ergänzung zu den Bildern entstanden erste Texte, welche die Bildinhalte mit zusätzlichem Leben füllten.
Schnell blieb es nicht bei diesen Geschichten, sondern es entstanden die ersten Bücher zu einer ganzen Fantasyreihe. Gleichzeitig wuchs der Wunsch, diese auch passend zu illustrieren. Durch Künstler wie Boris Vallejo und Luis Royo inspiriert, machte sich Frank-M. Stahlberg die Airbrushtechnik zu eigen, die ihm, in

Kombination mit anderen Techniken, als geeignetstes Medium erschien, die erdachten Bilder umzusetzen. Neben den Bildern zu den Lila- und Shaktyri-Bänden entstanden auch viele andere Werke in dieser Mischtechnik, die seitdem auch auf etlichen Ausstellungen und Messen im In- und Ausland zu sehen sind.
Daneben entstand, parallel zu dem Shaktyrizyklus, der ebenfalls komplett mit Illustrationen in Airbrushtechnik versehen wird, auch das erste Kinderbuch des Malers und Autors, welches von ihm mit Aquarellbildern belebt wurde.

H.W. de Fries

Weitere Bände der Fantasyreihe 'Lila':

Lila 1, Teuflische Experimente
Lila 2, Das Duell
Lila 3, Die Rache
Lila 5, Tödliche Königin

Herstellung und Verlag:
BoD – Books on Demand, Norderstedt
ISBN 978-3-8423-3852-4

Bibliografische Information der Deutschen Nationalbibliothek
Die Deutsche Nationalbibliothek verzeichnet diese Publikation in der
Deutschen Nationalbibliografie; detaillierte bibliografische Daten sind
im Internet über http://dnb.d-nb.de abrufbar

Heute war gewiß nicht Lilas Tag. Erst der dumme Streit mit ihrer Cousine Camilla, und das vor Bernhard und Martha, die dann auch noch Partei für Camilla ergriffen hatten. Zudem wußte Lila bereits jetzt nicht einmal mehr, worum sich der Streit überhaupt gedreht hatte! Dann ihre beleidigte, unüberlegte Flucht, bei welcher sie, ohne groß auf Menschen oder Tiere zu achten, in der Gegend herumgeflogen war und so zu guter Letzt beinahe vor ein Auto geprallt war. Dadurch hatte sie auch noch einen Unfall verursacht, denn der Fahrer des PKW, ein älterer Herr, hatte anscheinend mitbekommen, daß es kein Vogel oder großes Insekt gewesen war, was da vor seiner Windschutzscheibe weggewirbelt wurde. Er hatte derart stark gebremst und außerdem versucht auszuweichen, daß er von der Straße abgekommen und in eine Buschgruppe gerutscht war. Lila selbst war auch nicht ungeschoren davongekommen: Durch den starken Luftsog und das mehrfache Überschlagen hatte sie sich eine heftige Zerrung ihrer Flugmuskeln zugezogen, so daß sie kaum noch in der Lage war, vom Boden abzuheben. Zu allem Überfluß hielten nun mehrere andere Fahrzeuge, deren Insassen ausstiegen, um dem Verunglückten zu Hilfe zu kommen oder einfach nur neugierig zu gucken, was da passiert war. Lila mußte unbedingt ein Versteck finden, aber es gab hier so gut wie keine Möglichkeiten, denn das Gelände war offen, und auch die Buschgruppe, in die das Auto gerutscht war, war so licht, daß sie keine hinreichende Deckung bot! Verängstigt schlüpfte die zwölfjährige Elfe unter das Unfallauto. Das war in Anbetracht ihrer Körpergröße von nur siebzehn Zentimetern kein Problem. Ein solches ergab sich aber kurz darauf, als der Fahrer ausstieg, gemeinsam mit den anderen sein Auto begutachtete und sich dabei nun anschickte, auch unter den Wagen zu sehen, ob dieser dort eventuell Schaden genommen hatte.
Lila verfiel in Panik; wo sollte sie hin!? Nur hinter dem Auto schien sich im Augenblick niemand zu befinden.

Rasch huschte sie dort hinaus und blickte sich um. Das sah nicht gut aus! Insgesamt standen dort drei Frauen, vier Männer und zwei Kinder - ein etwa elfjähriger Junge und ein vielleicht fünfzehnjähriges Mädchen - herum und diskutierten. Gerade äußerte der Fahrer des Unglücksautos: "Ich schwöre es ihnen, es war ein winziger, geflügelter Mensch, der gegen meine Scheibe prallte, glauben sie mir doch!"
"Ich finde", warf eine der Frauen mit unangenehm quiekender Stimme ein, "wir sollten sofort die Polizei rufen, der Mann ist doch eindeutig betrunken!"
"Ich weiß nicht", meinte ein anderer, grauhaariger, leicht gebeugt gehender Mann, "eine Alkoholfahne hat er jedenfalls nicht. Vielleicht war es nur eine durch den Schrecken hervorgerufene Halluzination." Nun wandte er sich direkt an den Unfallfahrer: "Ich bin bereit, ihren Wagen wieder auf die Straße zu ziehen, wenn sie es wünschen. Haben sie ein Abschleppseil?"
"Nein, leider nicht", erwiderte dieser. "Kann mir vielleicht jemand von ihnen damit aushelfen?" fragte er anschließend in die Runde.
"Ich habe eines", bot ein jüngerer Mann an, offenbar Vater der beiden Kinder, öffnete die Heckklappe seines Kombis, der bis unter das Dach mit Gepäckstücken vollgestopft war und zog ein dehnbares, buntes Seil darunter hervor.
"Am besten, wir befestigen es hinten an ihrem Wagen", schlug der Grauhaarige vor, der angeboten hatte, das Auto zu bergen. Ouh, das war gefährlich! Lila mußte nun in Sekundenschnelle ein Versteck finden! Doch hier gab es einfach nichts, und wegfliegen konnte sie wegen ihrer gezerrten Muskeln nicht. Schon näherten sich die Männer dem Heck des Wagens. Allein der Weg zu dem geöffneten Kofferraum des Autos der Familie schien unbeobachtet. Lila hetzte hinüber und sprang mit Unterstützung ihrer schmerzenden Flügel hoch und versteckte sich zwischen dem Gepäck. Kaum war sie halbwegs verborgen, vernahm sie die Stimme der

Mutter der beiden Kinder: "Georg, du kannst doch den Wagen nicht offen lassen, da kommen die ganzen Fliegen 'rein!" Mit diesen Worten schlug sie die Heckklappe zu. Lila war gefangen! In einer hilflos anmutenden Geste preßte sie ihre kleinen Hände gegen die direkt vor ihrem Gesicht befindliche Heckscheibe. Natürlich erfolglos, denn selbst wenn das Schloß nicht eingerastet wäre, hätten nicht einmal fünf Elfen ihrer Stärke eine derart schwere Klappe bewegen können! Verzweifelt blickte Lila mit tränenverschleierten Augen nach draußen, wo der Unfallwagen soeben geschleppt die Straße erreicht hatte. Sicher würde gleich die Familie zurückkehren, um die Fahrt fortzusetzen. Lila spähte zwischen den Gepäckstücken nach vorne; gab es dort womöglich einen Ausweg? Ja, tatsächlich: Das Fenster auf der Fahrerseite war weit genug heruntergekurbelt, daß sie hindurchpaßte. Angestrengt mühte sich das zarte Elfenmädchen ab, durch das dicht gestapelte Gepäck zu kommen. Doch sehr schnell wurde ihr die Sinnlosigkeit dieses Unterfangens klar; obwohl sie so klein war, paßte sie dennoch nicht durch die verbliebenen engen Lücken. Sehnsüchtig starrte sie zu dem rettenden, die Freiheit versprechenden, aber unerreichbaren Fenster.
"Kommt Kinder, wir wollen weiter!"
Erschreckt zuckte Lila zusammen. Sie hatte gar nicht bemerkt, daß die Frau schon wieder zu dem Auto getreten war. Rasch drückte sie sich tiefer zwischen zwei Reisetaschen und spannte ihre Muskeln. Wenn der Mann gleich das Abschleppseil in den Kofferraum zurücklegte, mußte er die Klappe öffnen; dann wollte Lila hinausspringen und wegfliegen oder -rennen. Dabei war es ihr beinahe schon egal, ob sie gesehen würde oder nicht. Vorne klappten die Türen.
"Schnallt euch wieder an, Kinder! Ihr habt ja gesehen, wie schnell etwas passieren kann!" vernahm Lila die Stimme des Mannes. "Lea, erinnere mich daran, wenn ich nächstesmal das Abschleppseil suche, daß ich es unter den Vordersitz getan habe!"

Lila sank der Mut. Ihre vorläufig letzte Hoffnung zerplatzte wie eine Seifenblase. Sie hörte den Motor starten und fühlte, wie sich das Auto in Bewegung setzte. Durch einen Spalt zwischen dem Gepäck sah sie die Bäume an den Scheiben vorübersausen. Wo würde diese Fahrt enden!?
"Tommy, kannst du mir mein Buch geben? Ich komme von hier aus nicht dran!"
"Nee, mach' ich nicht!"
"Thomas!"
"Aber, Mammi, Kathy hat mir vorhin die Zunge 'rausgestreckt!"
"Nun gib ihr schon das Buch, Thomas!" mischte sich der Vater ein, "und du, Kathrin, ärgerst deinen Bruder nicht mehr! Verstanden? Ich will keinerlei Streit während der Fahrt, das nervt!"
Der Junge schnallte sich los, kniete sich auf die Sitzbank und begann das Gepäck durchzuwühlen. Immer näher kam seine Hand. Oh weia, das Buch - wenn gerade dieses gemeint war - lag direkt neben ihr! Wenn er nun statt des Buches sie zu fassen bekämme? Sehen, wohin er mit der Hand da angelte, konnte er nämlich kaum. Hektisch kroch Lila in eine der Reisetaschen, deren Reißverschluß ein wenig offenstand. Aus ihrem Versteck konnte sie jetzt sehen, wie sich der Kopf des Jungen langsam vorschob, bis er das Buch sah. Seine Hand griff danach, ließ es aber noch einmal kurz los, um beiläufig den Reißverschluß der Tasche, in der sich Lila befand, zu schließen. Nun war es vollkommen dunkel um sie, und Platz zum Bewegen hatte sie auch so gut wie keinen mehr. Die Zeit verrann. das Auto fuhr und fuhr. Lila wurde immer beklommener zumute: Wie sollte sie bloß den Heimweg wiederfinden, wenn sie überhaupt noch eine Möglichkeit bekäme, in die Freiheit zu entkommen?!
Lila erwachte von einem Ruck und dem Verstummen des Motors. Oh Gott, wie lange hatte sie geschlafen? Nun hatte sie vollends die Orientierung verloren. Jetzt konnte sie nicht einmal mehr grob abschätzen, wie weit sie sich wohl fortbewegt haben mochten! Sie versuchte

eine bequemere Position einzunehmen, doch genau in diesem Moment wurde die Reisetasche hochgehoben, wild herumgeschwenkt und wieder abgestellt. Dann spürte Lila erneut, wie die Tasche bewegt wurde. Den Geräuschen und dem Gefühl nach auf irgendeinem Rollwagen.

"Wir müssen uns beeilen, Georg", hörte Lila die etwas atemlose Stimme der Frau, "sonst verpassen wir das Einchecken. Bewegt euch mal ein bißchen schneller, Kinder, sonst können wir unseren Urlaub vergessen!"

"Das geht nur so langsam, weil Kathy den Wagen immer mit anfaßt, da kann ich gar nicht richtig lenken!"

"Gar nicht wahr, Blödmann, du kannst das bloß nicht, wie immer!"

"Schluß jetzt!" befahl der Vater, "ich schiebe, und ihr laßt beide los!"

"Nur wegen dir, du Pißnelke!" schimpfte Thomas. "Aua, wieso krieg ich denn jetzt 'ne Ohrfeige? Kathy hat doch genauso Schuld!"

"Aber du fängst schon wieder mit dem Streit an, deshalb! Außerdem will ich derlei Worte, wie du es gerade benutzt hast, von keinem von euch hören!"

Plötzlich stoppte der Wagen. "So, jetzt alle Gepäckstücke auf das Band. Nur die grüne Tasche und den Rucksack nicht!"

Wieder wurde die Tasche mit Lila darin umgesetzt, und die kleine Elfe fühlte, wie das Gepäckstück über etwas Undefinierbares davonholperte, schließlich aufgenommen und irgendwo daraufgeworfen wurde. Um sie herum war viel Lärm, und Lila hörte etliche, meist männliche Stimmen durcheinanderrufen. Erneut wurde sie in der Gegend herumgekarrt und nochmals geworfen. Ein anderes Gepäckstück landete auf 'ihrer' Reisetasche und quetschte sie noch mehr ein. Dann nahm der Lärm ab, und es wurde still um sie. So verging gewiß eine volle Stunde, bis plötzlich ein derart grausiges Heulen und Fauchen erscholl, daß sich Lila vor Angst der Magen zusammenkrampfte. Danach spürte sie einen verhaltenen Ruck und merkte, wie das etwas, in dem sie sich nun befand, losrollte und kurz darauf erneut hielt. Nun steigerte sich das entsetzlich jaulende Toben zu nie gekannter Lautstärke, und Lila fühlte sich von einer unsichtbaren Kraft gegen die Seitenwand der Tasche gedrückt. Das Holpern und Rumpeln wurde immer stärker und alles um sie herum vibrierte unangenehm, bis es plötzlich, mit einem gleichzeitig in Lilas Magen auftretendem flauen Gefühl abebbte. Auf einmal begriff Lila: Sie mußte sich in einem von den Menschen gemachten Flugzeug befinden, denn das Gefühl des Fliegens kannte sie als Elfe sehr gut. Damit erlosch der letzte Funke Hoffnung heimzufinden in Lila. Es war ihr durchaus bekannt, mit welch ungeheuerlicher Geschwindigkeit sich derartige Fluggeräte fortzubewegen vermochten. Möglicherweise würden sie gar Ozeane überqueren! So weit konnte keine Elfe fliegen, ganz abgesehen davon, daß sie ja nicht einmal wissen würde, in welche Richtung sie mußte. Lila verspürte brennenden Durst, und auch ihr Magen knurrte. Sehnsüchtig dachte sie an ihr gemütliches Elfendorf am Biberteich in dem wunderschönen Kartal. Und an Sara, ihre Mutter; was mußte sie sich nun für Sorgen machen! Wenn sie doch wenigstens aus dieser elenden Tasche herauskäme! Verzweifelt zerrte sie an dem Reißverschluß, aber es hatte sich ein Stück des Stoffes hineingeklemmt, so daß es ihr nicht gelingen wollte, den Schlitten auch nur einen Millimeter zu bewegen. Wenn sie nun einmal mußte! schoß es ihr durch den Kopf. Sie konnte es doch schlecht einfach in der Reisetasche machen! Doch da sie schon länger weder gegessen, noch getrunken hatte, verspürte sie vorerst kein derartiges Bedürfnis. Lila legte sich wieder hin und versuchte, etwas Schlaf zu finden, damit sie fit und wach war, wenn es darauf ankam. Währenddessen jagte das Flugzeug unbeirrt seinem unbekannten Ziel entgegen.

2

Camilla stand auf der Fensterbank in Marthas und Bernhards Wohnzimmer und blickte besorgt auf die rasch länger werdenden Schatten draußen.
"Wir hätten uns längst auf den Rückweg machen müssen!" seufzte sie besorgt, "so lange ist Lila sonst eigentlich nie beleidigt. Vor allem nicht, wenn es um derart unwichtige Dinge geht." Die junge Elfe drehte sich zu den beiden am Tisch sitzenden Menschen um und sah sie hilfesuchend an.
"Vielleicht ist Lila ja einfach schon alleine nach Hause geflogen", mutmaßte Martha.
"Ganz bestimmt nicht!" sagte Lilas fünfzehnjährige Cousine mit überzeugter Stimme, "da wüßte sie genau, daß sie Ärger mit ihrer und meiner Mutter bekäme, die sie dann so schnell nicht wieder weglassen würden!"
"Ich schätze, so wie ich Sara und Killy kenne, dürftest du damit recht haben", stimmte Bernhard, ein anerkannter Forscher in den Bereichen Biologie und Umwelt zu, "hoffentlich ist ihr nichts zugestoßen!"
"Könnt ihr mir vielleicht suchen helfen?" bat Camilla, "ich muß sie finden, bevor es dunkel wird."
"Natürlich, Milla!" versprachen beide wie aus einem Munde.
"Anna!?"
...
"Annaaaa!"
"Jaha! Was is' denn, Mama?!"
"Lila ist verschwunden. Wir wollen Camilla suchen helfen, willst du mit?"
Sofort kam die Sechsjährige die Treppe heruntergepoltert. "Klar komm' ich mit! Lila ist doch auch meine Freundin!"
"Wenn sie nur nicht irgendeinem Tier zum Opfer gefallen ist!" flüsterte Camilla mit zitternder Stimme, "wenn Lila beleidigt ist, achtet sie nicht unbedingt auf ihre Umgebung."
"Nun mal dir nicht gleich das Schlimmste aus", versuchte Martha zu beruhigen und strich Camilla sanft

mit dem Zeigefinger übers Haar, "wir werden sie schon finden!"

Doch nach über zwei Stunden intensivster, wie gleichzeitig erfolgloser Suche, war es auch mit Marthas äußerlicher Ruhe zu Ende. Niedergeschlagen saßen sie erneut im Wohnzimmer zusammen und ließen die Köpfe hängen. Camilla ließ keinen Ton hören, aber ihr liefen die Tränen über die Wangen. Auch Marthas und Bernhards Gemütslage war kaum besser, hatten sie Lila doch mittlerweile fast so liebgewonnen wie ihr eigenes Kind Anna. Genau diese hob gerade ihren Kopf: "Und wenn nun einer hier aus dem Dorf sie eingefangen hat?"

"Das halte ich für ausgeschlossen, Anna", antwortete Bernhard ohne aufzublicken, "hier kennt mich jeder und weiß über meinen Beruf und meine Interessen Bescheid. Hätte irgendjemand eine Elfe gesehen oder gar gefangen, wäre sein erster Weg zu mir gewesen!"

Plötzlich erhellte sich Anna Miene. "Ich hab' 'ne Idee!" rief sie mit so lauter Stimme, daß die anderen erschrocken zusammenzuckten, "wir können doch zu Meli fahren, die kann mit ihrer Kristallkugel gucken, wo Lila ist!"

"Mensch, stimmt!" pflichtete Bernhard bei, "Meliolantha als Zauberin sollte das eigentlich nicht schwerfallen!"

Jetzt wischte sich auch Camilla die Tränen aus dem Gesicht und schaute ein kleines bißchen hoffnungsvoller drein.

"Kommt, dann laßt uns sofort lossausen!" forderte Martha, "immerhin müssen wir ja noch ein ganzes Stück fahren." Die vier hatten es so eilig, daß sie nicht einmal die Haustür zuschlossen, sondern sich hastig in den Wagen warfen und Bernhard so schnell anfuhr, daß die Reifen nur so quietschten und erschreckte Gesichter an den Fenstern der Nachbarhäuser erschienen. Doch das nahmen sie gar nicht mehr war. Bernhard holte das letzte aus dem Wagen heraus, sämtliche Verkehrsregeln mißachtend. Schon sechzehn Minuten später kam das Auto, durch Bernhards Vollbremsung schlitternd, vor der hölzernen Villa zum stehen. Hier wohnte die Magierin seit ein paar Monaten bei ihrer alten Freundin Lisbeth, nur ein paar Häuser von Annas Großeltern entfernt.

"Hoffentlich ist sie überhaupt zu Hause", brummte Bernhard, während sie ausstiegen und hinter Anna, die bereits zur Tür vorgerannt war und mit dem Türklopfer einen wahren Höllenlärm verursachte, auf das Haus zuschritten.

"Wo sollten sie schon sonst sein?" sagte Martha lächelnd, "Lisbeth ist siebenundachzig Jahre. In dem Alter geht man nicht mehr abends in die Diskothek oder dergleichen."

Mit dem Ende ihres Satzes wurde die Haustür aufgerissen und Anna, die immer noch den Klopfer betätigte, stolperte nach vorn und fiel gegen Meliolantha, die strahlend jung und schön, wie eh und je, vor ihnen stand und ein überraschtes, wie gleichzeitig leicht bestürztes Gesicht zeigte, denn sie konnte sich leicht denken, daß ein derartiger 'Überfall' mit einiger Sicherheit kein normaler Höflichkeitsbesuch war.

"Na, aber hallo! Wenn du so weitermachst, wird noch das Haus einstürzen!" begrüßte sie Anna, diese gleichzeitig aufhebend und in die Arme schließend. "Was führt euch zu dieser fortgeschrittenen Stunde zu uns? Ich fürchte, nichts Erfreuliches!"

"Ja, mein Gott, was ist geschehen?!" erklang nun auch die sanfte, leise Stimme Lisbeths, die ebenfalls herangeschlurft kam. Ehe einer der anderen antworten konnte, sprudelte Anna schon los: "Lila ist weg! Hat sich mit Milla gestritten und ist abgehauen. Jetzt ist sie schon ganz lange weg, und wir können sie nicht wiederfinden. Du mußt sie mit deiner Kugel suchen, Meli!"

"Ja", fügte Martha hinzu, "wir haben Angst, daß etwas passiert sein könnte, und wir wissen nicht weiter. Wenn du uns viellei... !"

"Da braucht ihr nicht erst lange zu bitten!" erwiderte die Zauberin, "kommt herein, ich werde schnell den Kristall holen. Ihr könnt schon mal mit Lisbeth in die Stube vorgehen!"

Mit wehendem Kleid eilte die Magierin voran und verschwand in einem Nebenraum, während die anderen hinter Lisbeth her die Stube betraten und sich, auf deren Aufforderung hin, auf das Sofa setzten. Camilla nahm auf Marthas Knie Platz. Lisbeth ließ sich seufzend in einen der Sessel fallen, die aussahen, als habe die Alte sie aus ihrer Jugendzeit mit herübergerettet. Dann kam auch Meliolantha raschen Schrittes wieder herein, eine kristallklare Kugel in ihren Händen haltend. Ihr Gesicht war vor Aufregung und Sorge gerötet. Wenn man sie nun so neben Lisbeth sah, konnte man kaum glauben, daß sie dreißig Jahre älter war als die gebrechliche alte Frau, deren augenblicklich sorgenvolles Gesicht von unzähligen Falten durchzogen und von dem entbehrungsreichen langen Leben gezeichnet war. Die Magierin plazierte die Kugel auf einem kleinen Ständer auf dem Tisch und begann in einer den anderen unverständlichen Sprache zu murmeln. Die Kugel erhellte sich und strahlte in eigenem Licht. Im Inneren wirbelten Wolken, wie in Wasser aufgewühlter Schlamm, dann verzogen sie sich zusehends, und die Kugel wurde dunkel. Meliolantha schüttelte verwirrt den Kopf und versuchte es mit einem neuen Anlauf, doch das Ergebnis war das gleiche.
"Heißt das ... , heißt das, Lila ist ... ", Camilla brachte das schreckliche Wort nicht heraus. Ihr Gesicht war totenbleich und wieder kullerten Tränen über ihr Gesicht.
"Nein, nein!" versicherte Meliolantha eilig, "hätte die Suche nach Lila kein Ergebnis gebracht, und das wäre der Fall gewesen, wenn sie nicht mehr am Leben wäre, da ich explizit nach einer lebenden Person gesucht habe, hätte die Kugel weiterhin nur wirbelnde, wolkenähnliche Gebilde gezeigt. Nein, sie hat Lila offensichtlich gefunden, war aber nicht in der Lage, sie zu zeigen. Ich kann mir das nur so erklären, daß sich Lila an einem Ort völliger Dunkelheit befinden muß, der zudem auch noch sehr, sehr weit entfernt ist, denn die Suche hat verhältnismäßig lange gedauert und mehr Energie erfordert als sonst. Ich kann auf derart große

Entfernungen auch ihre Position nicht genau bestimmen, nur, daß sie sich irgendwo weit westlich von uns befindet. Außerdem schien es mir, wenn es nicht an meiner schnell schwindenden Kraft lag, daß sich Lila bei meinem zweiten Versuch noch weiter entfernt hatte und bereits nahe der Grenze des Erfassungsbereiches der Kristallkugel war, und dieser liegt bei immerhin so um die vierhundert Kilometer, wenn ich bei vollen Kräften bin."
"Aber, wie kann sich Lila in so kurzer Zeit denn schon derart weit entfernt haben?" wollte Martha wissen, "so schnell können Elfen doch gar nicht fliegen!"
"Tja, das kann ich mir auch nicht erklären", gab Meliolantha hilflos zu, "bei der schnellen Abnahme der Intensität der Erfassung muß sie sich schon mit fast unglaublicher Geschwindigkeit fortbewegen."
"Wie mit einem Düsenjäger", murmelte Anna.
"He!" horchte Meliolantha auf, "das ist gar nicht so abwegig! Befände sie sich an Bord eines Flugzeuges, erklärte das jenes Phänomen mit der Kugel eben!"
"Aber, wie sollte Lila denn in ein Flugzeug geraten?" schüttelte Bernhard den Kopf, "zumal es hier gar keinen Flugplatz gibt, den Lila in der Zeit hätte erreichen können!"
"Wenn sie selbst geflogen ist, nicht", stimmte Martha zu, "aber, wenn jemand sie eingefangen hat und sie zum Beispiel im Auto dorthin beförderte?"
"Trotzdem ist das ziemlich merkwürdig", fand Bernhard, "selbst wenn sie von irgendjemandem gefangen worden wäre, hätte derjenige sie doch bestimmt erst einmal mit nach Hause genommen, um sie genauer zu untersuchen oder so, und wäre nicht schnurstracks mit ihr zum Flughafen gefahren und sofort an Bord einer Maschine gegangen."
"Das ist tatsächlich alles ziemlich rätselhaft", urteilte Meliolantha, "und ich habe vorläufig auch keine Ahnung, wie wir sie jetzt noch finden sollen!"
Enttäuscht und verzweifelt barg Camilla den Kopf zwischen den Armen und schluchzte vor sich hin, was

wiederum auch der kleinen Anna die Tränen in die Augen trieb.

"Könnte man nicht beim Flughafen anrufen", warf Lisbeth mit ihrer zitterigen Stimme ein, "und fragen, was für eine Maschine, mit welchem Ziel, zu der fraglichen Zeit geflogen ist?"

"Das ist eine gute Idee!" rief Martha, und ihre Miene erhellte sich ein wenig, "darf ich deinen Apparat benutzen, Tante Lisbeth?" (Lisbeth war zwar nicht Marthas Tante, doch sie wurde eigentlich von allen Menschen, die sie kannten, so tituliert.)

"Aber natürlich, mein Kind, welch eine Frage! Ich hätte es sonst auch selbst gemacht, doch du wirst im Umgang mit solchen Leuten sicher mehr Erfahrung haben und besser wissen, wonach man genau fragen muß." Das folgende Telefonat dauerte quälend lange. Immer wieder wurde Martha an andere Stellen weiterverbunden und mußte warten. Dann aber erhielt sie schließlich die gewünschten Auskünfte und schrieb hastig mit. Als sie den Hörer auflegte, verhieß ihr Gesicht nichts Gutes.

"Was ist los?" fragte Lisbeth, "ist ausgerechnet die Maschine an einen besonders weit entfernten Ort unterwegs?"

"Wenn es nur das wäre!" antwortete Martha mit enttäuschter Stimme, "da ich keine genaue Zeit angeben konnte, sondern nur eine ungefähre Zeitspanne, kommen insgesamt vierzehn Flüge in Frage, die innerhalb dieser eineinhalb Stunden dort abgegangen sind!"

"Ach du Schreck!" entfuhr es Meliolantha, "dann hilft uns das ja überhaupt nicht weiter!"

"Mal sehen", sagte Bernhard, "laßt uns erst einmal die aussieben, die davon nicht in Frage kommen, denn wir wissen doch, wenn ich dich vorhin richtig verstanden habe, Meliolantha, daß Lila auf dem Weg nach Westen war." Doch selbst dann waren es noch sechs Flüge zu den unterschiedlichsten Zielen, so daß eine erfolgreiche Suche nach der kleinen Elfe praktisch aussichtslos war. Wo war die arme Lila jetzt, wie mochte es ihr gehen?

3

Ein heftiges Schütteln weckte Lila auf. Ihr 'Gefängnis' wurde wieder einmal umgeladen. Das hieß, sie hatte die Landung offensichtlich verschlafen, was aber nach Lilas Meinung keine weitere Katastrophe darstellte, da ja die Tasche bislang offenkundig nicht geöffnet worden war und sie deshalb sowieso keine Gelegenheit zu einer Flucht gehabt hätte. Wahrscheinlich befand sich die Tasche in einer Gepäckverteilungsstelle, denn sie wurde mehrfach umgesetzt. Dabei vernahm Lila auch wieder etliche menschliche Stimmen, konnte aber kein Wort verstehen. Die Menschen hier schienen eine andere Sprache zu benutzen! Das war nicht gut, denn wie sollte sie sich dann im Ernstfall verständlich machen?
"Da, das ist eine von unseren!" hörte sie plötzlich die Stimme des Mannes, in dessen Auto sie der Freiheit beraubt worden war. Also sprachen wenigstens nicht alle Menschen hier so unverständlich! Sie spürte, wie die Tasche hochgehoben wurde. Dann folgte ein heftiges Schütteln und Zerren.
"Laß los, Tommy, das ist meine Tasche! Mammi, Tommy gibt meine Tasche nicht her, immer will der nur ärgern!"
"Geht das schon wieder los?!" schimpfte der Vater, "sofort hört ihr auf! Gib Kathrin ihre Tasche und kümmere dich um dein eigenes Gepäck, Thomas!"
"Und beeilt euch ein bißchen, sonst sind die anderen Leute alle vor uns draußen, und wir können ewig auf ein Taxi warten!" drängte die Mutter.
Wenig später folgte die nächste Autofahrt, dann wurde das Gepäck ausgeladen, und das Auto entfernte sich.
"Ist es nicht herrlich hier, Georg?!"
"Traumhaft! Allein schon der tolle Ausblick auf's Meer!"
"Ich hab' mir unser Ferienhaus größer vorgestellt!"
"Du mußt aber auch immer was zu meckern haben, Tommy!"
"Misch dich nicht ein, du blöde Kuh!"

"Georg, was haben wir mit unseren Kindern bloß falsch gemacht? Ich halte diesen Dauerstreit bald nicht mehr aus!"

"Also, Thomas, Kathrin, wenn ihr hier einen erträglichen Urlaub verbringen wollt, benehmt ihr euch ab sofort, oder ihr werdet es noch bereuen!" schimpfte der Vater. Danach erkannte Lila an den veränderten Geräuschen, daß sie sich nun im Inneren des Hauses befinden mußten. Sie hörte mehrere Türen klappen.

"Ah, hier ist das Bad."

"Hier die Küche und das daneben ist unser Schlafzimmer. Die beiden anderen sind eure Zimmer."

Es gab einen heftigen Ruck, und die Tasche prallte mehrfach gegen die Wand, als das Mädchen lossprintete. "Das hier ist meins!" hörte sie Kathrins triumphierende Stimme rufen.

"Toll, super, und ich kann dann auf die Straße gucken!" quengelte Thomas.

"Tja, das kommt davon! Reaktion wie 'n alter Opa!" kicherte seine Schwester, und bevor sie die Zimmertür hinter sich zuschlug, konnte Lila noch das ergebene Seufzen der Mutter hören.

Jetzt wurde es kritisch! Es war nur eine Frage der Zeit, wann das Mädchen die Tasche auspacken würde. Lila hatte keine Ahnung, wie sie dabei einer Entdeckung entgehen sollte. Der Reißverschluß wurde gegriffen, und das Mädchen versuchte ihn zu öffnen.

"Scheiße!" hörte Lila jenes unflätige Wort, welches auch ihr so manches Mal nur allzuleicht über die Lippen kam, "dauernd ist dieser Kack-Stoff dazwischen!" Es folgte ein wüstes, noch von mehreren Flüchen begleitetes Gezerre und Gepule, bis der Reißverschluß endlich nachgab und sich mit einem Ruck öffnete.

"Na endlich!" rief Kathrin, und die Tasche bekam noch einen abschließenden wütenden Fußtritt, der glücklicherweise nicht die Stelle traf, wo sich die Elfe aufhielt. Nach der langen Dunkelheit geblendet, schloß Lila die Augen, drückte sich soweit es ging an die Seite und blinzelte vorsichtig ins Licht. Das Menschenmädchen stand dicht neben der Tasche und zog soeben Pullover, Unterhemd und die lange Hose aus.

"Hm, was zieh ich denn mal an ... ?"

In diesem Moment öffnete sich die Tür, und der Junge platze herein: "Kathy, weißt du was ... ?"

"Ey, kannst du nicht anklopfen, du Arsch!" kreischte die Angesprochene und hielt die Arme vor die nackten Brüste.

"Manno, das konnte ich doch nicht wissen! Reg dich ab, ich bin ja schon wieder weg!" Die Tür wurde heftig zugeknallt, und es herrschte wieder Ruhe.

"Idiot!" grummelte Kathrin noch, dann griff sie in die Reisetasche, zog ein T-Shirt hervor und streifte es über, um erneut in die Tasche zu langen. Diesmal war alles zu spät: Sie faßte ausgerechnet eine Shorts, auf deren einem Bein Lila hockte und so, als das Mädchen zog, zur Seite gerissen wurde und in die Mitte der Tasche plumpste. Der Schrei, den die Fünfzehnjährige ausstieß, war derart gräßlich, daß man meinen konnte, es ginge ihr ans Leben. Sie stolperte mit kalkweißem Gesicht zur Wand und preßte sich mit dem Rücken dagegen, gleichzeitig mit der Rechten blind nach dem Türgriff tastend, ohne die Elfe aus den Augen zu lassen. Als Lila nun aus der Tasche kletterte und mit noch etwas unsicheren Bewegungen zum Tisch flog, ließ sie den nächsten, kaum weniger entsetzlichen Schrei los, weiterhin jeder Bewegung Lilas mit weit aufgerissenen, starren Augen folgend.

"Bitte, bitte!" wisperte Lila und legte den Finger auf die Lippen, "ich tue dir doch nichts!"

Kathrin schüttelte nur den Kopf, daß die Haare flogen und hielt sich, immer noch äußerst ängstlich dreinblickend, eine Hand auf den Mund.

"Was ist los, Heulsuse?!" erklang nun Thomas' Stimme auf der anderen Seite der Tür, "hast'e 'ne Spinne gesehen, Schißhäsin?"

Lila sah das Mädchen flehend an, aber diese schien immer noch so in Panik, daß Lila echte Zweifel hegte, ob sie ihr überhaupt zuhörte. Sie beschloß, dichter heranzufliegen, damit sie mit ihr reden konnte, ohne daß die anderen sie hörten. Sie sprang ab und schwirrte auf die zitternde Jugendliche zu. Doch das war offensichtlich zuviel für das Mädchen. Sie kreischte entsetzt, drehte sich um, riß die Tür auf und sprang, den davorstehenden Thomas über den Haufen rennend, hinaus.

"Paß doch auf, Schnepfe! Wie kann man nur ... ?"

Den Rest hörte Lila nicht mehr, sie hatte erspäht, daß das Fenster geöffnet war und nutzte die Aufregung, um hinauszuschlüpfen und schnell einigen Abstand zwischen sich und das Haus zu bringen. Dort verbarg sie sich zwischen den Zweigen eines dichten Busches und sah sich um, damit sie sich überhaupt erst einmal orientieren konnte. Das Haus, aus dem sie gerade geflohen war, stand an einem sanften Hang, an dem sich die Zufahrtsstraße in vielen Kurven entlangwand. Im Hintergrund erhoben sich mächtige Berge, auf deren Gipfeln sogar Schnee zu sehen war. Hinter Lila brach der Hang plötzlich steil ab, und weiter unten war eine Bucht mit weißem Sandstrand zu sehen, dahinter das Meer. Lila war sprachlos. Das Meer kannte sie nur aus Büchern, jetzt hatte sie es wirklich vor sich. Der Anblick war überwältigend! Wasser, so weit man schaute, und an dessen Ende die Welt wie abgeschnitten. Am Ufer brachen sich unglaublich hohe Wellen - zumindest im Vergleich zu jenen, die Lila von den Seen kannte - in gleichmäßigen Abständen. Weiter hinten, wo der Sandstrand zu Ende war und die Wellen gegen die Felsen schlugen, schoß die Gischt bis zu dreißig, vierzig Meter an den Klippen hoch, und auch der Zusammenprall der zurückgeworfenen Wellen mit den neu ankommenden war ein derart beeindruckendes Schauspiel, daß sie minutenlang die Blicke nicht davon losreißen konnte. Lila war völlig fasziniert; diese Landschaft hatte schon ihren Reiz. Auch die Pflanzen, die hier wuchsen, waren andere als daheim. Es gab viele Bäume, deren Kronen sich wie Schirme ausbreiteten, andere waren schmal und hoch und ragten Säulen gleich in den Himmel. Dazwischen wuchsen dickfleischige, mächtige Pflanzen mit spitzen

Blättern und bis zu drei Meter hohen Blütenständen. Der Busch, in dem sie sich gerade verbarg, hatte dunkelgrüne, fichtenähnliche Nadeln und duftete würzig. Die Luft war sehr warm, und neben unzähligen Insekten flogen auch viele, kreischende Laute ausstoßende weiße Vögel an den Felsen und über dem Wasser herum. Manchmal stürzte sich der eine oder andere von ihnen mit angelegten Flügeln in die Wellen, um nicht selten mit einem Fisch im Schnabel wieder aufzutauchen. Bevor sie sich mit einer möglichen Heimkehr beschäftigte, wollte Lila als erstes das Meerwasser kennenlernen, wenigstens einmal im Leben darin gebadet haben. Nachdem sie sich vergewissert hatte, daß seitens der Menschen keine Gefahr mehr drohte - keiner von ihnen war außerhalb des Hauses erschienen – flog sie hinab zu dem Strand. Dort hatte sie eine Stelle zum Ziel erkoren, wo sich das Meerwasser hinter einer Felsbarriere gesammelt hatte und sie dort hinein konnte, ohne von den Wellen gefährdet zu werden. Das Wasser war glasklar, und ein paar kleine Fische huschten darin umher. Lila hielt einen Zeh hinein; es war weniger kalt als sie gedacht hatte, und so ließ sie sich kurzentschlossen ganz hineingleiten. Es war ein herrliches Gefühl, so ohne Anstrengung in dem Wasser zu schweben! Beinahe kam es ihr vor, als trüge es besser als jenes in den Seen daheim. Ausgelassen planschte sie darin herum, wobei sie auch einiges ins Gesicht bekam. Verwundert leckte sie sich die Lippen; das Wasser war ja ganz salzig! Wie konnten die Fische darin nur leben? Plötzlich schoß Lila mit einem Entsetzensschrei aus dem Wasser. Dort unten näherte sich ein achtbeiniges Wesen mit dicken Zangen, ähnlich denen der Flußkrebse. Nur war sein Körperbau anders, und es bewegte sich seitlich, statt vorwärts. Lila konnte beobachten, wie das Wesen eine Muschel mit seinen mächtigen Zangen knackte und begann, das Muschelfleisch herauszuzerren und zu verzehren. Lila schauderte: Von so einer Zange gepackt zu werden, mußte schrecklich sein! Eben wollte sie sich abwenden, um ihre Erkundungen fortzusetzen, als sie einen der Vögel mit aufgerissenem Schnabel auf sich zuschießen sah. Sie versuchte auszuweichen, entkam so auch dem Schnabel, konnte aber nicht mehr verhindern, zurück ins Wasser geschleudert zu werden. In dem Moment, als sie prustend den Kopf aus dem Wasser hob, war der Vogel erneut heran und hackte mit dem Schnabel nach ihr. Eine lange blutige Schramme an ihrer linken Seite war das schmerzhafte Ergebnis. Lila versuchte, aus dem Wasser heraus, in den Schutz der Felsen zu gelangen, aber das Tier war schneller. Diesesmal gelang es ihm, Lila mit dem Schnabel um die Körpermitte zu fassen und sie mit in die Luft zu reißen. Lila schrie in Todesangst und zappelte, um dem kraftvollen Biß zu entkommen, doch sie war der Körperkraft des Vogels nicht gewachsen, besonders derzeit nicht, weil sie ja schon länger nichts gegessen oder getrunken hatte. Das einzige, was sie mit ihrem Geschrei erreichte, war, daß noch mehrere andere Vögel der gleichen Art auf sie aufmerksam wurden und ebenfalls herbeiflogen. Nun hackten sie auf Lila und sich gegenseitig ein, um dem ersten die Beute abzujagen. Dieser wiederum versuchte nur - weil er sich mit Lila im Schnabel nicht gut wehren konnte - auf das offene Meer zu entkommen. Schließlich gab er aber auf und ließ Lila aus dem Schnabel fallen. Darauf hatten die anderen nur gewartet und einem von ihnen gelang es, Lila noch in der Luft wieder aufzuschnappen, und so begann das ganze Spiel von neuem. Schon jetzt war die Küste nur noch ganz klein, in weiter Entfernung zu sehen. Lila blutete aus etlichen kleineren Verletzungen, aber auch die Vögel hatten sich gegenseitig übel zugerichtet, und so geschah es, als wieder einmal einer Lila fallen ließ, daß sich keiner mehr um sie kümmerte. Lila taumelte hilflos auf die Wasseroberfläche zu, außerstande, ihren geschundenen Körper unter Kontrolle zu bringen. Dann klatschte sie in voller Läge auf die Wellen, was angesichts des geringen Gewichtes einer Elfe jedoch nicht so dramatisch war, (für einen Menschen wäre es tödlich gewesen) und begann zu schwimmen, nachdem sie es mehrfach vergeblich versucht hatte, aus dem Wasser heraus zu starten. Ab und an, wenn eine Welle sie hochtrug, konnte sie in der Ferne die dünne Küstenlinie sehen. Sie wußte, daß es hoffnungslos war, aber es fiel ihr einfach nichts Besseres ein, und so schwamm und schwamm sie, bis ihre Arme sich anfühlten wie Blei und die Bewegungen langsamer und langsamer wurden. Das letzte Gefühl war schon lange aus ihrem unterkühlten Körper gewichen, als sie letztendlich die Bewußtlosigkeit umfing.

4

Garmin saß auf der Terrasse des Ferienhauses, welches seine Eltern gemietet hatten, hörte Musik aus seinem Walkman und schaute zum Strand hinunter. Dieser war noch fast leer, denn die Saison fing gerade erst an. Dementsprechend langweilig war es auch, denn es gab keine anderen Jugendlichen, mit denen er sich hätte unterhalten oder gar etwas unternehmen können. Na ja, in schätzungsweise zwei, drei Tagen würde sich das ändern, dann würde es schon voll werden, das kannte er von den vergangenen Jahren. Interessiert bemerkte er, daß im Nebenhaus die Rolläden hochgezogen waren. Dort waren also wohl auch schon Gäste eingetroffen. Die mußten gekommen sein, als er noch schlief, denn er hatte kein Auto bemerkt. Hoffentlich waren das nicht solche elenden Spießer, die sich über alles und jedes aufregten! In diesem Augenblick kam ein Junge aus dem Haus gelaufen. Aber Garmin entschied, daß er uninteressant war, denn der Junge war vielleicht elf oder zwölf, und in dem Alter waren Jungs am nervigsten, höchstens noch übertroffen von Mädchen gleichen Alters! Garmin selbst war vor zwei Monaten sechzehn geworden und fühlte sich eher zur Gruppe der Erwachsenen gehörig. Er räkelte sich in der warmen Sonne und dankte dem Schicksal, daß seine Eltern nicht darauf bestanden hatten, daß er heute mit ihnen mitkommen mußte, denn sie hatten vor, etliche Kirchen in der nahen Stadt zu besichtigen. Mal so eine ansehen konnte ja interessant sein, aber den ganzen Tag in diesen kalten muffigen Gebäuden herumzu-latschen, entsprach dann doch nicht so ganz seinen Interessen. Seine Blicke schweiften neuerlich zu dem Nachbarhaus, als er in den Augenwinkeln eine Bewegung bemerkte. Dort war ein Mädchen aus der Tür getreten, die etwa in seinem Alter sein konnte. Garmin richtete sich auf und sah genauer hin: Die sah ja richtig süß aus! Sie mochte vielleicht so 1,65 groß sein, hatte dunkles, schulterlanges, gelocktes Haar, braune Augen - soweit er das auf die Entfernung erkennen konnte -

und eine Top-Figur, von welcher durch den knappen, roten Bikini nur wenig verdeckt wurde. Nicht so eine Figur wie die Models in der Modebranche, so mit überlangen Beinen und superdünn, nein, einfach natürlich schön, mit wohlgeformten Rundungen. Sie machte einen leicht verstörten Eindruck, wenn er das richtig interpretierte, und schaute sich nun, wie zuvor schon der Junge, Garten, Meer und Umgebung an. Dabei sah sie jetzt auch zu ihm herüber. Garmin winkte ihr lässig zu und lächelte sie an. Das Mädchen hob schüchtern ebenfalls eine Hand so halb und lächelte zurück, drehte sich dann aber hastig weg, und stieg nach kurzem Überlegen zum Strand hinunter. Garmin saß wie erstarrt: So ein Lächeln wie das ihre hatte er noch nie zuvor gesehen! Es ging im durch und durch. Es war das bezauberndste Lächeln, das man sich vorstellen konnte; beziehungsweise noch viel mehr, denn so etwas konnte man sich eigentlich gar nicht ausdenken! Es war so, so ... ; ihm fielen keine passenden Worte ein, aber es war phantastisch gewesen, und dabei trotzdem nicht aufreizend oder gar herausfordernd. Nein einfach nur lieb, zurückhaltend, ja, himmlisch! Garmin spürte, wie sein Herz schneller schlug und seine Hände feucht vor Aufregung waren. So etwas hatte er noch nie erlebt. Natürlich hatte es schon hin und wieder mal ein Mädchen gegeben, welches er gut fand, und er hatte auch schon zwei Freundinnen gehabt, doch so etwas? Er kannte das Mädchen doch gar nicht, und trotzdem hatte er sich, wie vom Blitz getroffen, in sie verliebt! Nur wegen dieses einen flüchtigen Lächelns! Garmin schüttelte den Kopf über sich selbst; so etwas konnte es doch gar nicht geben, das geschah doch höchstens in irgend- welchen Kitschbüchern. Aber es war ihm passiert! Er fühlte es, es war einfach nicht zu leugnen. Verträumt blickte er hinter der Fremden her, die soeben den Fuß der Klippen erreicht hatte und auf den Strand hinauslief. Auch ihre Bewegungen waren von beeindruckender Anmut, und Garmin wäre am liebsten hinterhergerannt, doch wie sähe das aus?! Außerdem

konnte er sich schon vorstellen, was dann passierte: Wenn er ihr ins Gesicht sah, fehlten ihm mit Sicherheit die Worte, und er würde peinlich herumstottern! Lieber blieb er hier oben und hoffte, daß sich demnächst vielleicht einmal eine günstigere Gelegenheit böte. Er setzte die Kopfhörer ab und schaltete den Walkman aus; die harte Rockmusik wollte einfach nicht zu seiner jetzigen Stimmung passen, obwohl es doch eigentlich eines seiner Lieblingsstücke war. Leicht verärgert stützte er den Kopf in die Hände: Wieso traute er sich denn nicht, einfach hinzugehen? Wieso diese plötzliche Unsicherheit? Sonst hatte er derartige Probleme im Umgang mit Mädchen doch auch nicht! Vielleicht, weil ihm die anderen noch nie so richtig etwas bedeutet hatten und er dieses Mal eine Ablehnung wirklich fürchtete? Wieder tauchte vor seinem inneren Auge dieses Lächeln auf, und eine Gänsehaut lief seinen Rücken hinunter, während er gleichzeitig ein flaues Gefühl im Magen hatte. Er mußte es schaffen, irgendwie mit ihr in Kontakt zu kommen. So sehr er sich vorhin noch gewünscht hatte, es möge recht bald voller werden, so sehr hoffte er nun das Gegenteil, denn wenn erst einmal wer weiß wie viele andere Jugendliche hier wären, mochte es ungleich schwerer werden, das Mädchen ungestört anzusprechen. So ganz einfach war es auch jetzt schon nicht, denn da war noch der andere Junge, wahrscheinlich ihr Bruder, der da inzwischen mit ihr unten am Strand Beachball spielte. Krampfhaft zermarterte er sein Gehirn nach einer guten Idee, aber alles, was ihm einfiel, verwarf er sofort wieder als plump und ungeschickt. Vielleicht könnte er ja einfach schwimmen gehen, dann war er ihr immerhin etwas näher als hier oben. Ja, das wäre o.k., das fiele bestimmt nicht auf. Rasch lief er ins Haus, entledigte sich seiner Kleidung und streifte seine Badeshorts über. Im Hinauslaufen griff er sich schnell noch ein großes Handtuch, dann eilte er in den Garten und zum Weg die Klippen hinab. Da spürte er einen enttäuschten Stich im Herzen: Sie kamen schon vom Strand zurück, er war zu spät dran! Nein, doch nicht, er sah seine heimlich Angebetete unten auf einem Felsen sitzen - nur der Junge war wieder hinaufgestiegen. Schnell kletterte er den Rest des Weges hinunter und lief in Richtung Wasser. Dabei mußte er relativ dicht an ihr vorüber, so daß es ihr nicht als aufdringlich auffallen konnte, wenn er hier das Handtuch ausbreitete. Aus den Augenwinkeln schielte er zu ihr hinüber, doch sie würdigte ihn keines Blickes, sondern starrte unverwandt auf das Meer hinaus. 'Na gut, was soll's?' dachte Garmin, 'dann gehe ich erstmal ins Wasser.' Mit einem kurzen Sprint hatte er die Wellen erreicht und stürzte sich schwungvoll, kopfüber hinein. Er konnte sich ja schlecht langsam Stück für Stück abkühlen, wie er es sonst zu tun pflegte, was hätte das für einen Eindruck bei dem Mädchen hinterlassen? Hinterher hielte sie ihn für weichlich! Er suchte sich die größten Wellen aus, um sich hinein-zuwerfen oder sich mit ihnen ans Ufer zischen zu lassen. Dabei schaute er immer wieder unauffällig zu der Stelle, wo sie saß. Ja, mehrmals hatte es den Anschein, daß sie zu ihm herüberschaute. Gerade wollte er sich wieder zu der Position vorarbeiten, wo die Wellen brachen, als er bemerkte, daß sie aufstand und zu einer Stelle sah, wo sich immer mehr Möven in der Luft versammelten und die ersten sich anschickten, herabzustoßen. Dort war irgendetwas Kleines, wahr-scheinlich irgendein Fisch oder ähnliches, angespült worden und hatte die Aufmerksamkeit der Vögel erregt. Es war ziemlich nah zu der Stelle, so daß Garmin sich entschloß, ebenso wie das Mädchen, dorthin zu gehen. Sie erreichten nahezu gleichzeitig das im feuchten Sand liegende Wesen und das Mädchen, von dem Garmin kaum ein Auge abwenden konnte, hockte sich hin, einen unterdrückten Schreckenslaut ausstoßend. Nun endlich sah auch Garmin hinunter: Dort lag ein winzigkleines geflügeltes Mädchen. 'Eine wirklich echt aussehende Puppe!' dachte Garmin bei sich und zuckte zusammen, als sein heimlicher Schwarm ihn plötzlich mit Tränen in den Augen ansprach: "Ich glaube, sie ist

tot!" sagte sie und hob das kleine Wesen mit äußerster Vorsicht hoch.

"Wie, tot?" stammelte Garmin verwirrt und schüttelte den Kopf, die vermeintliche Puppe in den Händen des Mädchens genauer betrachtend. Ihm traten vor Schreck beinahe die Augen aus dem Kopf, und er wich geschockt einen Schritt zurück. Es war keine Puppe, sondern ein echtes Lebewesen, wie man spätestens an den vielen blutenden Verletzungen erkennen konnte!

"Was ist das denn?!" brachte er stockend hervor. Erst die Nähe zu dem Mädchen und dann auch noch dies eigentlich nicht existieren dürfende Wesen, das war fast zu viel für Garmin, in seinem Kopf wirbelte alles durcheinander.

"Wir müssen etwas unternehmen ... , wie heißt du eigentlich?"

"Wer, ich? Äh, Garmin!"

"Also, Garmin, hast du eine Ahnung, wie man so eine - hm, ... Elfe? - wiederbelebt?"

Tolle Frage! Woher sollte er das denn wohl wissen?! Laut sagte er nur: "Nein, tut mir leid, ich habe von Elfen noch nie im Leben etwas gehört oder gesehen, außer natürlich in Märchen."

"Die Arme, sie war heute mittag in meinem Zimmer. Irgendwo und - wie muß sie in meine Reisetasche gekommen sein. Als ich etwas herausholen wollte, sah ich sie. Ich hatte einen solchen Schrecken gekriegt, daß ich tierisch geschrien habe. Die Elfe hat sich bestimmt auch gefürchtet, sie hatte mir noch irgendwelche Zeichen gemacht und mich so flehentlich angesehen, aber ich war dermaßen geschockt, daß ich aus dem Zimmer gerannt bin. Als ich dann mit meinen Eltern und meinem Bruder wieder hineingegangen bin, war sie weg. Wahrscheinlich aus dem Fenster geflogen. Na ja, meine Eltern haben mir natürlich nicht geglaubt und mein Bruder erst recht nicht. Hinterher dachte ich schon selbst, es sei nur eine Halluzination gewesen. Aber jetzt müssen sie mir glauben! Die werden ... !"

Garmin, der die Elfe angesehen hatte, während das Mädchen sprach, machte eine unwillkürliche Handbewegung, hatten sich nicht gerade die kleinen Finger des zierlichen Persönchens bewegt? Er schaute noch einmal genauer hin, dann legte er sachte einen Finger an den Hals der Elfe.

"He, sie ist nicht tot! Das Herz schlägt noch!" rief er aufgeregt aus. In diesem Moment drehte die Elfe auch den Kopf ein wenig, ohne allerdings die Augen zu öffnen, und stöhnte leise.

"Sie hat bestimmt entsetzliche Schmerzen, wenn sie wieder zu sich kommt", vermutete Garmin, "wie heißt du übrigens?"

"Kathrin, Kathrin Meinholt, aber meist sagen alle Kathy zu mir."

"O.k. Kathy, ich denke, wir sollten sie mit nach oben ins Haus nehmen und soweit verarzten wie möglich. Dann können wir ja weitersehen. Laß uns die Elfe aber lieber noch keinem anderen zeigen; wenn sie zu sich kommt und so viele riesige Menschen um sie herumstehen, hat sie bestimmt Angst. Zumindest würde es mir so gehen, wenn ich derart winzig wäre!"

"Mir auch!" stimmte Kathrin zu und folgte Garmin den steilen Weg hinauf zu dem Ferienhaus, in dem er wohnte.

"He, Garmin, wart mal einen Moment! Mein Bruder turnt da draußen herum, der muß uns ja nicht unbedingt sehen!"

"Ich weiß noch einen anderen Weg, wo er uns nicht sehen kann. Komm mit!" Garmin ging ein paar Schritte zurück und bog dann in einen kaum erkennbaren Seitenpfad ab, der schwindelerregend an der Steilwand entlangführte. Kathrin zog es vor, die Elfe jetzt lieber nur noch mit einer Hand zu tragen, damit sie sich mit der anderen festhalten konnte. Zum Glück war der Weg nicht lang; schon nach zirka zwanzig Metern ging es steil bergauf, und zwei Minuten später standen sie im Garten von Garmins Ferienwohnung. Auf diese Weise hatten sie es geschafft, den Blicken Thomas' verborgen zu bleiben. Was jedoch weder Kathrin noch Garmin bemerkt hatten, war ein dunkel gekleideter Mann, der schon zuvor den Strand, beziehungsweise Kathrin, von der Höhe der Klippen mit einem Fernglas beobachtet hatte und nach der Entdeckung der Elfe aufmerksam ihren Aufstieg verfolgte.

"Wir gehen lieber um das Haus herum und nehmen den Vordereingang, dann kann uns dein Bruder ganz sicher nicht sehen."

Als sie das Haus betraten, fühlte Kathrin, wie sich der kalte, kleine Körper in ihrer Hand stärker bewegte.

"Garmin, wir müssen irgendetwas haben, um sie zuzudecken, sie ist eiskalt."

"Ich hol' was, setz dich schon mal an den Tisch da!"

Garmin lief in sein Zimmer und griff nach einem Handtuch, stoppte dann aber ab; der Stoff schien für so ein zartes Wesen doch etwas zu grob. Er warf das Handtuch zurück und nahm zwei saubere, weiche T-Shirts, auf deren eines sie das Elfenkind legten und sie mit dem anderen vorsichtig zudeckten, sorgsam darauf bedacht, die filigranen, libellenähnlichen Flügel nicht zu verletzen. Dabei berührte Garmins Hand die von Kathrin. Es war wie ein elektrischer Schlag, sein ganzer Arm und die Hand kribbelten. Er sah Kathrin verstohlen in die dunklen Augen: Sie schien nichts bemerkt zu haben, blickte nur kurz zu ihm auf und lächelte leicht, was ihn neuerlich schwindeln ließ. 'Das gibt's doch nicht', dachte er bei sich, 'wenn ich das jemandem erzählte, erntete ich garantiert nur Hohn und Spott!'

Ein schwaches Husten und Würgen der Elfe riß ihn aus seinen Gedanken und ließ seinen Blick zu dem unter dem T-Shirt hervorragenden Kopf blicken. Ein bißchen Wasser lief dem Kind über die blauen Lippen, dann schlug sie die Augen auf.

"Mami, Camilla?"

Kathrin und Garmin sahen sich überrascht an; konnte es sein, daß die Elfe die gleiche Sprache benutzte wie sie?

"Wo bin ich?" Jetzt erblickte Lila die beiden vor ihr stehenden Menschen und zog im ersten Schrecken den sie zudeckenden Stoff bis über die Augen hoch.

"Du mußt keine Angst vor uns haben!" sagte Kathrin leise, "wir tun dir garantiert nichts!"

Noch immer ängstlich zog Lila die Decke wieder ein Stück herab und starrte in Kathrins Gesicht, die ihr beruhigend zulächelte. An dem sich sofort entspannenden Gesicht der Elfe konnte Garmin ablesen, das dieses Lächeln scheinbar nicht nur auf ihn eine fast magische Wirkung hatte. Es lag bestimmt auch an der Art, wie sie einem dabei in die Augen sah, vermutete er. Dann wandte er sich der Elfe zu: "Ich heiße Garmin, und das ist Kathrin. Wir haben dich vorhin bewußtlos unten am Strand gefunden und erstmal hier zu mir ins Haus gebracht; du hast einige nicht unerhebliche Verletzungen."

Das Elfenmädchen schloß schaudernd die Augen. "Ich erinnere mich", sagte sie gequält, "die Vögel; sie haben mich angegriffen und aufs Meer hinausgeschleppt. Da haben sie mich dann fallengelassen, weil sie sich gegenseitig gestritten haben. Ich weiß nur noch, wie ich geschwommen, geschwommen und geschwommen bin, weil ich nicht starten und fliegen konnte. Dann weiß ich gar nichts mehr."

"Sagst du uns auch, wie du heißt?" bat Kathrin, "und wie du in meine Reisetasche geraten bist? Das warst du doch heut' mittag, oder?"

"Ich heiße Lila, und es stimmt, das vorhin war ich tatsächlich." Nun erzählte sie den beiden Jugendlichen, wie es zu ihrem Mißgeschick gekommen war und wie es sie hierher verschlagen hatte.

"Oh, du Arme!" sagte Kathrin mitleidig, "was mußt du durchgemacht haben?! Sollen wir nicht lieber jetzt mal nach deinen Verletzungen sehen, ob wir da nicht etwas machen müssen?"

Lila nickte schwach, und Kathrin nahm das T-Shirt vorsichtig hoch. Sie mußte die Zähne zusammen-beißen; vorhin war ihr noch gar nicht aufgefallen, wie schlimm die Schnäbel der Möven Lila zugerichtet hatten, aber nun, wo sie die Wunden genauer inspizierte, entdeckte sie erst, wie tief einige der Schnabelhiebe gegangen waren. Es war fast ein Wunder, daß die kleine Elfe nicht ununterbrochen

schrie. Kathrin konnte sich nicht vorstellen, Wunden dieses Ausmaßes so still ertragen zu können.
"Ich seh' mal im Zimmer meiner Eltern nach, ob ich die Medikamentenbox finde", erklärte Garmin, bevor er aus dem Zimmer lief.
"Sollen wir nicht lieber einen Arzt rufen?" fragte Kathrin. Lila schüttelte den Kopf. "Je mehr Menschen von mir wissen, desto schwieriger wird es für mich, hinterher wieder fortgelassen zu werden, und immer eingesperrt zu sein, könnte ich nicht aushalten!"
Jetzt war auch Garmin wieder zurück, in seinen Händen den gesuchten Kasten haltend. Er legte ihn auf den Tisch und öffnete den Deckel. "Ah, hier ist ja schon das Desinfektionsmittel!"
"Gib 'mal her, ich mach das schon!" erklärte Kathrin, "hast du vielleicht auch Wattestäbchen oder so was zum auftupfen?"
"Ich glaub', im Bad sind welche, ich hole sie."
Als Garmin das Gewünschte brachte, tropfte Kathrin ein wenig der Desinfektionslösung auf die Spitze eines Wattestäbchens. "Ich kenne dies Zeugs nicht", warnte sie Lila vor, "es könnte sein, daß es etwas brennt."
"Egal", sagte Lila tapfer und biß vorbeugend schon einmal die Zähne zusammen. Doch glücklicherweise hatte das Medikament die befürchtete Nebenwirkung nicht, und Kathrin arbeitete so behutsam, daß Lila überhaupt keine zusätzlichen Schmerzen verspürte.
"Hübsch siehst du aus!" grinste die selbsternannte 'Krankenschwester' und betrachtete ihr Werk. Tatsächlich war die Elfe nun ziemlich gefleckt, da das Mittel eine starke rote Färbung aufwies. Lila lächelte matt, zu mehr war sie nicht in der Lage, denn die Schmerzen machten ihr doch weit mehr zu schaffen, als sie es nach außen merken ließ. Abschließend verband Kathrin nun noch die tieferen Verletzungen mit schmalen, aus Verbandsstoff zurechtgeschnittenen Streifen.
"Wenn wir ihren Kopf noch mit einwickelten, sähe sie beinahe aus wie eine ägyptische Mumie!" gab Garmin seinen Kommentar ab.

"Mach's doch besser!" ärgerte sich Kathrin und sah mit blitzenden Augen zu ihm auf.

"Ey, Kathy, das war doch nicht kritisch oder gar bös gemeint!" verteidigte sich Garmin, der auf keinen Fall Streit mit ihr haben wollte, "ich hätte das mit absoluter Sicherheit nicht so gut hingekriegt!" (Was nicht zuletzt daran lag, daß seine Hände noch immer vor Aufregung zitterten, wenn er ihr nahe kam. Doch er hütete sich natürlich, dies als Grund anzugeben.)

"Was machen wir denn nun mit dir, Lila?" überlegte Kathrin, "wenn du partout nicht gesehen werden willst, müssen wir etwas finden, wo wir dich unterbringen und versorgen können, ohne daß einer aus unseren Familien dich entdeckt. Was meinst du, Garmin, ich glaube, sie ist hier bei dir besser aufgehoben, weil mein Bruder ständig überall herumstöbert."

"Kein Problem", meinte Garmin, "meine Eltern kommen eigentlich nie in mein Zimmer, gucken höchstens mal zur Tür herein, wenn sie mich zum Essen holen wollen oder so. Wenn ich dich so platziere, Lila, daß man dich von der Tür aus nicht sieht, sollte keine Gefahr bestehen. Und wenn es wider alles Erwarten doch passieren sollte, brauchst du dich vor ihnen auf keinen Fall zu fürchten, auch sie würden dir ganz bestimmt nichts zuleide tun!"

"Sagt mal", bat Lila mit matter Stimme, "hat einer von euch vielleicht ein bißchen was zu trinken und zu essen für mich? Ich habe, seit ich in euer Auto geraten bin, nichts mehr gehabt."

"Oh Gott, natürlich! Es tut uns leid, daran haben wir überhaupt nicht gedacht! Was eßt und trinkt ihr Elfen denn so?"

"Och, eigentlich das gleiche wie ihr Menschen, bloß auf Fleisch habe ich keinen Hunger, und zu trinken reicht einfaches Wasser", gab Lila Auskunft.

"Ich such mal eben was zusammen. Kathy, kannst du Lila schon mal in mein Zimmer bringen? Ich weiß nämlich nicht, wann meine Eltern zurückkommen. Es ist hier raus und die zweite Tür rechts."

Kathrin faßte das T-Shirt, auf dem Lila lag, hob sie darin vorsichtig auf und brachte sie in den von Garmin angesprochenen Raum. Als sie hineintrat, mußte sie innerlich lachen: Der gute Garmin war ja mindestens genauso unordentlich wie sie selbst! Prüfend schaute sie sich um; wo war der geeignetste Platz für die Elfe? Sie entschied sich dafür, Lila zwischen Bett und Fenster zu legen, wobei sie einen dicken Pullover von Garmin, den er bei diesem Wetter sowieso nicht brauchte, als Unterlage benutzte.

"Geht es so?" fragte sie Lila besorgt.

"Ja, das ist sogar sehr gemütlich!" versicherte Lila, "solange nicht Garmins Eltern tatsächlich einmal hereinkommen und versehentlich auf mich treten."

"Ich stelle einfach noch die Reisetasche hier in den Weg", war Kathrins Idee, "dann gucken sie nach unten und es dürfte nichts passieren."

Kurz darauf war auch Garmin wieder da und brachte Saft, Brot, Käse sowie Schokolade. Insgesamt eine Portion, von welcher auch ein hungriger Mensch satt geworden wäre. Trotz ihrer Schmerzen mußte Lila lachen, und auch Kathrin blickte ziemlich amüsiert drein, was dazu führte, daß Garmin heftig errötete.

"Habt ihr nicht vielleicht auch Hunger? Dann könnt ihr doch einfach mitessen, das sollte für uns alle reichen", meinte Lila.

"Keine schlechte Idee!" fand Kathrin und langte auch gleich zu. Das nahm für Garmin so ein wenig die Peinlichkeit seiner Fehleinschätzung; so im Nachhinein konnte er sogar über sich selbst lachen und ebenfalls das Beste daraus machen, indem er sich nicht ausschloß, sondern auch mitaß.

"Sag mal, Garmin, ist es o.k., wenn ich erst einmal wieder 'rübergehe? Wenn meine Eltern mich suchen und mich am Strand nicht finden, könnten sie auf wer weiß was für schreckliche Gedanken kommen."

"Klar, das ist in Ordnung, ich werde mich schon um Lila kümmern, geh nur!"

"Gut, dann wahrscheinlich bis nachher. Ich sehe zu, daß ich mich so bald wie möglich dort wieder absetze und herüberkomme, bis dann!" Sie winkte Lila noch kurz zu und verschwand, von Garmins Blicken bis zuletzt verschlungen, aus dem Zimmer. Garmin saß dann noch eine Weile bei Lila und ließ sich einiges aus dem Elfenleben beschreiben, um anschließend auch Lilas Neugier zu befriedigen und etwas von sich zu erzählen, bis er merkte, daß das Elfenmädchen vor Erschöpfung und Müdigkeit eingeschlafen war. Behutsam deckte er sie bis zum Gesicht zu, schlich aus dem Raum und schloß leise die Tür. Dann ging er in den Garten und setzte sich dort draußen in die Sonne. Hier würde er es rechtzeitig hören, wenn seine Eltern zurückkämen, um dann aufzupassen, daß sie nicht in sein Zimmer platzten. Was er jedoch nicht hörte, war der Mann, der sie vorhin beobachtet hatte und nun auf leisen Sohlen zur Vordertür schlich und diese innerhalb weniger Sekunden mit geübten Fingern geöffnet hatte. Diese einfachen Schlösser der Ferienhäuser waren nur lächerliche Routine für ihn. Er wußte sich allein im Haus, denn er hatte den ganzen Tag die Ferienwohnungen beobachtet und war bestens informiert, in welcher sich jemand aufhielt und welche gerade leer war. Eigentlich hatte er vorgehabt, nach Geld und Wertgegenständen zu gucken, um diese mitgehen zu lassen, doch wenn er nicht einer massiven Sinnestäuschung erlegen war, war das, was die beiden Jugendlichen in dieses Haus getragen hatten, bei geschickter Verhandlungsstrategie, mehr wert als alles, was er so in einer ganzen Saison zusammenstehlen konnte! Da würde der 'Graf' Augen machen und müßte, wollte er einsteigen, mächtig tief in die Tasche greifen! Rasch und mit geschultem Blick suchte er Raum für Raum ab. Als es schließlich in Garmins Zimmer um das Bett schlich und er die schlafende Lila vor sich hatte, stahl sich ein hämisches Grinsen auf sein blatternarbiges Gesicht; er hatte sich nicht getäuscht! Das seltsame Wesen sollte Gold wert sein! Seine schmalen, sehnigen Hände mit den langen Fingern faßten nach dem kleinen Bündel.

5

Ein drückender Schmerz in der tiefen Rißwunde an ihrer Seite riß Lila aus ihrem tiefen Schlaf. Gepeinigt wollte sie aufschreien, doch noch im selben Moment preßten sich unangenehm riechende, gelbbraun verfärbte Finger auf Nase und Mund, so daß sie nicht nur am Schreien gehindert wurde, sondern zusätzlich auch noch kaum Luft bekam. Lila wand sich unter unerträglichen Qualen und starrte in das dicht vor ihr befindliche Gesicht eines äußerst unsympathischen Individuums. Der Mann war von mittlerem Alter, vielleicht so zwischen vierzig und fünfundvierzig Jahren, hatte ein schmales, von Narben übersätes, tiefgebräuntes Gesicht, fast schwarze Augen, die an jene einer Maus erinnerten, und dunkle, buschige Augenbrauen. Als er jetzt den Mund öffnete, umhüllte Lila der Gestank, den sie schon an seinen Fingern gerochen hatte, mit fast betäubender Intensität. Er preßte ein paar drohende, für Lila unverständliche Worte zwischen seinen schwarzgelben Zähnen, von denen schon etliche fehlten, hervor und hob den Zeigefinger der anderen Hand an seine Lippen, dann deutete er nochmals auf Lila und machte eine Bewegung mit der Hand, als zerbreche er etwas. Das war nicht mißzuverstehen! Hastig nickte Lila, soweit das mit seinen Fingern in ihrem Gesicht möglich war und holte tief Luft, als er seine Hand fortnahm. Sofort ballte der Fremde die Faust, weil er wahrscheinlich dachte, sie holte Luft, um zu schreien. Schnell hielt sich Lila auch ihren Zeigefinger an die Lippen, um ihm deutlich zu machen, daß sie nicht laut werden wollte, damit er sie nicht tatsächlich schlüge, da das wohl ihr Ende gewesen wäre. Erneut ergriff der Eindringling die Elfe samt den sie umhüllenden T-Shirts und stopfte sie derart rücksichtslos unter seine Jacke, daß die verletzte Lila nur mit allerletzter Willensanstrengung den Schrei, der über ihre Lippen wollte, zu einem Stöhnen dämpfen konnte. Selbst das quittierte der Unhold noch mit einem Schlag außen auf die Jacke, der Lila darinnen noch fast die Besinnung raubte. Sie biß sich derart heftig auf die

Lippe, das sie anfing zu bluten, aber es gelang ihr so, keinen weiteren Laut auszustoßen. Bald merkte sie, daß der Mann das Haus verlassen haben mußte, denn er verzichtete fortan darauf, leise zu sein und eilte schnellen Schrittes davon. Später erkannte Lila an dem Geräusch und am Geruch, daß der Dieb nun mit einem dieser zweirädrigen, knatternden Motorroller unterwegs war. Still weinte die kleine Elfe vor sich hin; womit hatte sie das verdient? Warum mußten ausgerechnet ihr alle üblen Dinge nacheinander passieren?! Mühsam zog sie die Luft durch den Stoff des T_Shirts von Garmin, denn zu allen anderen schlechten Seiten ihres Häschers, gesellte sich auch noch penetranter Schweißgeruch, der es Lila schwermachte, das Essen von vorhin im Magen zu behalten. Endlich verstummte der Motor, und Lila vernahm ein melodisches Läuten, auf welches hin fast sofort eine tiefe Männerstimme etwas fragte. Der Räuber antwortete mit einem längeren, hastigen Redeschwall. Offensichtlich überzeugte er den anderen, denn er wurde, wie Lila am Hall der Schritte hörte, in ein Haus geführt. Dann mußte der Mann eine ganze Zeit warten, bis es noch ein paar Schritte weiterging und eine Stimme wie aus Eis den Besucher ansprach. Leider unterhielten sie sich weiterhin in der für Lila unbekannten Sprache. Ganz überraschend öffnete ihr Häscher nun seine Jacke, holte Lila hervor, wickelte sie aus und stellte sie auf die kalte, marmorne Platte eines gewaltigen Tisches. Lila hatte Mühe, nicht hinzufallen, so wackelig waren ihre Beine noch. Doch schließlich fing sie sich und hob die Augen. Sie befand sich in einem hohen Raum, der mit vielen Stuckornamenten geschmückt war. Die Wände zierten Muster aus verschiedenfarbigem Marmor, zwischen welchen Linien und Schnörkel aus purem Gold glänzten. Die Decke war ein einziges, riesenhaftes, barockes Gemälde, und das Parkett des Fußbodens, soweit man es zwischen den kostbaren Teppichen sehen konnte, war aus den verschiedensten Edelhölzern kunstvoll zusammengefügt. Auch die Möbel offenbarten

verschwenderischste Noblesse. Zwischen einem mächtigen, reichverzierten, mit rotem Samt bezogenem Stuhl und dem Tisch, auf dem sich Lila befand, stand ein schlanker, dezent gekleideter, weißhaariger Mann mit scharfgeschnittenen Zügen, der an einer Zigarette sog, welche in einer langen bernsteinernen Spitze steckte. Er taxierte Lila mit grauen Augen, die seiner Stimme an Kälte nichts nachstanden. Schließlich deutete er auf Lilas zahlreiche, wenn auch verbundenen Verletzungen und sprach ein paar verächtliche Worte, die wie Eiswürfel in einem Glas klirrten. Lila schauderte und betete im Stillen darum, nicht in die Hände dieses Menschen zu geraten. Nach einigen weiteren kurzen Wortwechseln winkte der Graue – wie Lila ihn für sich nannte - einem Diener in rotem Livree, der sofort mit einer silbernen Schatulle herbeieilte, entnahm dieser ein Bündel Geldscheine und warf sie dem Mann zu, der Lila entführt hatte. Lila sah dessen enttäuschte, wie wütende Miene und hörte seinen empörten Protest. Der Graue stieß eine scharfe Erwiderung hervor, die einen derart endgültigen Klang hatte, daß Lila sich an Stelle des Diebes gehütet hätte, zu widersprechen. Der aber war augenscheinlich so unzufrieden mit der Bezahlung, daß er erneut protestierte. Daraufhin gab der Graue dem Diener ein kaum merkliches Handzeichen, woraufhin dieser eine Waffe unter seinem Wams hervorzog, auf den erbleichenden Entführer anlegte und ohne jede Gefühlsregung abdrückte. Es gab nur ein leises Paffen, der Getroffene riß die Hand zum Herzen hoch, gab ein kurzes Röcheln von sich und stürzte leblos zu Boden. Eilends kamen zwei weitere Diener herbeigelaufen und schleppten den Toten hinaus, während eine ältere Frau mit strengen Zügen das Blut vom Parkett aufwischte. Der Graue trat an den Tisch, beugte sich zu Lila und sprach sie nun direkt an. Dabei lächelte er, doch dieses Lächeln war so bar jeder Wärme, daß Lila ein eisiger Schauer durchfuhr.
"Bitte", sagte sie leise, "ich kann ihre Sprache nicht verstehen!"

"Ah, aber sprechen kannst du immerhin!" stellte der Graue nun in Lilas Sprache fest, "als was bezeichnest du dich denn selbst: Elfe, Zwergin, Fee oder etwas ganz anderes?"

"Ich gehöre zu den Elfen", antwortete Lila.

"So, so, eine Elfe, was es nicht alles gibt in dieser Welt! Existieren hier noch mehr von eurer Sorte?"

"Nein", sagte Lila wahrheitsgemäß, "ich bin die einzige."

"Ach! Und du denkst, daß ich dir das glaube? Ich will wissen, wo deine Artgenossen leben, und ich kann dir nur empfehlen, schnell und korrekt zu antworten, sonst ... !"

"Aber ich kann es wirklich nicht sagen!" versicherte Lila ängstlich, "ich weiß nicht, wie ich das beschreiben sollte. Wir leben ganz, ganz weit weg von hier. Andere Menschen haben mich versehentlich in ihrem Gepäck im Flugzeug hierher gebracht."

"Wie heißt denn das Land aus dem du kommst? Allzuviele sollten ja nicht in Frage kommen, wenn man deine Sprache bedenkt."

"Ich weiß nicht, wie die Menschen das Land nennen, in dem wir leben. Wir Elfen haben keinen speziellen Namen dafür."

"Du scheinst ja ein ziemlich hoffnungsloser Fall zu sein!" meinte der Graue ärgerlich. "Na ja, ich denke, daß mit dir immerhin einiges an Geld zu verdienen sein wird! Cassandra?!"

Die streng dreinschauende Dienerin, die eben das Blut entfernt hatte, trat zu ihnen.

"Ja, Herr?" flüsterte sie unterwürfig und machte einen tiefen Knicks.

"Sperr dieses Wesen in eines der Vogelbauer und sorge dafür, daß sie Nahrung erhält!"

"Zu Diensten!" antwortete sie, faßte Lila unsanft um den Körper und strebte zum Ausgang.

"Ach ja, noch eines", holte die frostige Stimme sie ein, "du haftest mit deinem Leben für die Elfe, also laß sie nicht entkommen!"

Schweigend verbeugte sich die Frau noch einmal in Richtung ihres Gebieters, dann eilte sie aus dem Saal und brachte Lila in ein kleineres Zimmer, das allerdings kaum weniger luxuriös war. Während Lila noch staunte, daß offensichtlich sogar die Dienerin mehrere Sprachen zu beherrschen schien - schließlich hatte der Graue zuvor noch in der anderen Sprache zu ihr geredet - setzte die Frau Lila in einen goldenen oder zumindest goldfarbenen Käfig, schloß mürrisch das Türchen hinter ihr und verließ sie wortlos. Allerdings kehrte sie noch einmal kurz zurück, um - Vogel!- Futter in den Käfig zu streuen, Wasser in den schmuddeligen Trinknapf zu geben und hernach die Tür endgültig hinter sich zu schließen. Voller Grauen an ihre Zukunft denkend, hockte Lila in einer Ecke des Käfigs. Ihre Verletzungen schmerzten wieder heftiger, nicht zuletzt dank der rüden Behandlung durch den mittlerweile toten Dieb und die Dienerin. Es gab keine Stelle in dem Käfig, wo sie bequem hätte liegen können. Ebensowenig gab es eine Toilette! Es war schrecklich und entwürdigend! Ein Entkommen war derzeit auch undenkbar, denn der Käfig hatte, im Gegensatz zu den meisten anderen Vogelkäfigen, nicht nur einen Riegel, sondern ein richtiges Schloß. Und selbst wenn Lila es hätte öffnen können, aus dem Zimmer hätte sie immer noch nicht gekonnt. Außerdem war sie noch nicht wieder in der Lage, zu fliegen. Im weiteren Verlauf des Tages wurde es noch unangenehmer, denn es kamen ständig irgendwelche Bediensteten herein, um sie anzugaffen. Einige von ihnen stießen Lila auch mit den Fingern, einer gar mit einem Bleistift, um sie zu Bewegungen zu animieren. Als sie am Abend endlich wieder allein war, hatte sie unzählige neue blaue Flecke hinzubekommen und versuchte lange vergeblich, sich in den Schlaf zu weinen. "Oh, Gott, bitte hilf mir!" flüsterte sie, "Mami, Milla, bitte, bitte, findet mich und holt mich hier heraus!"

6

"Wo warst du denn so lange, Kathrin?!" empfing sie die vorwurfsvolle Stimme ihrer Mutter, "wir haben schon überall nach dir gesucht!"
"Och, ich hab mir nur mal den Strand und so angeschaut."
"Is' ja gar nicht wahr!" rief Thomas, "ich bin extra runtergelaufen und hab' alles abgesucht, da warst'e nich'!"
"Halt's Maul! Du kannst ja bloß nicht gucken!"
"Sagt mal, schafft ihr das auch ein einziges Mal, ohne zu streiten?!" fuhr Georg dazwischen, "und das nächste Mal, wenn du dich außer Sichtweite begeben willst, sagst du gefälligst Bescheid, Kathrin! Ist das klar?"
"Mensch, Papa, ich bin doch schon fünfzehn! Demnächst muß ich noch extra Bescheid sagen, wenn ich mal aufs Klo muß, und das nur, weil ich so'n bescheuerten Bruder habe!"
"Siehste, Papa, Kathy fängt ja schon wieder an! Jetzt könntest du ihr auch mal Eine langen!"
"Das laß mal schön meine Entscheidung bleiben, Tommy! Und, Kathy, es ist wirklich nicht so ganz ohne, selbst wenn du schon fünfzehn bist; ich habe vorhin einen ziemlich unangenehm aussehenden Typen nicht weit von unserem Haus überrascht, als er mit einem Fernglas zum Strand hinunterspannerte. Deshalb möchte ich nicht, daß du dich, besonders nicht so knapp angezogen, weiter entfernst, als wir dich und du uns rufen hören kannst!"
"O.k., Papa!" stimmte Kathrin, mit den Gedanken schon ganz woanders, zu. Wie lange war dieser Mann wohl dagewesen? Was hatte er gesehen? Hatte er womöglich beobachtet, wie sie die Elfe gefunden hatten? Sie mußte möglichst bald wieder zu Garmin hinüber, damit er sich in Acht nahm. Rasch trank sie ihren Sprudel, aß ein Stück Kuchen, ohne daß sie hinterher hätte sagen können, was für ein Kuchen das überhaupt gewesen war, und stand auf, um in ihr Zimmer zu gehen. Dort entledigte sie sich ihres Bikinis und zog T-Shirt und

Jeans an. Dann schaute sie noch einmal kurz ins Eßzimmer: "Ich geh noch mal 'n bißchen raus, die Ferienhäuser angucken. Ich geh auch nicht weit weg, wenn ihr ruft, höre ich es!" Damit schlug sie die Tür zu und lief hinten um ihr und Garmins Haus herum, um nicht von ihrem Bruder oder den Eltern gesehen zu werden.

"Hallo, da bin ich wieder!"

Garmin zuckte erschrocken zusammen. Er hatte Kathrin gar nicht kommen hören.

"Hi, Kathy, alles roger?"

"Na ja, so la la. Meine Eltern haben schon ein bißchen gemeckert, weil sie mich nicht gefunden haben, aber das ist mir ziemlich egal! Übrigens, weißt du, was mein Vater beobachtet hat?" Schnell erzählte sie Garmin von dem Spanner.

"Komisch, daß wir den gar nicht bemerkt haben! Nun, wir können ja mal ein bißchen darauf aufpassen, ob der sich noch länger hier herumtreibt. Ich denke, es ist auch an der Zeit, mal zu sehen, ob Lila noch schläft oder ob sie vielleicht zu große Schmerzen hat."

"Ja, echt", pflichtete Kathrin bei, "ich finde, die ist unheimlich tapfer! Nicht wahr?"

"Natürlich ... , psst, laß mich die Tür lieber aufmachen, die knarrt manchmal! Hm? Die ist ja gar nicht richtig zu! Ich dachte, ich hätte sie geschlossen."

"Hhh! Garmin! Sie ist weg!" Angst stand Kathrin in das Gesicht geschrieben.

"Vielleicht ist sie ja selbst weggelaufen", versuchte Garmin zu beruhigen, glaubte aber selbst nicht daran.

"Klar", fuhr Kathrin ihn an, "dabei hat sie auch gleich noch deine T-Shirts mitgeschleppt! Wieso hast du nicht auf sie aufgepaßt?!"

"Mensch, wie hätte ich denn ahnen können, daß uns jemand beobachtet hat, dann auch noch so schnell und geräuschlos in das Haus kommt und Lila mitnimmt?" verteidigte sich Garmin, der sich völlig zu Unrecht beschuldigt fühlte und gleichzeitig geknickt war, daß ausgerechnet Kathy so sauer auf ihn war.

"Und ich habe gedacht, sie sei bei dir in Sicherheit!" fuhr Kathrin erregt fort, ohne auf Garmins Worte einzugehen, "jetzt laß dir mal was einfallen, wie du sie wiederfinden und aus der Gewalt von diesem Typen befreien willst! Ich hatte dich für vertrauenswürdiger gehalten!" Nach dieser Strafpredigt lief sie, gefolgt von Garmin, in den Garten, um nach Lila oder dem mysteriösen Fremden Ausschau zu halten.

"Ah ja, du warst also vorhin die ganze Zeit am Strand!" Garmin und Kathrin wandten sich um. Der Urheber dieser höhnischen Worte war natürlich Tommy, der feixend vom dem anderen Grundstück herübersah.

"Laß mich in Ruhe, du schleimige Ratte!" schrie seine Schwester, die gerade so richtig in Fahrt war, und drehte sich von ihm weg. "Oh, Mann, die arme Lila, ihr ging es sowieso schon so schlecht, und jetzt auch das noch. Wenn du bloß nicht so unfähig wärst!"

"He, so allmählich reicht es mir!" empörte sich Garmin, "du tust ja gerade so, als sei ich ein Verbrecher!"

"Bist du ja auch, ..., fast!" gab Kathrin ungnädig zurück, ließ Garmin einfach stehen und lief zu ihrem Ferienhaus hinüber. Sie fühlte sich schlecht; einerseits wegen Lilas grausamem Schicksal, andererseits, weil es ihr durchaus bewußt war, daß sie Garmin ungerecht behandelte. Doch irgendwie konnte sie es nicht über sich bringen, sich bei ihm zu entschuldigen. Zumindest noch nicht. Übel gelaunt betrat sie das Haus.

"Kathrin, kommst du mal?!"

Oh je, auch das noch! Wenn ihr Vater einen derartigen Tonfall anschlug, roch es förmlich nach Ärger. Bestimmt hatte Tommy gepetzt!

"Ja, was ist denn?" fragte sie, mühsam eine neutrale Stimmlage suchend.

"Nun, es scheint, daß du uns vorhin belogen hast, und das können wir nicht einfach so durchgehen lassen! Bitte, sag jetzt die Wahrheit, warst du auch vorhin schon bei diesem Jungen nebenan?"

"Ja", gab Kathrin etwas kleinlaut zu, "aber zuerst war ich wirklich noch am Strand!"

"Komm jetzt nicht mit Spitzfindigkeiten! Und laß es dir nicht noch einmal einfallen, uns zu belügen! Ich möchte wissen, wie du dir das Zusammenleben vorstellst, wenn man sich gegenseitig nicht vertrauen kann?"
Kathrin sah ihren Bruder im Hintergrund schadenfroh grinsen. 'Na warte, du Ohrfeigengesicht', dachte sie bei sich, 'dir werd ich es noch zeigen!'
"Wir lassen die Sache jetzt damit bewenden!" mischte sich nun ihre Mutter ein, "aber eines möchte ich noch loswerden: Wenn du dich hier mit Jungs triffst, kannst du uns das ruhig sagen, dagegen haben wir bestimmt nichts. Aber bitte, daß dir dabei nichts Ungewolltes passiert! Ich hoffe, du paßt da auf!"
"Ey, sagt mal, seid ihr jetzt total abgedreht?!" regte sich Katrin mit rotem Kopf auf, "denkt ihr, bloß weil ich mal mit einem Jungen rede, stiege ich gleich mit ihm ins ... ?! Ihr tickt doch wohl nicht richtig!!!" Erbost lief sie aus der Küche und knallte die Tür mit aller Wucht hinter sich zu, rannte zu ihrem Zimmer und warf sich, Tränen der Wut in den Augen, auf das Bett. Doch dann zwang sie sich zur Ruhe; sie konnte sich jetzt nicht so gehen lassen! Vordringlich war es, irgendwie auf Lilas Spur zu kommen, um ihr zu helfen. Sie atmete ein paarmal tief durch und ballte die Fäuste; ja, sie mußte in den sauren Apfel beißen, zu Garmin gehen und sich entschuldigen! Alleine standen die Chancen, Lila wiederzufinden, noch schlechter als zu zweit. Sie stand auf und machte sich auf zum 'Gang nach Canossa'. Bevor sie das Haus verließ, steckte sie kurz den Kopf durch die Küchentür: "Ich muß noch mal rüber", verkündete sie, "ich weiß noch nicht, wann ich wiederkomme!" Und noch ehe jemand womöglich Widerspruch erheben konnte, hatte sie die Tür schon wieder geschlossen und war aus dem Haus gelaufen, während sich drinnen ihre Eltern über die richtige Erziehungsmethode für Teenager stritten.
"Warum sprichst du so etwas bloß immer wieder an, Lea, du weißt doch, wie empfindlich Kathy dann immer reagiert!"

"Irgendjemand muß es ansprechen, und du tust es ja
nicht! Besser, sie ärgert sich ein paarmal, als daß es
plötzlich zu spät ist und wir uns Vorwürfe machen
müssen, warum wir dies Thema nicht vorher aufs Tapet
gebracht haben!"
"Ja, ja, aber du sprichst es einfach zu oft an! Kathy ist
doch längst aufgeklärt! Und jetzt will ich auch nicht
mehr darüber reden", ergänzte Georg mit unauffälligem
Seitenblick auf Thomas.
In diesem Moment betrat Kathrin gerade drüben das
Haus.
"Garmin?"
...
"Gaaarmiiin? Mist, wo ist der den jetzt?"
Kathrin kam wieder heraus und blickte suchend umher.
Ah, dort war er ja! Garmin suchte offensichtlich gerade
die Büsche oberhalb des Strandes ab. Eilig rannte
Kathrin hin: "Garmin?"
Mißmutig starrte Garmin sie an und verschränkte die
Arme vor der Brust: "Kommt jetzt die nächste
Strafpredigt?"
"Bitte, Garmin, es tut mir leid wegen vorhin! Ich weiß,
es war fies und ungerecht von mir. Ich hatte mich nur
so aufgeregt. Bitte, bitte, sei nicht mehr sauer! O.k.?"
"Na gut", brummte er, innerlich wahre Freudensprünge
vollführend. Es war wieder in Ordnung zwischen ihnen
beiden, das war erstmal das Wichtigste!
"Hast du schon irgendetwas gefunden, Garmin?"
"Nein, leider nicht, außer ein paar Fußspuren. Aber wie
die uns weiterhelfen sollten, weiß ich auch nicht."
"Mist, daß wir den Mann nicht selbst gesehen haben! So
haben wir nur die Beschreibung meines Vaters, und die
war auch nicht gerade genau. Wahrscheinlich würden
wir den Kerl gar nicht erkennen, selbst wenn er direkt
an uns vorbeiginge."
Später am Abend, als es bereits anfing zu dämmern,
waren sie bei ihrer Suche noch keinen Schritt weiter
gekommen. Nebeneinander saßen sie auf der obersten
Terrassenstufe. Garmin hatte seinen Kopf zwischen den

Armen geborgen und schluckte schwer, sich in Selbstvorwürfen ergehend.

"Garmin, du kannst wirklich nichts dafür!" versicherte Kathrin und strich ihm tröstend mir der Hand über den Rücken. Mmh, das war ein angenehmes Gefühl! Garmin lehnte sich ein bißchen zu Kathrin hinüber, die nun den Arm auf seine Schultern legte und gedankenverloren seinen Kopf kraulte. Von der Straße her war ein Auto zu hören, welches sich rasch näherte. Enttäuscht richtete sich Garmin auf. Mußten die gerade jetzt kommen?!

"Das sind meine Eltern", informierte er Kathrin.

"Au weia!" rief diese aus, "damit meine ich natürlich nicht deine Eltern!" beeilte sie sich zu sagen, als sie Garmins befremdete Miene sah, "ich habe nur gerade bemerkt, wie dunkel es schon ist. Ich muß dringend nach Haus, sonst lassen die mich morgen garantiert nicht weg!"

"Dann kletter am besten gleich hier 'rüber", empfahl Garmin, "wenn meine Eltern dich erst sehen, quatschen sie dich sicher noch stundenlang voll!"

Kathrin lief auch sofort los, zögerte dann aber plötzlich und kam die paar Schritte wieder zurück, legte ihre Arme um Garmins Nacken und gab ihm einen Kuß auf den Mund. Danach ließ sie den überraschten, wie eine Statue wirkenden Jungen stehen, sprang mit einem eleganten Satz über die niedrigen Büsche und verschwand drüben im Haus. Verträumt hob er seine Hand an den Mund. Das Gefühl ihrer weichen Lippen auf den seinen würde er nie vergessen! Er meinte noch immer den zarten Duft ihres Körpers wahrzunehmen, als ihn die Stimme seiner Mutter in die Gegenwart zurückholte: "Garmin, aufwachen! Was stehst du denn da wie ein Ölgötze?"

"Hä? Äh, hallo, ich hab nur gerade nachgedacht." Garmin war froh, daß es schon dunkel war, so konnte seine Mutter sein Erröten nicht sehen.

"Komm herein, mein Junge, du bist auch viel zu dünn angezogen!"

Bereitwillig folgte Garmin ihr ins Haus, wo er noch eine Zeitlang die begeisterten Beschreibungen etlicher

Bauwerke über sich ergehen lassen mußte, bevor er sich in sein Bett zurückzog. Schlafen allerdings konnte er lange nicht. Zu sehr quälten ihn verschiedenste fiese Bilder, was alles mit Lila passiert sein konnte, und außerdem mußte er natürlich auch ständig an Kathy denken. Ob sie jetzt 'zusammen' waren? Mit dieser angenehmen Vorstellung schlief er schließlich in den späten Nachtstunden ein.

Als die Sonne sich erhob, war er auch schon wieder wach. Dafür war er durchaus dankbar, denn schlimme Alpträume hatten ihn die ganze Nacht hindurch begleitet. Er kleidete sich rasch an und verließ leise, um seine Eltern nicht zu wecken, das Haus. Drüben war tatsächlich auch Kathrin schon wach, winkte ihm zu und deutete auf den Strand. Garmin verstand: Dort waren sie ungestört. Er machte sich, ebenso wie Kathrin, sofort an den Abstieg, und kurz darauf standen sie beieinander auf dem glatten, noch völlig menschenleeren Strand.

"Hast du auch so schlecht geschlafen?" wollte Kathrin wissen.

Garmin nickte: "Deshalb bin ich überhaupt schon wach, sonst schlafe ich meist länger. Es ist ja erst halb sieben!"

"Mich haben dauernd irgendwelche schwarzgekleideten Männer mit Ferngläsern verfolgt", erzählte Kathrin, als sie langsam am Wasser entlangschlenderten. Sie näherten sich dem Ende des Strandes und wollten gerade umkehren, als Garmin stoppte und Kathrin am Arm zurückhielt.

"Halt mal, Kathy, sieh nur, dort treibt etwas im Wasser, sieht aus wie ein Mensch!"

Da, wo Garmin hinzeigte, konnte auch Kathrin den dunklen Körper sehen, der ein ums andere Mal von den trägen Wellen gegen den Fuß der Klippen gedrückt wurde. Sie kletterten so dicht heran wie möglich, und nach einigen vergeblichen Versuchen gelang es Garmin, den Ärmel der Jacke des Toten zu ergreifen. Mit vereinten Kräften schafften sie es, die Leiche auf eine flache Gesteinsstufe zu zerren.

"Das war der Kerl, der Lila geklaut hat!" stellte Kathrin, die nochmals ins Wasser gestiegen war, mit Bestimmtheit fest und zeigte Garmin eines seiner T-Shirts, welches sie als Decke für Lila benutzt hatten und das neben dem Toten vom Meer angespült worden war. "Hoffentlich ist er nicht mit ihr dort hinuntergestürzt!" setzte sie mit bebender Stimme hinzu.

Garmin hatte seine Abscheu überwunden und die Kleidung des Toten untersucht. "Ich glaube nicht", sagte er, "zumindest ist der Kerl hier nicht an einem Sturz die Felsen herab ums Leben gekommen oder ertrunken. Er wurde erschossen!" Angewidert wies er auf das Loch in der Brust des Mannes, aus dem aber dank des längeren Aufenthaltes der Leiche im Wasser kein Blut mehr austrat.

"Oh nein, dadurch wird es ja noch schwieriger!" entsetzte sich Kathrin, "jetzt haben wir gar keine Ahnung mehr, wo Lila sein könnte!"

"Das ist wahr! Außerdem dürfte es unsere Suche behindern, daß wir die Polizei benachrichtigen müssen. Dann müssen wir erstmal denen Rede und Antwort stehen und können nicht frei nach Lila suchen."

"Müssen wir denn unbedingt die Bullen rufen?" zögerte Kathrin, "können wir nicht einfach warten, bis irgendjemand anderes die Leiche findet?"

"Nee, das geht nicht", fand Garmin, "aber mein T-Shirt müssen sie ja nicht unbedingt sehen, das nehmen wir lieber mit, sonst werden wir noch zu tief dahinein verstrickt!"

Bedrückt stiegen sie den Weg hinauf, um jeweils ihre Eltern zu wecken und sie die Polizei rufen zu lassen.

7

Als Lila am nächsten Morgen aufwachte, fühlte sie sich wie gerädert. Sie brauchte einen Moment, um sich zu orientieren, dann brach die grausame Realität wieder mit aller Härte über sie herein. Sie war Gefangene des 'Grauen'! Da ihr Körper sich in der Genesung von den vielen Verletzungen befand, verspürte sie schon wieder großen Hunger. Sie suchte sich aus dem Vogelfutter die am besten aussehenden Getreidekörner heraus und brachte sie mühsam mit etwas von dem abgestandenen Wasser hinunter. Besser fühlte sie sich danach allerdings auch nicht. Sehnsüchtig durch das Fenster auf das weit darunter liegende, sonnenbeschienene Meer blickend, umklammerte Lila die kalten Gitterstäbe des Käfigs. Wie mochte der Graue das gestern gemeint haben, mit ihr sei viel Geld zu verdienen? Hatte er vor, sie weiterzuverkaufen oder sie vielleicht gegen Geld auszustellen, wie Tiere in den Zoos der Menschen? Oder etwas noch viel Schlimmeres, was sie noch gar nicht ahnte? Diese Ungewißheit und gleichzeitige Angst, nie mehr freizukommen, war entsetzlich! Vorsichtig testete Lila, wie es um ihre Flugfähigkeiten aussah. Es ging so gerade eben, tat aber noch ziemlich weh. Das hieß, daß sie eine Flucht jetzt lieber noch nicht wagen sollte, selbst wenn sie einen Weg hinaus sähe; die Erfolgsaussichten waren einfach zu gering. Die Tür zu dem Zimmer, in dem der Käfig stand, öffnete sich, und eine junge, verschüchtert aussehende Frau trat herein. Sie hatte ein rundes, sympathisches Gesicht mit traurigen, blauen Augen darin. Ihre etwas mehr als schulterlangen blonden Haare waren zu einem unordentlichen Zopf geflochten und dieser hoch-gesteckt. Sie trug einfache Arbeitskleidung und hatte rauhe, von harter Arbeit gezeichnete Hände. Sie guckte in Lilas Käfig, nahm die danebenstehende Vogel-futterpackung und schüttete etwas davon in den Futternapf. Dann griff sie nach dem Wassergefäß und sah dabei Lila kurz ins Gesicht.

"Könnten sie mir vielleicht etwas anderes zu essen bringen?" bat Lila, "ich krieg dies Vogelfutter nicht runter!"
Die Frau sah Lila fragend an: "Was du möchtest? Ich nicht spreche gut deine Sprache."
Lila nahm etwas von dem Futter in die Hand, deutete auf ihren Mund und schüttelte sich. Dann deutete sie mit ihren Händen auf dem Bauch Magenschmerzen an.
"Ach, du kannst nicht essen das! Du ja auch nicht Tier!" sagte die Frau mit verständnisvoller Stimme, "ich bald hole anderes! Warum du eingesperrt?"
"Ich weiß nicht", antwortete Lila so langsam und deutlich wie möglich, "der Mann mit den weißen Haaren sagte, er will Geld mit mir verdienen."
"Ah, Geld!" echote die Frau und setzte dann flüsternd, mit verschwörerischer Stimme hinzu: "Graf Moro nicht gut, sehr, sehr gefährlich! Du nicht machen was er sagen, du schlimm geschlagen, oder tot. Er dich so verletzt?"
Lila schüttelte den Kopf: "Das waren Möven", und als sie den verständnislosen Ausdruck im Gesicht der Frau bemerkte, setzte sie hinzu: "Vögel!" Dabei ahmte sie das Verhalten selbiger nach.
Ein verstehendes Lächeln der Frau zeigte Lila, daß sie begriffen hatte. "Ich gleich zurück", versprach die junge Frau, "was du kannst essen?"
"Vielleicht etwas Brot, und wenn es geht, ein Stück Apfel oder so." Nachdem Lila ihre Bitte mit vielen Gesten und Zeichen verdeutlicht hatte, verließ die freundliche Frau sie für wenige Minuten, um dann mit einer Tüte zurückzukommen. Daraus holte sie ein Stück Weißbrot, etwas Käse, einen Apfel und eine Banane hervor und schob sie Lila in den Käfig. Schließlich nahm sie noch den Trinknapf, säuberte in gründlich und füllte ihn mit frischem Wasser. Die Frau sah lächelnd zu, wie sich Lila heißhungrig über die mitgebrachten Lebensmittel hermachte.
"Ich bin Fiona", nannte sie Lila ihren Namen, "wenn du brauchst etwas, sag mir, ja?"

"Mache ich", antwortete Lila, erfreut, daß es in diesem Haus oder Palast nicht nur böse Menschen zu geben schien. "Ich heiße Lila." Sie zögerte kurz, dann nahm sie ihren Mut zusammen, die entscheidende Frage zu stellen: "Sag mal, Fiona, kannst du mich nicht freilassen? Bitte, bitte!"
Fiona machte ein entsetztes Gesicht. "Bitte, das nicht von mir verlangen! Alles andere, aber nicht rauslassen! Moro mich umbringen, und was wird dann aus meine kleine Sonja? Nein, das kann ich nicht! ... Du jetzt böse?"
"Nein, nein!" versicherte Lila schnell, denn sie wollte es sich mit dieser Frau auf keinen Fall verderben, war Fiona doch die einzige hier, der sie glaubte, vertrauen zu können. "Aber bitte, Fiona, verrate niemandem, daß ich dich gebeten habe, mich freizulassen!"
"Ich sage zu keinem!" versprach Fiona, "ich muß jetzt weiter, arbeiten, sonst ich bekomme Schläge! Bis bald Lila."
"Bis bald Fiona!" Lila winkte ihr noch kurz hinterher, dann war sie wieder allein. Trotz Fionas Ablehnung, sie freizulassen, machte es Lila wieder etwas Mut, nicht mehr völlig mit ihren Ängsten allein zu sein, sondern jemanden zu haben, dem sie sich anvertrauen mochte. Gegen Mittag kam Fiona wieder, auf dem Arm ein kleines Mädchen mit schwarzen Locken, das, als es Lila sah, aufjauchzte, zu ihr hinzeigte und seine Mutter mit einem wilden Redeschwall eindeckte. Fiona antwortete geduldig und erklärte Lila dann: "Das ist Sonja, meine Tochter. Sonja zwei und halbes Jahr alt. Ich erzähl ihr von dir und sie unbedingt wollte sehen Elfe!"
Das Mädchen streckte den Arm aus und steckte die Finger durch das Gitter.
"Hallo Sonja!" sagte Lila und ergriff den Zeigefinger.
"Lila", sagte die Kleine und lachte fröhlich.
"Du noch genug zu essen und trinken?" wollte Fiona wissen.
"Oh, ja, das wird noch eine ganze Weile reichen", versicherte Lila, "ich bin ja klein und kann gar nicht so viel essen."

"Dann gut! Ich muß leider schon wieder weg." Bevor sie ging, steckte sie Lila noch ein weiches Tuch in den Käfig. "Damit du kannst besser liegen", erklärte sie und beeilte sich dann, wieder an ihre Arbeit zu gehen. Sonja winkte Lila noch mit ihren kleinen, dicken Händchen zu, dann war auch diese kurze Abwechslung schon wieder vorbei. Nachmittags betrat die strenge, ältere Frau den Raum, um Lila zu kontrollieren. Überrascht betrachtete sie die zusätzlichen Lebensmittel und Lilas neue 'Decke', verlor aber kein Wort darüber.
"Mach die Verbände ab!" verlangte sie stattdessen, "ich muß sehen, wann wir dich präsentieren können."
"Aber die Verletzungen sind noch ganz neu!" protestierte Lila, "das ist doch erst gestern passiert!"
"Das interessiert mich nicht", gab die Frau ungerührt zurück, "du kannst mir ja viel erzählen, nun mach schon!"
Sauer machte sich Lila an die undankbare Aufgabe, denn es war alles andere als angenehm, die Verbände loszubekommen, da sie teilweise mit den Blutkrusten verklebt waren und beim Entfernen diese wieder aufrissen. Nachdem sie so etwa die Hälfte losgemacht hatte, stoppte die Frau die schmerzvolle Arbeit. "Gut, gut, das reicht! Du kannst sie wieder anlegen, ich sehe schon, wird wohl leider noch ein paar Tage dauern, schätze, das wird Graf Moro überhaupt nicht gefallen."
Als die unsympathische Alte fort war, begann Lila, die Verbände, die nicht zu sehr verschmiert waren, erneut um die schlimmsten Wunden zu wickeln. Sorge bereitete ihr dabei die tiefe Schnittwunde an der Seite, die der erste Schnabelhieb der Möve verursacht hatte, denn sie sah ziemlich schlimm und entzündet aus. Zudem schmerzte sie extrem, auch wenn man sie gar nicht berührte. Eigentlich benötigte sie Medikamente, aber es stand kaum zu erwarten, daß man ihr freiwillig welche geben würde. Vielleicht konnte sie Fiona danach fragen, wenn diese sie genügend verstand.
Fiona kam erst wieder am Abend dieses nicht enden wollenden, langweiligen Tages. Als sie auf Lila zukam, erschrak diese: Fionas Gesicht sah schlimm aus. Eines

der Augen war blau geschlagen und fast zugeschwollen, und über der Braue klaffte eine unbehandelte Rißwunde. Zudem bewegte sich Fiona so unsicher und vorsichtig, daß Lila befürchtete, daß es nicht nur ihr Gesicht war, das etwas abbekommen hatte.

"Fiona! Was ist passiert?"

"Ach, nichts, mach dir keine Gedanken, Lila!"

"Doch, mach ich aber! Nun sag schon, was war los? Hat es etwas mit mir zu tun?"

Zuerst druckste Fiona noch etwas herum, aber schließlich gestand sie: "Cassandra, was ist Aufseherin, hat mich mit Faust und mit Peitsche geschlagen, weil ich dir habe zu essen gegeben ohne Erlaubnis."

"Diese gemeine Ziege!" empörte sich Lila, "wie kann man jemanden bestrafen, nur, weil er nett ist?!" Diese strenge ältere Frau, vermutlich jene Cassandra, war Lila von Anfang an unsympathisch gewesen, daß sie aber derart fies war, hätte sie nicht für möglich gehalten. "Es tut mir leid, daß du meinetwegen verprügelt wurdest", sagte Lila traurig, "ich wünschte, ich hätte nicht nach anderem Essen gefragt!"

"Lila, du kannst nichts dafür, du konntest nicht wissen, daß Menschen hier so böse!"

"Hat sie auch Sonja ... ?"

"Nein, nein! Sonja heil und gesund; nur hat jetzt Angst um Mama."

"Kannst du nicht weg von hier, und woanders leben?"

"Geht nicht, Moro läßt niemanden gehen, der auch nur kleines bißchen weiß. Wenn ich wüßte, wie hier heil herauskommen mit Sonja, ich würde sofort gehen und dich auch mitnehmen. Aber ich keine Ahnung wie, und wenn draußen, wohin, ohne daß Moro finden und umbringen. Moro jagen Leute, die er nicht mag, mit große böse Bluthunde, die finden jeden, egal, wo verstecken." Sie schüttelte sich vor Grauen. "Ja, wenn ich fliegen könnte, wie Vogel oder Elfe, wäre ich schon lange weg!"

"Warum hast du hier denn überhaupt angefangen, zu arbeiten?"

"Mein Freund, Hendrik, der Mann, wo ist Papa von Sonja, hat gearbeitet für Moro. Damals ich wußte nicht, daß Moro schlechter Mensch. Dann ich erfahren, daß Hendrik klaut für Moro, aber da war schon zu spät, ich war schwanger mit Sonja, und dann Polizei hat Hendrik erschossen, als Bank überfallen." Fiona hatte Tränen in den Augen, als sie weitersprach: "Ich Hendrik immer wieder gesagt, soll nicht machen, aber er nicht auf mich gehört, nur auf Moro. Moro schuld, daß Hendrik tot und Sonja keinen Papa mehr hat!" Tiefe Bitterkeit lag in ihrer Stimme, "Sonja auch keine gute Zukunft hier; immer nur böse Menschen drumherum. Wenn ich mal nicht mehr bin, ich weiß genau, sie erziehen Sonja zu schlimmen Sachen, wie Hendrik!"
Lila schauderte; was für ein armseliges, schreckliches Leben! Wenn sie doch Fiona und Sonja irgendwie helfen könnte! Aber sie war ja nicht einmal imstande, sich selber zu helfen. So wie es jetzt stand, traute sich Lila auch nicht mehr, Fiona nach einem Medikament zu fragen, wenn doch die Arme solche Hilfeleistungen derart teuer bezahlen mußte! Doch das war auch gar nicht nötig: Fiona kam schon eine halbe Stunde, nachdem sie Lila verlassen hatte, nochmals zu ihr.
"Ich habe vorhin gesehen, sieht nicht gut aus", deutete sie auf Lilas schlimme Wunde, die sie noch nicht wieder verbunden hatte, und holte ein kleines Fläschchen aus einer Tasche ihres Kleides. "Halt mal still, Lila, kann weh tun!" Damit träufelte sie etwas bräunliche Flüssigkeit in die offene Stelle. Lilas Finger krampften sich um die Gitterstäbe, daß die Gelenke weiß hervortraten; dieses Mittel brannte in der Verletzung, als habe jemand ein glühendes Eisen hineingedrückt. Sie preßte die Luft zwischen den zusammengebissenen Zähnen hindurch, und das Wasser schoß ihr in die Augen.
"Das gleich vorbei, Lila", tröstete Fiona, "ich nicht gedacht, daß so schlimm! Vielleicht Medizin von Menschen zu stark für kleine Elfe." Sanft streichelte sie Lilas Kopf durch das Gitter hindurch.
"Es geht schon wieder", beruhigte Lila, "am besten mache ich wieder einen Verband darum, damit sie nicht

sehen, daß ich Medizin bekommen habe." Die Wunde und deren Umgebung hatten sich nämlich braunviolett verfärbt, und wenn Cassandra das sähe, könnte es Fiona schlecht ergehen.

"Vielen Dank, Fiona, aber jetzt geh lieber wieder! Ich möchte nicht, daß du erwischt und nochmals meinetwegen bestraft wirst!"

"Ach, Lila, es ist schön, ein liebes Wesen wie dich hier zu haben", flüsterte Fiona, das Gesicht dicht am Gitter des Käfigs. Lila gab ihr durch die Stäbe hindurch einen Kuß auf die Wange. "Gute Nacht, Fiona, schlaf gut und gute Besserung!"

"Dir auch, Kind, bis morgen!"

8

Kathrin und Garmin kletterten, gefolgt von zwei Polizisten und ihren Eltern, den Weg hinab und führten sie zu dem Fuß der Klippe, wo sie den Leichnam an Land gezogen hatten. Glücklicherweise war es ihnen nicht allzuschwer gefallen, die Umstände zu erklären, da beide Gesetzeshüter ihrer Sprache mächtig waren.

"Hier ist es", deutete Garmin auf die dunkle Gestalt, bei der bereits die Möven begonnen hatten, ihr grausiges Mahl zu halten. Sie ließen sich nur ungern stören und hielten erst mehr Abstand, als einer der Polizisten mit der Pistole in die Luft geschossen hatte.

"Sieh mal an", stellte der andere nun fest, "da haben wir ja einen alten Bekannten: Zeman, die 'Elster'. Einbrecher und Taschendieb; wir hatten ihn schon mehrfach hinter Gittern. Wir haben immer gehofft, über ihn an den 'Grafen' heranzukommen, aber immer vergebens, nie konnten wir dem etwas anhängen, obwohl wir genau wissen, daß Zeman seine Beute regelmäßig dort ablieferte."

"Wer ist denn der Graf?" wollte Kathrin interessiert wissen.

"Der 'Graf'? Nun, eigentlich ist er kein echter Graf", erklärte der erste Polizist, "er wird nur so genannt, weil er immer so auf adelig tut und hier praktisch die gesamte Unterwelt beherrscht. Er wohnt dort drüben in dem palastähnlichen Gemäuer ganz oben auf den Klippen. Man erzählt sich, seine Vorfahren seien berüchtigte Seeräuber gewesen. Ob das stimmt, kann ich nicht sagen, aber er selbst hat mehr auf dem Kerbholz als alle anderen Kriminellen der ganzen Gegend zusammen. Leider ist er so schlau, daß man zwar genau weiß, daß er es war, es ihm aber nicht nachweisen kann."

"Genau!" pflichtete der andere bei, "der hat mich schon etliche graue Haare gekostet. Na, um den hier", dabei stieß er dem Toten mit dem Fuß in die Seite, "ist es nicht schade. Der hat uns auch schon öfter an der Nase herumgeführt und unserem Ort hier einen schlechten Ruf bei den Touristen eingebracht."

"Sie brauchen sich auf jeden Fall keine Gedanken mehr um diese Geschichte zu machen. Für uns stehen sie außerhalb jedes Verdachtes. Ich wette, er ist bei seinen Geschäften dem Grafen in die Quere gekommen; es wäre nicht das erste Mal, daß so jemand das mit seinem Leben bezahlt! Wir kümmern uns um alles Weitere. Der Tote wird gleich abgeholt. Ah, da kommen sie ja schon."

Drei Männer, von denen zwei einen leichten Sarg trugen, kamen den steilen Weg herab und näherten sich ihrem Standort. Der vorderste der drei grinste, als er den Toten erkannte. "Na, hat die 'Elster' ihren letzten Flug getan? Wohl einem 'adeligen Falken' zum Opfer gefallen!"

"Gut, wir gehen dann mal", sagte Georg, "du auch Tommy!" setzte er hinzu und zog den interessiert die Leiche betrachtenden mit sich, als sie sich auf den Rückweg machten. Hinter Garmin und Kathrin, die den Schluß bildeten, verklang das Gelächter und Reden der Polizisten und Bestatter.

"Was meinst du, Kathy, hat der 'Graf' jetzt wohl Lila in seiner Gewalt?"

"Das könnte gut sein", bestätigte sie, "damit sind wir auf der Suche nach ihr wahrscheinlich schon einen gewaltigen Schritt weiter. Bloß, wie sollen wir an sie herankommen, wenn der Typ so gerissen und mächtig ist?"

"Da habe ich auch noch keine Idee", gab Garmin zu, "aber wir können ja mal zusammen zu diesem Palast gehen und uns dort umsehen. Möglicherweise entdecken wir dort einen näheren Hinweis auf Lila oder, wie wir eventuell hineinkommen und uns umsehen können. Würdest du da mitmachen, Kathy?"

"Klar doch! Aber laß unsere Eltern nichts davon erfahren. Wenn die hören, daß wir uns in die Reichweite von so einem Oberverbrecher begeben wollen, werden zumindest meine Eltern mich an der kurzen Leine halten, und dann können wir das Ganze vergessen. Ich schlage vor, wir sagen einfach nur, daß wir zusammen spazieren gehen wollen, dagegen werden sie vermutlich kaum Einwände haben."

"Meine Eltern wollen aber, daß ich jetzt mit ihnen frühstücke. So lange müssen wir noch warten, weil sie vielleicht Verdacht schöpfen, wenn ich so früh morgens, ohne zu essen, schon spazierengehen will."

"Das ist doch klar", meinte Kathrin, "ich denke, es wäre auch zu auffällig, wenn wir so früh dort oben um die Gebäude dieses Pseudo-Grafen herumstreifen. Zu einer normalen Zeit, vielleicht so gegen Mittag, wird er uns wohl nur für normale Touries halten. Apropo Touries, wir sollten Fotoapparate mitnehmen, dann sieht es noch echter aus."

"Und ich leihe mir noch das Fernglas von meinen Eltern, dann können wir besser beobachten, ohne allzu nah heran zu müssen."

"Guter Einfall! Außerdem ist Lila ja auch so klein, daß das Fernglas allein schon deshalb sehr hilfreich sein könnte."

Inzwischen waren sie bei den Ferienhäusern angekommen, wo ihre Eltern schon bei der Abzweigung standen und sich miteinander unterhielten. Als Garmin und Kathrin hinzutraten, wurden sie erst einmal den jeweils anderen Eltern vorgestellt.

"Also bis nachher, Kathy, ich muß jetzt frühstücken!" verabschiedete sich Garmin.

"Kathrin", sagte Garmins Vater plötzlich, "wenn du möchtest, und sie nichts dagegen haben", schob er an Lea und Georg gewandt ein, "kannst du auch gerne mit Garmin bei uns frühstücken!"

"Ja, das wäre doch schön!" stimmte auch Garmins Mutter zu, "dann könnt ihr euch mal näher kennenlernen."

Oh je! So sehr Garmin die Vorstellung auch gefiel, sich jetzt nicht von Kathrin trennen zu müssen, mußte seine Mutter denn unbedingt so'n peinlichen Kram labern?! Erwartungsvoll sah er zu Kathy, würde sie mitkommen? Diese wiederum blickte ihre Eltern fragend an.

"Von uns aus! Warum nicht?" sagte Georg, "und wenn sie Lust haben, können wir uns ja nachher auch mal ein bißchen zusammensetzen und vielleicht einen Schluck Wein trinken."

"Gern, was meinen sie, so gegen elf?"

"Abgemacht!"

Das Frühstück fiel leider beinahe so aus, wie Garmin schon befürchtet hatte: Er selbst kam kaum dazu, mal ein Wort mit Kathrin zu wechseln, denn seine Eltern, speziell seine Mutter, fragten Kathrin nach allen Regeln der Kunst aus, so daß diese kaum dazu kam, mal einen Bissen in Ruhe kauen zu können. Dankbar war Garmin nur insofern, als seine Mutter keine peinlichen Themen in das einseitige Gespräch mit einbezog, wie zum Beispiel seine Beziehung zu Kathy, von der er selbst nicht einmal wußte, wie er sie einzuschätzen hatte. Doch dann war diese kritische Situation überstanden, und die beiden machten sich nach den entsprechenden Vorbereitungen auf den Weg zum Domizil des Grafen. Es war ein ziemlich langer Fußmarsch, doch gab es keine rechte Alternative, da hier keine Busse fuhren und ein Taxi die finanziellen Möglichkeiten der Jugendlichen überstieg. Erst nach eineinhalbstündigem, anstrengendem, weil fast ausschließlich bergaufführendem Weg, standen sie vor ihrem Ziel. Es war schon eine imposante Anlage: Die schönen alten, aus hellem Naturstein gemauerten Gebäude mit zahlreichen teils bunt verglasten Fenstern, waren von einem parkähnlichen Gelände umgeben, welches von einer zinnenbewehrten Mauer eingefriedet wurde, die mit vier Ecktürmen versehen war. Den Eingang bildete vorn ein gewaltiger, rosenumrankter Torbogen, in den die kunstvollen, schmiedeeisernen Tore eingelassen waren. Weniger schön waren - mindesten zwei - bewaffnete Männer, die auf der Mauer patrouillierten und ein weiterer, der am Tor Wache hielt.

"Am besten, wir gehen erst einmal rundherum, um es von allen Seiten gesehen zu haben", schlug Kathrin vor. Langsam umrundeten sie die Liegenschaft auf der Landseite. Auf der Seite zum Meer hin verlief die Mauer direkt entlang des Steilabsturzes, so daß man dort nicht entlanggehen konnte. Wie sie im Laufe ihrer Erkundung feststellten, war dies denn auch die einzige Seite, die unbewacht schien.

"Doll sieht das ja nicht gerade für uns aus", brummte Garmin. Die beiden saßen inzwischen auf einem großen Felsbrocken, der nur etwa zwanzig Meter von der Mauer emporragte und einen Blick darüber hinweg ermöglichte. Karthrin neben ihm inspizierte mit Hilfe des Fernglases ein Fenster des Gebäudes nach dem anderen, hatte aber auch noch keinen verläßlichen Hinweis darauf gefunden, ob sich Lila tatsächlich hier befand. Sie schwenkte den Feldstecher gerade über das letzte Gebäude, das die Mauer auf der Klippenseite überragte, und wollte eben absetzten, als sie ihn noch einmal hochnahm. Dort, über einem hervorragenden Fels, kurz unterhalb der Mauer, hatte sie etwas Helles bemerkt. Sie legte das Glas zur Seite, nachdem sie länger auf die fragliche Stelle gestarrt hatte.

"Ich bin gleich wieder da", verkündete sie, "ich muß mal eben was gucken."

"Was denn?" wollte Garmin wissen, der von Kathrins Entdeckung nichts bemerkt hatte.

"Weiß ich selbst noch nicht so genau", war ihre unbefriedigende Auskunft, dann war sie schon von ihrem Aussichtspunkt herunter und begann zu Garmins Entsetzen am Fuß der Mauer an den nahezu senkrechten Klippen entlangzuklettern. Was war ihr denn bloß in den Kopf gefahren, so etwas Leichtsinniges zu wagen. Er schnappte sich das Fernglas, das Kathrin hatte liegenlassen, um besser sehen zu können, was sie dort vorhatte. Als er sie im vergrößerten Bild hatte, bekam er noch gerade mit, wie sie etwas in den Bund ihrer Hose schob und sich hernach mit für die Verhältnisse lebensgefährlicher Eile zurückhangelte.

"Hey, bist du komplett wahnsinnig geworden?!" empfing Garmin sie mit bleichem Gesicht, als sie außer Atem wieder bei ihm angelangt war, "wenn du da abgerutscht wärst ... !"

"Bin ich aber nicht", gab Kathrin lakonisch zurück, "sieh mal, was ich gefunden habe!" sagte sie triumphierend, "jetzt dürfte es für uns außer Frage stehen, daß Lila tatsächlich hier irgendwo ist!" Sie zog ihren Fund hervor und reichte ihn Garmin hin; es war sein anderes T-Shirt, das sie benutzt hatten, um es Lila bequemer zu machen. Garmin nickte. "Gut, daß du es entdeckt hast, dann brauchen wir wenigstens nicht so im luftleeren Raum herumzustochern. Bloß das Schwierigste, nämlich da hineinzukommen, Lila zu finden und dann auch noch heil wieder herauszukommen, steht uns noch bevor. Wir können ja schlecht einfach ans Tor gehen und fragen, ob sie hier eine Elfe haben, das wäre unsere, und wir wollten sie wiederhaben."
"Echt, können wir nicht?" bemerkte Kathrin mit ironischem Staunen, "darauf wäre ich nie und nimmer gekommen!"
Garmin wurde rot und kaute verlegen an seiner Unterlippe. "Ich mein' ja nur ..," doch es wollte ihm nichts Sinnvolles einfallen, was er sagen konnte, um seinen 'geistreichen' Satz weniger dämlich erscheinen zu lassen. Aber Kathrin war mit ihren Gedanken sowieso schon längst woanders.
"Wenn wir da 'reinwollen, ohne bemerkt zu werden, geht das nur im Dunkeln und dann von der Seeseite her. Aber dann müßten wir schon bei Tageslicht einen geeigneten Weg erkunden, damit wir im Finstern nicht in Gefahr geraten, abzustürzen."
"W..., wa.., was?! Du willst da nachts über dem Abgrund herumkraxeln?!" stotterte Garmin und schüttelte den Kopf, "du bist ja noch verrückter, als ich dachte!"
"Danke! Dann schlag doch was Besseres vor, du Schlaumeier!"
"Du weißt doch genau, daß ich auch noch keinen Weg weiß!" antwortete Garmin ärgerlich, weil ihm immer wieder etwas herausrutschte, das Kathrin veranlaßte, abfällig über ihn zu denken. "Aber, wo willst du denn da hinein?"

"Ich habe doch gerade gesagt, daß wir das jetzt bei Tageslicht erkunden müssen!" ließ Kathrin ihn ungeduldig wissen.

"Und? Selbst wenn wir einen Weg hinein finden, wo sollen wir dann suchen? Wir wissen ja nicht einmal, in welchem der Gebäude, geschweige, in welchem Zimmer sich Lila befinden könnte!"

Dies Argument ließ Kathrin zögern. "Hm, da hast du ausnahmsweise mal Recht", gestand sie ihm zu, "tut mir leid, ich bin halt manchmal ein bißchen impulsiv!"

"Ein bißchen?" murmelte Garmin leise, aber Kathrin ging nicht darauf ein.

"Komm!" sagte sie, "wir können das Gelände ja trotzdem schon mal sondieren, schaden kann es auf keinen Fall."

Garmin folgte Kathrin zum Rand der Klippen. Er fühlte sich unwohl; irgendwie war es immer Kathy, die die Einfälle hatte und als erste etwas unternahm. Dabei sollte es doch eigentlich eher andersherum sein! Sie mußte ja allmählich das Gefühl haben, mit einem vollkommen unfähigen Trottel unterwegs zu sein. Wenn ihm doch auch nur einmal etwas Passendes einfallen wollte! Er nahm seinen Mut zusammen und schob sich an Kathrin vorbei, auf eine weit vorspringende Felsnase, von der aus man einen guten Blick auf die Mauer und die Steilwand darunter hatte.

"Bitte, Garmin, sei vorsichtig!" bat Kathrin und hielt ihn am Bein fest, "ich könnte es nicht ertragen, wenn dir etwas passiert!"

Das gab ihm wieder Auftrieb; also schien sie doch etwas für ihn zu empfinden!

"Du, Kathy, guck mal, dort unten, da wo die Agave aus der Felswand wächst, das sieht aus wie ein Gang oder eine Höhle!"

Kathrin versuchte vergeblich den Eingang zu entdecken. "Ich sehe nichts", erklärte sie, "wo denn?"

"Wart mal, ich mach dir Platz. Von deiner Position aus kannst du es, glaube ich, auch gar nicht sehen."

Garmin räumte seinen vorgeschobenen Aussichtspunkt und ließ Kathrin vor.

"Ja, jetzt sehe ich es auch!" rief sie aufgeregt, "ich glaube, es ist ein künstlicher Gang, für eine natürliche Höhle ist er zu eckig. Du, da war sogar mal ein Gitter vor!" beschrieb sie, als sie die Öffnung jetzt durch das Fernglas betrachtete, "da sind noch die verrosteten Reste von den Stangen. Vielleicht kommt man von dort ja in das Haus. Aber andererseits wüßte ich nicht, wie wir da hinunter kommen sollen."

"Ich glaube von der anderen Seite könnte man es schaffen", vermutete Garmin, "wenn man von dort anfängt, wo dieser Plastikfetzen liegt, dann senkrecht runter und am Schluß nach rechts. Dann ist man direkt unter dem Eingang. Und von da bis zu dem Loch hinauf ist es nur noch ein Klacks!"

Kathrin war seinen Beschreibungen mit den Augen gefolgt. "Tja", meinte sie ein wenig unsicher, "bei Helligkeit würde ich mir das zutrauen, aber nachts?"

"Och doch, das geht schon", zeigte sich Garmin überzeugt, "wenn wir uns die Strecke, mit allen Handgriffen, jetzt nur richtig einprägen!"

Kathrin, die sich dessen gar nicht so sicher war, sah sich den geplanten Weg wieder und wieder an. "Oh je!" seufzte sie schließlich, "so allmählich flimmert's mir vor den Augen, aber ich habe nicht das Gefühl, daß ich mir jede nötige Griffmöglichkeit merken kann!"

"Das haut schon hin", meinte Garmin, "ich kann ja voranklettern und dir jeweils sagen, wo du hintreten oder -fassen mußt."

"O.k., und wenn wir tatsächlich drinnen sind, wie soll es dann weitergehen? Wir können ja nicht einfach jede Tür aufmachen und hineinsehen, ob dort eine Elfe gefangen ist."

"Ach, wir werden schon sehen, erstmal können wir herausfinden, ob man von dort überhaupt in die Anlage kommt, und wenn ja, können wir uns das Weitere immer noch überlegen."

"He, da fällt mir noch ein ganz anderes Hindernis ein!"

"Und, das wäre?"

"Meine Eltern! Die lassen mich nie und nimmer nachts mit dir hier herumstrolchen!"

"Das würden meine auch nicht erlauben", pflichtete Garmin bei, "wir müssen uns halt heimlich aus dem Staub machen, wenn die denken, daß wir bereits schlafen."
"Stimmt, das sollte nicht das größte Problem sein. Schließlich liegen die Zimmer ebenerdig, und wir können aus dem Fenster steigen."
Zu später Stunde standen sie dann wieder draußen auf der Straße. Es war ein Uhr nachts, und beide waren unbemerkt der Obhut ihrer Familien 'entkommen'.
"Ich hoffe, Tommy wacht nicht auf und sucht nach seiner Taschenlampe; ich habe nämlich keine und mußte mir seine ausleihen, und danach fragen konnte ich ihn nicht, da er sonst genau hätte wissen wollen, wofür ich die denn brauche, wenn er sie mir überhaupt gegeben hätte."
"Ach, warum sollte er gerade heute Nacht aufwachen und dann auch noch unbedingt seine Taschenlampe haben wollen? Eher wird er doch wohl das normale Licht anknipsen. Ich habe übrigens neben meiner Taschenlampe auch noch eine Kerze und ein Feuerzeug mitgenommen, man weiß ja nie, wie lange die Batterien halten, und irgendwann da unten im völlig Dunkeln stehen möchte ich nicht unbedingt."
"Ich meine, wir sollten uns ziemlich beeilen", schlug Kathrin vor, "schließlich brauchen wir allein für den Hin- und Rückweg schon geraume Zeit, und wenn wir uns dort einigermaßen in Ruhe umsehen und dann auch noch rechtzeitig zurück sein wollen, dürfen wir nicht herumtrödeln."
Dem war nichts hinzuzufügen, also schlug Garmin einen flotten Schritt an, der ihnen beiden binnen kurzem, trotz der kühlen Nachtluft, mächtig einheizte. Auf diese Weise brauchten sie für den sechs Kilometer langen Anstieg nur wenig mehr als eine Stunde. Kurz bevor sie ihr Ziel erreichten, hielt Kathrin Garmin am Arm zurück.
"Ich glaube, dir ist ein kleiner Fehler unterlaufen."
"Fehler, wieso?"
"Du hast ein weißes T-Shirt an, das sieht man auch bei dieser Dunkelheit noch recht gut. Also besteht die

Gefahr, daß uns die Wachen entdecken, wenn wir dichter herankommen. Hätte mir übrigens genauso passieren können", setzte sie noch hinzu, damit Garmin nicht wieder eingeschnappt war, "ich habe rein zufällig mein schwarzes angezogen."
"Auch kein großes Problem", meinte Garmin, zog das Hemd einfach aus und stopfte es in die Hose. Nun war auch er nicht mehr so leicht auszumachen, da er schon ziemlich gut gebräunt war. Wenige Minuten darauf standen sie am Rand der Klippe. Tief unten war schwach die weiße Gischt der Wellen zu erkennen. Kathrin war äußerst unwohl zumute; so gewandt sie sich am Tage auch auf den Felsen bewegt hatte, so sehr war ihr dieser Weg nun zuwider, zumal sie sich kaum noch erinnern konnte, wo denn die Griff- und Trittstellen waren. Außerdem sah der Abstieg aus dieser Perspektive auch völlig anders aus als von der Felsnase, von der aus sie den Weg mittags ausgewählt hatten. Garmin jedoch zögerte keinen Augenblick, sondern begann sogleich rückwärts mit der riskanten Klettertour. Also blieb Kathrin kaum etwas anderes übrig, als klopfenden Herzens zu folgen. Jetzt wünschte sie, Garmin hätte sein weißes Kleidungsstück angelassen, denn dann hätte sie seinen Bewegungen unter sich besser folgen können. Plötzlich rutschte ihr rechter Fuß auf dem nachtfeuchten Gestein aus. Mit einem unterdrückten Schreckenslaut glitt sie ein kleines Stück abwärts, bis sie mit großem Glück wieder Halt fand. Zitternd und mit verkrampften Armen preßte sie sich an den kalten Fels. Schweißgebadet nahm sie die gähnende Leere unter sich nun erst richtig wahr.
"Garmin?"
"Was ist los, Kathy?" hörte sie seine Stimme, bereits ein beträchtliches Stück weiter unten.
"Ich brauch mal 'ne kurze Pause! Ich wär' eben beinahe abgestürzt, jetzt habe ich einen Krampf im Arm!"
"Ach du Schreck! Warte, ich komme und helfe dir!"
Gleich darauf fühlte sie seine beruhigende Hand an ihrem Bein. "Geht's wieder, Kathy? Komm, ich sag dir

immer, wo du hintreten mußt, oder ich führe deinen Fuß zu den entsprechenden Stellen!"
Auf diese Weise schafften sie den Rest des Weges bis unter den Eingang, der sich als noch schwärzeres Schwarz von der ohnehin dunklen Umgebung abhob.
"Gleich wird es besser", beruhigte Garmin seine Partnerin, als er den Arm um ihre Taille legte und dabei ihr Zittern spürte, "wenn wir drinnen sind, können wir die Lampen benutzen!"
"Laß uns sofort weiter", bat Katrin, "ich halte es nicht mehr aus, immer diesen Abgrund unter mir zu wissen!"
Doch ganz so einfach war das nicht. So sehr sie sich auch abmühte, fanden ihre Finger doch keinen geeigneten Halt, um sich zu der Höhle emporzuziehen.
"Komm, ich stütze dich. Du kannst mein Knie als Trittstufe benutzen", bot Garmin an. Kathrin setzte den rechten Fuß auf sein Knie und schob sich vorsichtig an der senkrechten Wand empor. Garmin half mit seiner Linken nach, indem er Kathrin am Po nach oben schob. 'Fühlt sich gar nicht schlecht an', dachte er bei sich, schalt sich aber sogleich: Er sollte lieber aufpassen, als derartigen Gedanken nachzuhängen!
"Ich hab die Eisenstangen", rief Kathrin leise, als sich ihre Finger um das alte, rauhe Metall schlossen. Sie schaffte es, ihr linkes Bein über die Kante zu schieben.
"Garmin? Du kannst dich an meinem rechten Bein festhalten, dann müßtest du auch heraufkommen. Ich habe hier guten Halt." Garmin griff zu und kam Zentimeter um Zentimeter nach oben.
"Halt, Garmin!" hörte er plötzlich Kathrins panisch klingende Stimme, "die Stangen halten nicht! Schnell wieder runter, sie biegen sich um!!"
Ach, du ahnst es nicht! Schon merkte Garmin, wie es langsam nach unten ging. Hastig ließ er sich rutschen und betete darum, daß seine Füße den schmalen Grat finden mochten, auf dem er eben noch gestanden hatte. Er ließ Kathrins Bein fahren, kniff die Augen reflexartig zu und hielt die Luft an. Doch im selben Moment trafen seine Füße den Absatz. Eine Sekunde schwankte er, dann hatte er sein Gleichgewicht

wiedergefunden. Er atmete tief durch: Das war knapp gewesen!

"Kathy, alles o.k.?"

"Ja, jetzt geht es, ich habe eine bessere Stelle gefunden, wo ich mich festhalten kann!"

Der zweite Anlauf Garmins gelang nun problemlos, und endlich befanden sich beide wieder auf ebenem Boden.

Vorsichtig zwängten sie sich durch die scharfkantigen Reste des verrosteten Gitters. Drinnen ließ Garmin seine Taschenlampe, vorläufig hinter vorgehaltener Hand, aufleuchten. Sie befanden sich in einem rechteckigen, aus dem massiven Fels gehauenen Gang, dessen feuchtkalte Luft sie frösteln ließ. Garmin zog sein Hemd wieder an, konnte aber nicht behaupten, daß ihm dadurch spürbar wärmer wurde.

"Ich glaube, vorläufig reicht eine Taschenlampe", befand er nach einem Blick den düsteren Tunnel entlang, "dann haben wir deine als Reserve, wenn diese hier schlappmacht."

Obwohl Garmin leise gesprochen hatte, hallten seine Worte merkwürdig lange nach und erzeugten das unwirkliche Gefühl, sich in einer riesigen Halle zu befinden. Ein Ende des Ganges war nicht zu sehen, da er bereits nach zirka zwanzig Metern scharf nach rechts abbog.

"Na, dann mal los", forderte Kathrin, "bringen wir es hinter uns. Irgendwie habe ich ein mieses Gefühl, als drohe uns irgendein Unheil!"

"Das kommt bestimmt nur durch die Dunkelheit und Enge hier", urteilte Garmin, der nun leise voranschritt. Plötzlich gellte ein Entsetzensschrei Kathrins in seinen Ohren, der sein Herz stocken ließ. Er wirbelte auf das Schlimmste gefaßt herum, doch außer Kathrin konnte er nichts ausmachen.

"Was ist, Kathy?!"

"Mir ist eine riesige Ratte über den Fuß gelaufen!" schluchzte sie, "da hab' ich mich furchtbar erschrocken."

Garmin konnte nur mit Mühe ein Grinsen unterdrücken. Mädchen! Laut sagte er: "Kathy, die tun dir nichts, das kannst du mir glauben! Aber wenn wir unbemerkt bleiben wollen, solltest du versuchen, derartige Schreie zu unterdrücken!"

"Ja, ja!" grummelte Kathrin leicht erbost, "das nächste Mal gebe ich auch keinen Ton von mir, wenn mir einer ein Messer in den Leib rammt!"

"So habe ich es natürlich nicht gemeint, Kathy, und das weißt du auch, aber ich werde ja wohl noch etwas sagen dürfen, wenn du uns in Gefahr bringst!"

Kathrin schluckte die heftige Erwiderung, die ihr auf der Zunge lag, hinunter. Garmin hatte Recht, sie mußte sich einfach zusammenreißen! Schweigend folgte sie ihm um die Gangbiegung. Dahinter teilte sich der Tunnel; linkerhand führte der Weg in ein etwas breiteres Gewölbe, rechts wand sich eine ausgetretene, steinerne Treppe in die Finsternis empor.

"Ich schätze, wir haben bei der Treppe eher eine Chance, zu den Häusern hinaufzukommen, aber wir können ja trotzdem vorher noch kurz einen Blick dort hinein werfen", deutete Kathrin nach links.

"O.k., wie du willst."

In dem erwähnten Gewölbe lagen beiderseits enge Zellen, in die man fast zwei Meter hinabspringen mußte, wollte man sie betreten. Ehemals hatte es auch massive Holztüren gegeben, die aber im Laufe der Jahrzehnte oder Jahrhunderte fast ganz vermodert und auseinandergefallen waren. In einer der Zellen entdeckten sie gar ein menschliches Skelett, welches dort aber vermutlich auch schon eine halbe Ewigkeit gelegen haben mußte.

"Ich komme mir beinahe vor wie der Graf von Monte Christo", gab Garmin seinen Gefühlen Ausdruck, "jetzt müßten wir noch einen Schatz finden, das wär's!"

"Mir reichte es schon, wenn wir Lila fänden, und das möglichst bald. Es ist ganz schön gruselig hier drin! Wie lange hier wohl schon kein Mensch mehr seinen Fuß hereingesetzt hat?" Tatsächlich hatten sie bislang nicht die geringsten Anzeichen dafür gefunden, daß sich hier in jüngster Vergangenheit ein menschliches Wesen aufgehalten hatte. Vor ihnen endete der Gang in einem etwas größeren Raum, der vielleicht einst ein Wachzimmer gewesen sein mochte. Sie kehrten um und wandten sich der Treppe zu, als Kathrin, die etwas versetzt hinter Garmin ging, damit sie besser sehen konnte, mitten in ein mächtiges Spinnennetz lief. Die klebrigen Fäden wickelten sich um ihren Kopf und hafteten auf ihrem Gesicht. Angeekelt bemühte sie sich, das Geflecht zu entfernen, bis sie merkte, das sie etwas Zappelndes zwischen die Finger bekam: Es war die größte schwarze, haarige Spinne, die Kathrin jemals in ihrem Leben meinte gesehen zu haben! Ihre Knie wurden weich, und ein Übelkeitsschauer durchlief ihren gesamten Körper. Sie öffnete den Mund zu dem wohl schlimmsten Schrei, den ihre Stimmbänder hergeben mochten. Im allerletzten Sekundenbruchteil besann sie sich und würgte den Schrei ab, indem sie die Faust zwischen die Zähne preßte. Wild schüttelte sie die andere Hand, bis das grausige Tier herabfiel und eiligst in irgendeinem dunklen Winkel verschwand. Mit Beinen, die sich anfühlten wie Götterspeise, lehnte Kathrin sich an die Wand, unfähig, auch nur einen einzigen Schritt weiterzugehen.

"He, wo bleibst du?" rief Garmin und leuchtete mit der Taschenlampe zurück, "was ist denn nun schon wieder los?!"

"N ..., nichts", preßte Kathrin hervor, "da war nur eine Riesenspinne in meinem Gesicht!"

Garmin hatte schon eine spöttische Bemerkung parat, aber als er ihr zum Weinen verzogenes Gesicht sah, tat sie ihm einfach nur leid. Er lief zu ihr zurück und legte seinen einen Arm um sie, während er mit der anderen Hand die Reste des Netzes aus Kathrins Gesicht und Haaren entfernte.

"Du hast aber auch ein Pech, du Arme! Wenn wir weitergehen, werde ich auf so etwas besser achtgeben und dich rechtzeitig warnen."

Schutzsuchend drückte sich Kathrin an Garmin, der ihr sachte die letzten Tränen fortwischte und ihr einen tröstenden Kuß auf den Mund gab. Dankbar lächelte sie ihn an und erwiderte seinen Kuß, ihre Lippen leicht

öffnend. Garmin kam ihrem Beispiel nach, spürte ihre warme, lebendige Zunge, und sie verloren sich minutenlang in zärtlichen Liebkosungen. Schließlich löste sich Kathrin aus seiner Umarmung.
"Wir müssen weiter, Garmin", sagte sie mit merkwürdig rauh klingender Stimme, "wir haben nicht mehr allzuviel Zeit!"
Ein wenig verlegen wandte sich Garmin um und stieg vor Kathrin die Treppe hinauf. Diese endete nach kräftezehrendem Aufstieg in einem runden Gemach, in welchem etliche uralte Waffen an den Wänden hingen. Es gab Schwerter, Speere, Hellebarden, Morgensterne, Armbrüste und vieles mehr. Staunend ließen Kathrin und Garmin die Lichtkegel ihrer Lampen über die seit X Generationen vergessenen Ausrüstungen wandern.
"Poh, was das alles wohl wert ist?" flüsterte Garmin ehrfürchtig, "wenn wir das, oder wenigstens einen Teil davon, doch mitnehmen könnten!"
"Dafür könnte man sicher einiges Geld bekommen", stimmte Kathrin zu, "ganz vielleicht können wir ja etwas mitnehmen, wenn wir Lila erst einmal freibekommen haben."
Suchend blickten sie sich um, wie ging es von hier weiter? Es schien nur einen Weg zu geben, und der war mit einer hölzernen Wand versperrt. Garmin betastete die festgefügten Bretter. "Sehr dick scheinen die nicht zu sein", stellte er fest, als er leicht dagegen klopfte. Er drückte etwas fester. Das Brett bog sich, dann rutschte es urplötzlich aus der oberen Fuge, fiel nach innen und Garmin hinterher. Es gab ein ziemliches Poltern, und die beiden Teenager lauschten erschrocken, ob sie bemerkt worden waren. Doch es rührte sich nichts. Garmin rappelte sich auf und leuchtete um sich. Direkt vor ihm versperrte eine weitere hölzerne Barriere den Weg, die aber schon leichtem Druck Garmins nachgab und nahezu lautlos aufschwang. Da hatten sie des Rätsels Lösung: Irgendwann in grauer Vorzeit hatte man einen großen Schrank vor dem Durchgang plaziert, und später war dieser dann vermutlich in Vergessenheit geraten. Vor Garmin tat sich ein

weiträumiger Keller auf, der mit allem möglichen Gerümpel vollgestellt war.

"Komm, Kathy, wir sind anscheinend in einem der Häuser. Jetzt müssen wir nur noch Lila finden!"

Bevor Kathrin Garmin hinterherkletterte, nahm sie, einer plötzlichen Eingebung folgend, einen Dolch mit fein ziselierter Klinge und mit Rubinen verziertem, goldenen Griff an sich und verbarg ihn unter ihrem Shirt. Hinter sich brachte sie noch die Rückwand des Schrankes provisorisch in Ordnung und schloß dessen Tür.

"Sag mal, Garmin, wollen wir nicht lieber umkehren und später wiederkommen, wenn wir herausgefunden haben, in welchem Haus und Raum Lila überhaupt ist?"

Garmin schüttelte den Kopf. "Jetzt sind wir schon mal hier, da können wir uns doch auch umsehen. Vielleicht haben wir ja Glück und finden sie. Außerdem weißt du ja gar nicht, ob wir es von draußen überhaupt je herausfinden, schließlich kann man auch mit dem Fernglas durch die Fenster nicht allzuviel erkennen."

"Und was willst du machen, wenn wir versehentlich jemanden wecken und der uns bemerkt?"

"Dann nehmen wir die Beine in die Hand und laufen. Die kennen den Weg da unten ja offensichtlich nicht und werden versuchen, uns den Weg zur Haustür und zum Ausgangstor zu versperren, dann sind wir längst über alle Berge!"

"Oder tot, so wie dieser Zeman!"

"Ach was, es passiert schon nichts!"

Davon war Kathrin alles andere als überzeugt, doch sie widersprach nicht mehr, und folgte dem ungeduldig voranstrebenden Garmin durch die wüste Unordnung des Kellers. Im Schein seiner Lampe tauchte eine nach oben führende Treppe auf.

"Vielleicht ist dieser Keller ja abgeschlossen", befürchtete Kathrin. Doch als sie die Tür am oberen Ende erreichten, ließ diese sich problemlos öffnen, gab allerdings, vermutlich aufgrund mangelnder Pflege, ein lautes Knarren von sich. Wie auf Kommando erstarrten Kathrin und Garmin zu Salzsäulen. Aber entweder waren die nächst angrenzenden Räume nicht belegt, oder deren Bewohner hatten einen gesunden Schlaf. Die beiden potentiellen Befreier zwängten sich durch den entstandenen Spalt, weil sie es nicht riskieren wollten, die Tür noch weiter zu öffnen. Hinter sich schlossen sie sie sachte und sahen sich um. Auf der einen Seite ließen mehrere hohe Sprossenfenster das spärliche Mondlicht herein, auf der anderen befanden sich eine Reihe geschlossener Türen, deren erste die Kellertür war, durch welche sie soeben gekommen waren.

"Wenn noch eine der Türen ähnliche Geräusche von sich gibt, mache ich nicht mehr mit, das hielte ich nicht aus!" tat Kathrin kund.

Garmin äußerte sich nicht dazu, sondern probierte die nächste Tür und ließ einen Strahl seiner fast ganz abgedeckten Taschenlampe in den dunklen Raum fallen. Ein Stück weiter vor ihm stand ein Gitterbettchen, ansonsten deutete nichts auf weitere Bewohner hin. Garmin schaute in das Bett. Darin lag ein kleines Mädchen mit dunklen Locken, den rechten Daumen im Mund, und schlief. Auch Kathrin war hereingekommen und blieb hinter Garmin stehen.

"Hier ist nichts", sagte Garmin und wandte sich zum Gehen. Da er jedoch nicht bemerkt hatte, daß Kathrin direkt hinter ihm war, prallte er mit ihr zusammen und ließ vor Schreck die Taschenlampe fallen. Es gab ein schepperndes Klirren und die Lampe erlosch. In der Finsternis konnten sie mehr erahnen als sehen, daß das Mädchen erwachte und sich aufsetzte, um sofort zu weinen anzufangen.

"Pscht!" versuchte Kathrin die Kleine zu beruhigen, "es ist alles gut, schlaf weiter!" Doch die Angesprochene schrie nur noch lauter.

"Die kann dich doch gar nicht verstehen!" sagte Garmin ärgerlich, "wir ... ."

Er kam nicht dazu, seinen Satz zu beenden, denn in der Zwischenwand zum angrenzenden Zimmer öffnete sich eine Verbindungstür, und eine schlaftrunken wirkende junge Frau trat herein. "Sonja ... !" In dem Moment, in dem sie anfing zu sprechen, hatte sie das Licht angeschaltet und starrte die beiden Jugendlichen geschockt an.

"Bitte, wir wollten der Kleinen nichts tun!" begann Kathrin zu versichern.

"Was macht ihr hier, wer seid ihr?" fragte die Frau, ihren Bademantel mit der Hand vorne zusammenhaltend, "wie ihr seid in das Haus gekommen?!"

"Kathrin, nun komm schon!" rief Garmin, der sich zur Tür zurückgezogen hatte, "wir müssen abhauen, ehe noch mehr Leute kommen!"

Kathrin sah die Frau, die ihr weinendes Kind in die Arme genommen hatte, entschuldigend an, zuckte dann die Achseln und lief hinter Garmin her. Wie der Blitz verschwanden sie im Keller, die Tür hinter sich schließend, und beeilten sich, sich zu dem Schrank mit dem verborgenen Durchgang vorzukämpfen. Hinter ihnen blieb alles still. Von einem Alarm oder Hilferufen der jungen Mutter war nichts zu hören. Erst als sie durch den Schrank hindurch auf der anderen Seite in der Waffenkammer waren und die Rückwand des Möbels geschlossen hatten, hielten sie schweratmend inne.

"Verdammt, ich habe meine Taschenlampe dort liegenlassen!" ärgerte sich Garmin, "jetzt, wo wir entdeckt worden sind, können wir die Befreiung Lilas wohl vergessen!"

"Das befürchte ich auch"; stimmte Kathrin frustriert zu, "wie konnte das eben bloß passieren?"

"Ja, Mensch, du hattest dich so leise von hinten angeschlichen, daß ich dich nicht gehört habe, und als ich mich dann umgedreht habe ... , na ja, das hast du dann ja mitbekommen."

"Garmin, laß uns lieber schnell raus hier, ehe die noch hinter den Dreh mit dem Schrank kommen!"

Eine halbe Stunde später hatten sie die Gänge und den Aufstieg an der Klippe hinter sich und sahen zu, daß sie aus der näheren Umgebung der immer noch ruhig daliegenden Anlage kamen. Ganz offensichtlich hatte die Frau es nicht für nötig befunden, die Wachen zu alarmieren, denn diese patrouillierten, wie Kathrin bemerkte, immer noch ruhig auf der Mauer. Diese Tatsache gab ihnen weitere Rätsel auf. Als sie ihre Ferienhäuser erreicht hatten, verabschiedeten sie sich für den Rest der nur noch kurzen Nacht mit einer innigen Umarmung und schlüpften schweren Herzens in ihre Betten.

9

Warme Sonnenstrahlen, die auf ihr Gesicht fielen, weckten Lila, die sich reckte, dehnte und herzhaft gähnte. Ein neuer Tag ihrer Gefangenschaft war angebrochen. Kaum war sie richtig wach, kam Fiona herein; ihr Auge sah beinahe noch schlimmer aus, als am Vortag, und sie wirkte übernächtigt.

"Hallo, Fiona! Wie geht es dir? Du siehst gar nicht gut aus!"

"Ich wenig geschlafen, hatte Angst um Sonja ... ."

"Was ist mit Sonja, ist sie krank? Oder hat man ihr etwas getan?"

"Nein, Lila, das nicht, aber nachts Lärm in ihr Zimmer und sie weinen. Als ich zu ihr gelaufen, zwei fremde, junge Leute stehen an ihr Bett. Ein Junge, ein Mädchen, vielleicht so sechzehn Jahre alt. Gehören nicht zu Moros Leuten. Ich großen Schrecken, die beiden aber auch schnell rennen weg. Ich keine Ahnung, wie sind hereingekommen, können nie an Wachen vorbeigekommen sein!"

Lila wurde ganz aufgeregt: "Hatte das Mädchen so schulterlange, dunkle Haare und braune Augen, und der Junge ... ?!"

"Ja, Mädchen so, wie du beschrieben, sah sehr nett aus! Junge sagte Kathrin zu ihr. Du kennst die beiden?"

"Das will ich meinen! Die haben mich gerettet, als ich, von den Vögeln verletzt, im Meer trieb."

"Dann sie bestimmt hiergewesen, dich zu holen; gut, ich nicht Wachen gerufen! Aber ich viel staunen, wie sie kommen herein. Ich kenne keinen Weg, außer durch großes Tor, und das immer gut bewacht!"

"Merkwürdig", fand auch Lila, " besonders, weil sie aus einem Land ganz weit weg kommen und sich hier eigentlich gar nicht so gut auskennen!"

"Vielleicht sie nochmal wiederkommen. Ich sage ihnen dann, wo dich finden. Ich glaube, gehört, wie Kellertür gegangen. Vielleicht dort ein Weg. Ich werde warten nächste Nacht dort und helfen."

"Geh bloß kein unnötiges Risiko ein, Fiona, du mußt auch an dich und Sonja denken!"
Für einen Augenblick umwölkte sich Fionas Miene traurig und sie seufzte.
"Du hast Recht, ich werde aufpassen, Lila!"
"Was ist da drinnen los, quatschst du schon wieder mit dieser Elfe, Fiona? Hast du nichts zu tun?!" Das war Cassandra! Die Aufseherin kam mit grimmigem Blick herein. "An die Arbeit, du Faultier!" schrie sie die verängstigt, mit eingezogenen Schultern dastehende an und schlug ihr mit der Faust in die Nierengegend, daß die Getroffene aufstöhnte und eilends zur Tür strebte.
"Ich glaube, wir sollten dir dein Balg wegnehmen, vielleicht spurst du dann besser!"
Lila war entsetzt, war es wieder ihre Schuld gewesen? Diese Alte war aber auch zu grausam! Sie hatte wohl extra Lilas Sprache benutzt, um auch der Elfe zu verdeutlichen, welche Macht sie hatte.
"Morgen wirst du zum ersten Mal Publikum vorgeführt", informierte sie Lila, "du wirst dein bestes Benehmen hervorkehren und alles zeigen, was man von dir verlangt, verstanden?! Sonst werden dir deine jetzigen Verletzungen nur wie harmlose Kratzer vorkommen!"
Lila schluckte; das waren ja schöne Aussichten! Wenn doch nur Kathy und Garmin nochmals kommen mochten und sie holten! Doch damit war, wenn überhaupt, nicht jetzt, sondern allenfalls des Nachts zu rechnen. Lila schätzte, daß sie Fionas Hilfe nicht mehr erwarten durfte, da diese sonst damit rechnen mußte, daß ihr Sonja weggenommen wurde.

Die beiden, auf die Lila ihre gesamte Hoffnung setzte, saßen zur selben Zeit beisammen auf den glattgeschliffenen Felsen am Rande des Strandes und grübelten, wie es weitergehen sollte.
"Ich meine, wir sollten einen weiteren Versuch wagen", äußerte Kathrin, "wir können dieses kleine, hilflose Wesen nicht einfach in den Händen solcher Verbrecher lassen!"

"Ich bin dabei!" versicherte Garmin, "aber wir sollten uns keine Illusionen machen: Das Risiko ist ungleich höher als beim ersten Mal."
"Das ist mir klar!" pflichtete Kathrin bei, "aber daß diese Frau keinen Alarm gegeben hat, könnte doch auch ein gutes Zeichen sein. Sie sah eigentlich alles andere als bösartig aus."
"Gut, Kathy, dann schlage ich vor, wir halten es wie letzte Nacht, und treffen uns so um eins vorne auf der Straße, ja?"
"Einverstanden, bis dann, ich werde erstmal versuchen, ein bißchen Schlaf zu finden, damit ich nicht völlig übermüdet bin, wenn es darauf ankommt. Das solltest du übrigens auch probieren, Garmin, wer weiß denn schon, was uns bevorstehen mag?"

In der Dunkelheit der folgenden Nacht machten sie sich erneut auf den gefahrvollen Weg. Der Abstieg an den Klippen verlief, dank mehr Übung und Kenntnis der Gegebenheiten, diesmal ohne größere Schwierigkeiten. So gegen zwanzig nach zwei standen sie erneut vor dem den Durchgang verdeckenden Schrank. Garmin entfernte das vom letzten Mal gelockerte Brett, und sie betraten durch die Schranktür den Keller. So leise es ging, schlichen sie zu der Treppe, die zu den Wohnräumen emporführte.
"Laß mich diesmal die Tür öffnen", verlangte Kathrin, "vielleicht schaffe ich es ja leiser als du letzte Nacht!"
"Bitte, bitte, wie du willst!" stimmte Garmin zu, um nicht einen neuen Streit zu provozieren. Sie hatten eben die erste Stufe der Treppe betreten, als sie unerwartet angesprochen wurden: "Hallo, Kathrin und Garmin!"
Die beiden fuhren zusammen, wie von einer Tarantel gestochen und richteten ihre Taschenlampen auf die Stelle, von welcher die Stimme gekommen war. Dort stand, zwischen etlichen ausgesonderten Möbelstücken, die Frau, die sie vergangene Nacht überrascht hatte.
"Ihr sucht kleine Elfe, Lila?!"

Die beiden Angesprochenen sahen sich erstaunt an. "Ja", sagte Kathrin zögernd, "kannst und willst du uns helfen?"

"Ich kann euch zeigen, wo ist Elfe; wenn ihr wißt Weg hinaus, ihr könnt mitnehmen Lila! Und wenn nicht zuviel verlangt, ich will auch mitkommen mit meine Tochter Sonja, die ihr gesehen gestern!"

"Klar, wir nehmen dich gerne mit, wenn du uns hilfst!" versicherte Garmin, "wo ist Lila denn?"

"Kommt mit, Fiona zeigt euch!"

Die junge Frau ging voran durch die Kellertür, die heute kein Geräusch von sich gab - vielleicht hatte Fiona sie ja geölt, mutmaßte Garmin - den Flur entlang, zu einem der abzweigenden Räume.

"Hier ist Lila, in Vogelkäfig gesperrt", informierte Fiona Garmin und Kathrin, "ihr könnt sie holen, aber bitte in Keller warten, bis ich mit Sonja komme, ich kenne nicht Weg hinaus!" Mit diesen Worten drehte sie sich um und lief, um ihr Kind zu holen, zu jenem Raum, den sie letzte Nacht untersucht hatten. Kathrin öffnete die Tür vor sich und schlüpfte, gefolgt von Garmin, in das unbeleuchtete Zimmer.

"Nicht!" wies Garmin Kathrin zurecht, die gerade das Licht anknipsen wollte, "man könnte es von draußen sehen!" Stattdessen ließ er den halb abgedeckten Strahl seiner Lampe durch den Raum wandern. Die goldenen Stäbe des Käfigs schimmerten in dem schwachen Schein. Dahinter lag die kleine Elfe in zusammengekuschelter Haltung in tiefem Schlaf.

"Lila, wach auf!" flüsterte Kathrin.

Das Elfenkind reagierte sofort: Es öffnete die Augen und setzte sich auf. "Oh, Kathrin!" rief sie, "wie schön, euch zu sehen! Kommt ihr, um mich hier herauszuholen?"

"Natürlich!" bestätigte Garmin, "was hätten wir hier sonst wohl verloren?"

Da sie natürlich keinen Schlüssel zu dem Schloß des Käfigs hatten, bog Garmin kurzerhand die Stäbe so weit auseinander, daß Lila hindurchschlüpfen konnte.

"Alles frei!" wisperte Kathrin, die auf den Gang hinausgeschaut hatte, "wir können!"
Sie hasteten in Richtung Keller. Kathrin hielt Lila, die sich lieber noch schonen wollte, in der Hand. Gerade als sie Sonjas Zimmertür passierten, kam dort auch Fiona mit der Kleinen auf dem Arm heraus. Unglücklicherweise war das Mädchen, derart plötzlich aus dem Schlaf gerissen, so verwirrt und durcheinander, daß sie unangenehm laut schrie. Fiona bemühte sich zwar verzweifelt, ihre Tochter zur Ruhe zu bringen, hatte aber so gut wie keinen Erfolg dabei. Sie mußten einfach hoffen, daß niemand sie hörte oder zumindest dem Kindergeschrei keine Bedeutung beimaß. Garmin als letzter schloß die Kellertür hinter sich und eilte ihnen zu dem Schrank nach. Erstaunt und überrascht beobachtete Fiona, wie Kathrin den Durchgang öffnete.
"Das zum Staunen, daß niemand, nicht einmal Moro, gewußt von diesem Weg!"
Sie hielten sich in der Waffenkammer, die Fiona kopfschüttelnd betrachtete, nicht auf, sondern hasteten sofort die steile Wendeltreppe hinab und durch den Gang nach draußen. Die Klippe herauf dauerte es diesmal ziemlich lange, da Fiona mit Sonja auf dem Arm doch erhebliche Schwierigkeiten hatte, sich mit nur einer Hand dort hinaufzuarbeiten.
"Oh, das nicht gut!" flüsterte Fiona erschrocken, als sie sahen, daß das gesamte Gelände Moros Anwesens in gleißendes Licht getaucht war. Eben schickten die fünf sich an, die Straße zum Feriendorf hinunterzulaufen, als sich das Tor in der Mauer öffnete und etliche Männer mit Hunden herausgerannt kamen.
"Wir müssen von der Straße weg!" rief Garmin, "hier sehen sie uns zu leicht!"
Hastig sprangen sie über den flachen Graben an der Seite und hetzten den Hang zur rechten hinauf. Fiona weinte, wenn auch kaum hörbar. "Wir niemals können Bluthunde entkommen!"
Doch auch sie hielt nicht an, sondern rannte, was ihr Körper hergab, mit den anderen mit. Es wurde immer anstrengender und schwieriger, da der Abhang

zunehmend steiler wurde. Sie nutzten ein schmales Bachbett, um sich den Berg hinaufzuarbeiten.

"Ihr müßt immer mit Füße in Wasser bleiben," riet Fiona, "dann Hunde können nicht gut riechen Fährte!"

Mittlerweile schon tief unter sich, sahen sie die Suchtrupps, gut erkennbar an den mitgeführten Handscheinwerfern, umherschwärmen. Laute Rufe und das Zusammenziehen der Gruppen verriet ihnen Minuten später, daß die Hunde ihre Fährte aufgenommen hatten und nun ungestüm in ihre Richtung strebten. Immer wieder mußten sie sich niederducken und regungslos ausharren, wenn die Lichtkegel der starken Scheinwerfer über die Bergflanke glitten. Das einzig gute, was Garmin im Moment einfiel, war, daß sich Sonja mucksmäuschenstill verhielt und alles nur mit großen, erstaunten Augen verfolgte.

"Meinst du, sie macht es mit, wenn ich sie trage? Sonst bist du gleich so kaputt, daß du nicht mehr weiter kannst!"

Fiona wechselte rasch ein paar Worte mit ihrer Tochter, woraufhin diese ihre Ärmchen nach Garmin ausstreckte. Das war Antwort genug; sanft nahm er sie aus Fionas Händen entgegen und setzte sie auf seine Schultern.

"Fiona, kannst du ihr bitte noch sagen, daß sie sich an meinem Kopf festhalten soll, damit ich die Hände möglichst frei behalte, denn der Weg wird immer steiler." Sofort nach Fionas Anweisung klammerten sich die kleinen Hände des Mädchens um seine Stirn und Augen.

"He, so kann ich aber nichts mehr sehen!" protestierte Garmin und schob Sonjas Hände etwas höher. Dann konnte es endlich weitergehen. Kathrin merkte, wie wichtig Garmins Einfall gewesen war, denn Fiona, die vorher immer das Schlußlicht gebildet hatte und kaum noch hinterhergekommen war, bewegte sich jetzt erheblich leichter und schneller. In der folgenden halben Stunde gelang es ihnen, den Vorsprung kontinuierlich auszubauen, da die Hunde, dank Fionas Einfall mit dem Bach, eine Zeitlang ihre Spur verloren hatten. Doch nicht lange, dann konnten sie beobachten,

daß die Verfolger, die sich vermutlich sagen konnten,
daß außer dem Bachbett kaum Wege in Frage kamen,
erneut aufholten. Fionas Gesichtszüge offenbarten
deutliche Anzeichen von tiefster Erschöpfung und
Resignation, als sie zwanzig Minuten später stehen
blieb: "Mit mir schafft ihr das nie!" keuchte sie, "flieht
alleine, ich bin mit Sonja nur Hindernis für euch!" Sie
hielt sich den Rücken, dessen noch nicht verheilte, vom
Auspeitschen herrührende Schnittwunden höllisch
brannten. "Ich werde sie ablenken, dann habt ihr
Chance!"
"Kommt überhaupt nicht in Frage!" widersprach
Garmin, "Lila hat uns erzählt, was man dir angetan hat,
nur weil du ihr zu essen gegeben hast. Wenn sie dich
jetzt erwischen, werden sie dich umbringen, das
können wir nicht zulassen!"
"Aber ich kann nicht mehr, tut alles so weh", flüsterte
Fiona unglücklich.
"Komm, du schaffst das schon", versuchte Kathrin
aufzumuntern, obwohl ihr selbst auch panische Angst
die Kehle zudrückte, "ich werde dir helfen!" Sie bot
Fiona ihren Arm und stützte sie an den steileren,
schwierigen Stellen.
"Wohin jetzt?" fragte Garmin, unschlüssig auf eine
dreifache Verzweigung des Einschnittes blickend.
"He, das ist doch günstig!" meinte Kathrin, "wenn wir
hier in einem der Bäche weitergehen, wissen sie nicht
genau, welchen wir genommen haben."
"Ich habe noch eine bessere Idee!" hatte Garmin einen
plötzlichen Einfall, "geht ihr schon mal dort weiter!" Er
deutete auf den rechten Zufluß. "Ich laufe ein paar
Schritte neben dem linken Bach hoch und kehre
hinterher im Wasser zurück. Dann riechen die Hunde
den Anfang der Fährte und laufen den falschen Weg
hinauf. Später, wenn sie nichts mehr riechen, werden
die Männer denken, daß wir wieder im Wasser
weitergegangen sind!"
"Super Idee!" lobte Kathrin, "gib mir solange Sonja, die
mußt du da ja nicht mitschleppen."

Während Garmin nun den Plan in die Tat umsetzte, und am linken Wasserlauf entlangsprintete, arbeiteten sich seine vier Begleiterinnen über die glitschigen Steine des rechten weiter bergan. Es dauerte nicht allzulange, dann hatte Garmin sie wieder eingeholt, da sie, bedingt durch Fionas Schwäche, nur noch sehr langsam vorankamen. Bis auf Lila und Sonja, die sich tragen lassen durften, ging ihnen allmählich allen die Kraft aus, da ihre Beine und Unterkörper durch das eisige Wasser des Baches - es mochte so sieben bis acht Grad 'warm' sein - total unterkühlt waren. Ihnen war klar, daß sie schwere gesundheitliche Schäden riskierten, denn sie hatten unterdessen eine Höhe erreicht, in der auch die Luft schon merklich kälter war und mit dem aufkommenden Wind das Auskühlen noch beschleunigte. Aber ihnen erschien diese Möglichkeit immer noch weniger gefahrvoll, als sich von den Verbrechern und ihren scharfen Hunden einholen zu lassen. Als sie wenig später entkräftet mit steifen, gefühllosen Beinen aus dem Bach stiegen, der hier nur noch sehr wenig Wasser führte, hatten sie schon über längere Zeit hinweg von ihren Verfolgern nichts mehr gehört oder gesehen. Zitternd suchten sie eine windgeschützte Stelle, wo sie sich eng aneinander-drückten, um wenigstens einen kleinen Rest Wärme zu spüren.

"Was sollen wir denn machen, wenn es hell wird?" fragte Kathrin, "dann werden sie doch sicherlich die Hänge mit Ferngläsern absuchen, so daß wir uns gar nicht mehr unentdeckt bewegen können."

"Das kommt darauf an, wo sie sind", antwortete Fiona, "von unten aus können sie uns nicht mehr entdecken, weil sind schon erste Berge dazwischen. Nur wenn sind auf diese vorderen Berge gestiegen, können uns noch sehen."

"Zurück können wir jedenfalls erstmal nicht", stellte Garmin fest, "wo kommt man denn hin, wenn man immer weiter klettert? Kennst du dich hier genügend aus, um das beantworten zu können, Fiona?"

"Nein, ich weiß nicht genau, aber geht noch weit hinauf. Nächste Stadt oder Häuser dahinter sehr, sehr weit weg!"

"Scheiße! Äh, Entschuldigung, das ist mir nur so 'rausgerutscht", beeilte sich Garmin zu erklären, "hoffentlich kommt nachher wenigstens die Sonne heraus, damit wir unsere Sachen trocken kriegen und warm werden."

"Dann wir müssen aber weitergehen", empfahl Fiona, "wir sind hier in ziemlich enge Schlucht und auch noch auf Westhang, da kommt Sonne erst ab Mittag hin."

"Tolle Aussichten!" stöhnte Kathrin, "ich wette, ich krieg' 'ne Blasenentzündung. Ich habe schon jetzt gar kein Gefühl mehr in Unterleib und Beinen!"

"Ich finde, wir sollten uns aufraffen und weitergehen, auch wenn es noch so langsam ist", war Garmins Meinung, "ich habe keine Lust, bis Mittag zu warten, bevor mir wärmer wird!"

Er erhob sich und wandte sich zum Gehen. Wortlos quälten sich auch Fiona und Kathrin hoch, ihm zu folgen. Lila, die in Kathrins Hand lag, wie auch Sonja auf Fionas Arm, waren eingeschlafen und hatten so das Glück, das Leid der anderen nicht teilen zu müssen. Eine knappe Stunde später brach endlich die Morgendämmerung an. Das Tageslicht ließ bei den Flüchtenden, obwohl sie nach wie vor erbärmlich froren, so etwas wie eine vage Hoffnung aufkeimen, und unbewußt wurde ihr müder Tritt wieder etwas munterer. Unterdessen hatten sie das Ende der von dem Bach eingeschnittenen Schlucht erreicht. Diese weitete sich hier zu einer weitläufigen Mulde, in deren Mitte ein kleiner Bergsee lag, aus welchem der Bach gespeist wurde. Die östliche Seite des Tales lag noch in tiefem Schatten, währed der westliche Hang in den ersten Sonnenstrahlen des frühen Morgens erglühte. Ohne daß sie ein Wort gewechselt hatten, strebten sie wie auf Absprache dem wärmeverheißenden Licht entgegen und ließen sich erschöpft auf einer dicht mit Flechten bewachsenen Stelle niedersinken.

"So schnell kriegt mich keiner mehr hier weg!" seufzte Kathrin, "ich glaube, vom Bergsteigen habe ich für die nächsten zehn Jahre genug!"
Mit müden Bewegungen zog sie Schuhe und Strümpfe aus und streifte die Jeans herunter, um sie, so weit ihre verbliebene Kraft es erlaubte, gründlich auszuwringen.
"Das solltet ihr auch tun", ermunterte sie ihre lethargisch dasitzenden Begleiter, "sonst werden die Klamotten nie trocken!"
Garmin war bei ihrer auch an ihn gewandten Rede zusammengefahren, denn er hatte gedankenverloren ihre wohlgeformten Schenkel angestarrt und fühlte sich irgendwie ertappt. Hastig folgte er Kathrins Beispiel, wobei er es krampfhaft zu vermeiden suchte, seine Blicke auffällig auf ihre für ihn so reizvoll wirkenden Körperstellen zu richten. Trotz alledem konnte er sich nicht dazu durchringen, ganz wegzusehen, als Kathrin sich nun halb umdrehte und kurzfristig auch ihren ebenfalls durchnäßten Slip zum Auswringen auszog. Als er sich endlich daranmachte, auch seine Sachen zu trocknen, war ihm durch Kathrins Anblick schon richtig warm geworden. Sich umwendend, trafen seine Augen die von Fiona, welche ein leicht amüsiertes Lächeln auf ihren Lippen hatte. Oh nein! Hatte sie beobachtet, wie er zu Kathy geschielt hatte? Wie peinlich! Garmin wußte gar nicht mehr, wo er noch hinsehen sollte, so unangenehm war ihm die Situation. Plötzlich fühlte er Kathys Arme, die sich über seine Schultern legten, und ihren Kopf, den sie an seinen Hals schmiegte. Eines ihrer nackten Beine berührte seines und ein angenehmer Schauer lief über seinen Körper.
"Was meinst du, Garmin, wie werden unsere Eltern wohl reagieren, wenn sie uns nicht in unseren Betten vorfinden?"
"Ach du Schreck, darüber habe ich ja noch gar nicht nachgedacht! Zuerst werden sie vermutlich annehmen, daß wir uns besucht haben oder miteinander spazierengegangen sind, aber dann ... ?"
"Meinst du, sie werden uns von der Polizei suchen lassen?"

"Meine ganz sicher!" war Garmin überzeugt, "aber ob die ihre Suche bis hier oben in die Berge ausdehnen, halte ich für äußerst zweifelhaft."
"Was ist zweifelhaft?" fragte Lila, die soeben aufgewacht war und nur noch den Rest des Satzes mitbekommen hatte. Kathrin erklärte ihr daraufhin den Stand der Dinge. Lila machte ein bedrücktes Gesicht: "Ohne mich wäre das alles nicht passiert!"
"Nun, das kann man dir ja wohl kaum als Schuld anrechnen!" entschied Kathrin, "abgesehen davon ist es eine kleine Chance, Fiona und Sonja aus ihrer mißlichen Situation bei Moro herauszuholen. Wir müssen es nur irgendwie schaffen, ein Haus oder ein Dorf zu erreichen, wo wir Hilfe finden."
"Und zwar bald!" stellte Garmin fest, "denn wir haben nichts zu essen dabei. Wir können das zwar noch ganz gut eine Zeitlang ertragen, aber was ist mit Sonja? Die wird das in ihrem Alter noch nicht verstehen!"
"Das wahr!" bestätigte Fiona und strich dem schlafenden Kind zärtlich über die zerzausten Haare. "Wenn Sachen trocken, wir sollten versuchen, weiterzukommen."
Die Sonne hatte inzwischen deutlich an Kraft gewonnen und ihre unterkühlten Körper angenehm erwärmt. Es war zehn Uhr, als sie ihren beschwerlichen Weg fortsetzten. An einigen Stellen, die besonders einfach waren, ließ Fiona Sonja selbst laufen, damit sie ein bißchen Bewegung hatte und abgelenkt wurde. Jedoch wurden derartige Stellen im weiteren Verlauf ihres Marsches immer seltener. Teilweise waren sie gezwungen, die Hände zuhilfe zu nehmen, so steil und gefährlich waren die felsigen Berghänge. Hier und da breiteten sich neben ihnen die ersten Firnfelder aus, die selbst jetzt im Hochsommer der Sonne trotzten. Dann hatten sie den höchsten Paß des ersten Hauptkammes erreicht, und ein grandioser Ausblick auf das Bergpanorama öffnete sich ihren Blicken. Allerdings konnte keiner von ihnen, angesichts ihrer prekären Lage, diese Schönheit der Natur recht würdigen. Für ihren weiteren Weg verhieß das, was sie da vor sich

hatten, auch nichts Gutes, denn es reihte sich eine Bergkette an die andere, teilweise überragt von einzelnen Felsriesen, die samt und sonders schneebedeckt waren. Von menschlichem Leben keine Spur, sah man einmal von ihnen selbst ab. Schweigend machten sie sich an den Abstieg, nachdem sie, so gut es ihnen anhand des Ausblickes möglich war, den weiteren Weg festgelegt hatten. Den ganzen Tag kämpften sie sich durch die lebensfeindliche Umgebung in immer höhere und kältere Regionen. Sonja klagte immer öfter über Hunger und verstand nicht so recht, warum sie nichts bekommen sollte. Den anderen ging es nicht besser, besonders, weil sie sich, im Gegensatz zu Sonja, auch noch körperlich verausgaben mußten. Lila, deren Gewicht ja kaum zu spüren war, hatte sich auf die Schulter des kleinen Mädchens gesetzt und lenkte sie, so gut es ging, mit allerlei Geschichten ab, so daß sie nicht ständig an ihren Hunger dachte. Gegen Abend, als ihr Wille weiterzugehen schon nahezu gebrochen war, entdeckte Garmin eine dünne Rauchfahne, von welcher sie nur noch ein schmaler Bergrücken zu trennen schien.

"Seht ihr, dort?" zeigte er sie den anderen, "ob dort ein Haus oder ein Dorf ist?"

"Ein Dorf nicht", war sich Fiona sicher, "die nächste Siedlung muß noch weit weg sein. Aber wir können nachsehen, das wir schaffen noch, oder?"

"Ich auf jeden Fall", sagte Garmin, "wie sieht es mit dir aus, Kathy?"

"Na ja, hm, doch, ich schaff das auch noch!" Sie rieb sich ihre schmerzenden Beine, "aber weiter kann ich dann, glaube ich, vorläufig nicht mehr. Ich bin total schlapp, und Blasen an den Füßen habe ich mit Sicherheit auch!"

Müde kämpften sie sich den letzten Abhang hinauf, hinter dem sich ihnen ein kleines grasbewachsenes Tal offenbarte. Es war größtenteils von steilen Felswänden umgeben, an deren nördliche sich eine schiefe Hütte lehnte. Das armselige Gebäude war aus unbehauenen Steinen gefügt. Auch das Dach war mit Steinplatten gedeckt, die von Moos und Flechten bewachsen waren. Aus dem Schornstein kringelte sich der Rauch, der sie hergeführt hatte. Die hölzerne Tür stand offen, und auf einem grob behauenen, als Bank dienenden Baumstamm saß ein alter, ärmlich gekleideter Mann, dessen Gesicht von einem grauen Vollbart gerahmt wurde. Er saugte an einer dicken Pfeife und blies gedankenverloren Rauchkringel in die Abendsonne.

Mit neuem Mut machten sich die fünf auf die letzten dreihundert Meter, die sie noch von dem Häuschen trennten. Der Alte bemerkte sie erst, als sie bereits auf dreißig Meter herangekommen waren. Er erhob sich langsam und beschattete seine Augen gegen die tiefstehende Sonne. Fiona grüßte den Mann in ihrer Sprache, und dieser antwortete mit tiefer bedächtiger Stimme.

"Er heißt uns willkommen", übersetzte Fiona, "er bietet uns Essen und Platz zu schlafen."

"Ah!" unterbrach der Alte, "ihr sprecht nicht unsere Sprache. Wir können uns gerne in eurer unterhalten, ich lernte sie einst als junger Mann." Er trat an Garmin heran, der zurzeit Sonja auf dem Arm hielt, die sich ängstlich weggedreht hatte. "Du brauchst keine Angst vor mir zu haben ... "

Sich selbst unterbrechend, fuhr er erstaunt ein Stück zurück, als er nun die Elfe auf Sonjas Schulter erkannte. "Was ist denn das?! Donner noch mal, ich glaube, ich kann es nicht fassen! Kinder, Kinder, wenn das nicht Stoff für einen langen Abend ist! Setzt euch bitte", wies er auf die Bank, "ich werde euch zu essen und trinken bringen."

Dankbar ließen sich die müden Wanderer auf das von der Sonne vorgewärmte Holz sinken und streckten ihre überanstrengten Beine.

"Was für ein Glück, daß du den Rauch gesehen hast, Garmin!" seufzte Kathrin und lehnte ihren Kopf an seine Schulter, "wenn ich mir vorstelle, die ganze Nacht bei dieser Kälte draußen verbringen zu müssen!"

Jetzt kam auch der Alte wieder heraus und baute aus dicken Holzklötzen und einem mächtigen Brett einen

Tisch vor ihnen auf. Anschließend stellte er einen schweren Topf mit einer kräftigen Suppe auf den Tisch und verteilte Teller und Löffel. Danach verschwand er nochmals in seiner Hütte, um mit einem großen Laib Brot und einem guten Dutzend harter, fast schwarzer Würste wieder zu erscheinen.

"Nun stärkt euch erst einmal", wies er sie an, "reden können wir danach. Ach ja, was darf ich euch zu trinken bringen? Ich habe Wein, Wasser oder Tee."

Fiona entschied sich für Tee, den auch Sonja bekommen sollte, denn es war kein schwarzer, sondern Kräutertee. Auch Lila schloß sich an, während Garmin und Karthrin baten, von dem Wein probieren zu dürfen. Nachdem er sie mit dem Gewünschten versorgt hatte, beobachtete der alte Mann mit einem verhaltenen Lächeln, wie sich die hungrigen Menschen und die Elfe über das kräftige Mahl hermachten.

"Ich glaube, hiervon sollten wir nicht zuviel trinken", meinte Kathrin, nachdem sie einen ersten Schluck von dem schweren, dunklen Wein gekostet hatte, "zumindest ich nicht, sonst habe ich morgen einen ordentlichen Kater!"

Als sie endlich fertig waren, bat der Alte, zu erzählen, was sie in diese abgelegene Gegend führte und was es mit der Elfe auf sich hatte.

"Aber ich denke, wir gehen dafür hinein", sagte er und deutete auf die Sonne, die eben hinter den Bergen versank, "es wird gleich empfindlich kühl werden."

Drinnen durften sie sich auf eine steinerne Bank setzen, die rund um den großen, gemauerten Ofen gebaut war, in welchem ein knisterndes Feuer loderte. Die Flammen erzeugten eine ständig wechselnde, warme Beleuchtung, die die Hütte größer und geheimnisvoller erscheinen ließ, als sie tatsächlich war. Nun begann Lila erst von den Elfen zu erzählen und dann, wie es sie hierher verschlagen hatte. Danach berichteten Garmin und Kathrin. Als sie den Namen Moro erwähnten, merkte der Alte auf und hob den Kopf.

"Moro hatte euch gefangen?"

"Nein, nicht uns, sondern nur Lila. Außerdem hatte er sie nicht gefangen, sondern ein anderer Mann, die Polizisten nannten ihn Zeman, hatte Lila aus unserer Ferienwohnung entführt und an Moro verkauft."
"So, so, Zeman! Ja, von dem habe ich auch gehört."
"Genau, aber der ist jetzt tot", warf Lila ein, "Moro ließ ihn erschießen, weil er mehr Geld wollte, als Moro zu geben bereit war."
Der Alte nickte: "Das paßt zu Moro, er macht nie viel Federlesen!"
Später, als Sonja und Lila bereits eingeschlafen waren, und auch den drei anderen immer öfter die Augen zufielen, machte der Einsiedler ihnen Schlafstellen auf dem Boden zurecht. Dankbar kuschelten sie sich in den groben Decken ein, und es vergingen keine fünf Minuten, da schliefen sie auch schon.
Der Alte betrachtete die Schlafenden mit undeutbarem Blick, dann löschte er das Licht.

10

"Kathy kommt auch jeden Tag später zum Frühstück", stellte Lea mit Blick auf ihre Uhr fest, "es ist jetzt schon zehn vor elf, und so allmählich könnte die Schlafmütze auch mal aus den Federn kriechen!"
"Ach, laß sie doch", entgegnete Georg gutmütig, "es sind Ferien, und wir haben heute auch nichts Besonderes geplant."
"Ich möchte aber nicht, daß das Frühstück den ganzen Morgen den Tisch blockiert!"
"Das ist doch auch gar nicht nötig. Wenn Kathy nachher kommt, kann sie sich die Sachen doch selbst aus dem Kühlschrank holen. Dann kann Tommy jetzt abräumen."
"Immer ich!" nörgelte Thomas, "sonst muß immer der letzte den Tisch abräumen!"
"Du hast doch gerade gehört, was wir gesagt haben. Also fang jetzt nicht an zu diskutieren, sondern tue einfach, was man dir sagt!"
Mit muffeligem Gesicht kam Thomas der Aufforderung nach, nicht, ohne seinen Unmut dadurch kundzutun, daß er die benutzten Sachen besonders hart abstellte. Danach verließ er die Küche und trabte zu Kathrins Zimmer. Nur wegen ihr hatte er die Arbeit aufgebürdet gekriegt! Dafür wollte er sie nun wecken. Schließlich war nicht einzusehen, warum sie immer bevorzugt wurde! Er bummerte gegen ihre Zimmertür.
"Ey, Pennerin, aufstehen! Es ist gleich Mittag!"
Aus dem Zimmer kam jedoch ärgerlicherweise keine beleidigte Reaktion, nein, überhaupt keine! Thomas probierte die Tür; sie war nicht abgeschlossen. Ein schneller Blick in ihr Zimmer zeigte ihm, daß das Bett verlassen war. Dann war sie mit Sicherheit bei diesem Typen von nebenan. Bevor er hinausging, rief er kurz in die Küche: "Kathy schläft gar nicht mehr, die ist drüben, bei ihrem Macker!"
"Sag einmal, Thomas, fiele es dir sehr schwer, dich einer etwas gepflegteren Ausdrucksweise zu befleißigen?!"

Darauf zu reagieren hatte Thomas jedoch keine Lust. Er tat, als habe er nichts gehört, und lief nach draußen.
Im Nachbargarten saßen Garmins Eltern und genossen den schönen Tag.
"Guten Morgen, Thomas!" rief Garmins Mutter Regina herüber, "könntest du bitte Garmin Bescheid sagen, daß wir in Kürze aufbrechen? Wir wollen uns das alte Hafenviertel drüben ansehen."
"Garmin? Der ist nicht bei uns! Ich dachte, meine Schwester wäre bei ihnen!"
"Nein, hier sind sie nicht", versicherte Regina, "dann müssen sie wohl spazieren gegangen sein."
Thomas zuckte die Achseln und ging zum Strand. Er langweilte sich; so doof seine Schwester auch oft war, wenn sie nicht da war, hatte er gar keinen zum Reden, Beachballspielen oder ähnlichem. Mürrisch ließ er flache Steine über die Wellen flitschen und suchte danach den Strand nach interessanten Muscheln oder Steinen ab. Leider gab es kaum etwas zu finden. Er verlor die Lust daran, und beschäftigte sich lieber damit, einige der Felsen zu erklimmen. Doch so allein machte das alles keinen rechten Spaß. Unzufrieden kletterte er zum Haus zurück. Vielleicht war Garmin ja inzwischen mit seinen Eltern weggefahren, und Kathrin hätte Zeit für ein kleines Match. Dem war aber nicht so: Oben angekommen, fand er seine und Garmins Eltern in ziemlicher Sorge vor, denn von beiden Kindern gab es keine Spur, und das, fanden alle Elternteile, war für Kathrin wie auch für Garmin untypisch, da beide eigentlich Bescheid sagten, wenn sie länger fortbleiben wollten.
"Hoffentlich ist ihnen nichts passiert!" ängstigte sich Lea, "gerade wo gestern dieser Ermordete hier angetrieben wurde, da macht man sich doch so seine Gedanken!"
"Also, ich habe vorhin Garmins Zimmer durchsucht", erklärte Walter, Garmins Vater, "dabei habe ich festgestellt, daß er seine festen Schuhe angezogen und seine Taschenlampe mitgenommen hat. Das kann darauf hindeuten, daß sie entweder schon in der Nacht

losgezogen sind, oder daß sie zum Beispiel eine Höhle ansehen wollten."
Taschenlampe? Thomas kam ein schlimmer Verdacht. Er eilte in sein Zimmer und sah in die Schublade seines Nachtschrankes. Und wirklich, diese miese Ziege hatte doch tatsächlich seine Taschenlampe mitgehen lassen! Außerdem stellte er fest, als er daraufhin Kathys Zimmer durchsuchte, daß ihr Fenster offenstand. Die war bestimmt nachts hinausgestiegen, damit die Eltern es nicht mitbekamen. Wütend durchstöberte er ihren Schrank. Au, halt, was war das? Unter ihren Hosen war seine Hand gegen etwas Hartes gestoßen. Als er sie hervorzog, stellte er fest, daß er sich in den Finger geschnitten hatte. Er räumte die Sachen beiseite und bekam große Augen bei dem Anblick, der sich ihm bot: Dort lag ein verzierter, extrem wertvoll aussehender Dolch mit rasiermesserscharfer, glänzender Klinge! Er faßte das edle Teil an dem goldenen Griff und rannte zu seinen Eltern zurück.
"Kathy hat einfach meine Taschenlampe mitgenommen," verkündete er empört, "und seht mal, was ich in ihrem Schrank gefunden habe!" Er hielt ihnen den Dolch hin und setzte noch hinzu: "Ich wette, die sind schon nachts abgehauen, denn Kathys Fenster stand offen, und die hat es sonst immer zu, aus Schiß, daß da irgendwer oder -was hereinkommen könnte."
Mit großem Erstaunen betrachteten die vier Erwachsenen die kostbare, alte Waffe und versuchten ihre Existenz und das, was Thomas festgestellt hatte, in logischen Zusammenhang zu bringen.
"Meine Güte, hoffentlich haben sie sich damit", Regina deutete auf den Dolch, "nicht in Schwierigkeiten gebracht!"
"Was hat das nur zu bedeuten?" wunderte sich Georg, "ich kann nicht glauben, daß Kathrin den irgendwo gestohlen haben könnte. Sie hat meines Wissens noch nie etwas geklaut!"
"Doch, meine Taschenlampe!" warf Thomas ein.

"Das ist etwas anderes, die wollte sie sicher nicht behalten, sondern sich nur ausleihen, Tommy!" widersprach Lea.
"Tja, was nun?" überlegte Walter, "wir können ja nicht einfach abwarten, ob sie zurückkommen, wir müssen etwas unternehmen! Was meint ihr, sollen wir die Polizei benachrichtigen?"
"Ich denke, es wird uns nicht viel anderes übrigbleiben", stimmte Georg zu, "ich werde das eben übernehmen!"
"Ja, mach das, mein Schatz, aber erwähne den Dolch lieber noch nicht. Wir sind immerhin im Ausland und wissen nicht, wohin so etwas führen kann!"
Eine knappe halbe Stunde später waren die beiden Polizisten, die sie schon von dem Leichenfund her kannten, bei ihnen und hörten sich an, was die Eltern bereit waren zu erzählen.
Der ältere der beiden schüttelte sorgenvoll den Kopf: "Also, daß hier Touristen verschwunden sind oder entführt wurden, einen derartigen Fall hatten wir, soweit ich mich erinnern kann, noch nie!"
"Vielleicht sind sie ja im Dunkeln die Klippen hinuntergestürzt", vermutete der jüngere und löste damit bei Garmins Mutter einen Weinkrampf aus. Walter und Kathrins Mutter Lea hatten alle Mühe, sie wieder zu beruhigen.
"Also, allzuviel können wir da auch nicht machen", stellte der ältere fest, "aber ich werde mich mit dem Major der benachbarten Kaserne in Verbindung setzen. Der ist ein guter Freund, und ich denke, er wird sich überreden lassen, eine Einheit abzustellen, die den Küstensaum und die Gegend hier herum absucht. Sobald Ergebnisse, welcher Art auch immer, vorliegen, werden wir sie benachrichtigen."
"Vielen Dank!" sagte Lea, "es ist wirklich zu nett, daß sie so hilfsbereit sind!"
"Das ist doch selbstverständlich!" wehrte der Beamte ab, "schließlich habe ich selbst vier Kinder und kann mir vorstellen, wie man sich fühlt, wenn einem von ihnen etwas zustößt!"

Die Polizisten verabschiedeten sich und machten sich auf den Weg zu der erwähnten Kaserne, während die beiden Familien in Ungewißheit und Angst zurückblieben.

Lila schlug die Augen auf. Ein unangenehmer Traum hatte sie beunruhigt, in welchem Zeman auf seinem knatternden Motorroller die Hauptrolle spielte. Es war noch stockdunkel, obwohl Lila das Gefühl hatte, ziemlich lange geschlafen zu haben. Die anderen schliefen alle noch tief und fest. Lila wollte sich gerade ebenfalls wieder hinlegen, als sie stutzte. Das knatternde Geräusch, das sie ihrem Traum zugeordnet hatte, war immer noch in ihren Ohren. Und Lila korrigierte sich: Es war nicht das Geräusch eines Mopeds, sondern eindeutig ein Hubschrauber, dessen Turbine nun leiser wurde und mit unangenehmem Pfeifen allmählich erstarb. Danach hörte sie undeutliche Stimmen. Ein Schlüssel wurde ins Schloß gesteckt, die Tür geöffnet; helles Tageslicht fiel herein. Lila hatte sich also nicht getäuscht, als sie annahm, lange geschlafen zu haben. Jetzt hörte sie die Stimme ihres Wirtes: "Hier sind sie, edler Graf!"
Lila erschrak bis ins Mark, der Alte hatte sie verraten! Bevor die Männer hereinkamen, gelang es ihr in letzter Sekunde, unter die Ofenbank zu flüchten. Doch das konnte nur eine kurzfristige Notlösung sein, denn sie vernahm nun auch noch das Hecheln der Bluthunde. Sie konnte nicht mehr weg, denn die Tür, in der Moro und ihr verräterischer Gastwirt erschienen, war der einzige Weg nach draußen. Nein, halt, nicht ganz! Lila schlüpfte um die Ecke, kroch in den nahezu erkalteten Kamin und flog den Schornstein hoch. Hoffentlich hörte niemand das Summen ihrer Flügel! Oben hielt sie kurz inne und lugte über den Rand der Esse. Auf der Wiese stand ein schwarzsilbern lackierter Helikopter, auf dessen Pilotensessel ein gelangweilt aussehender Mann saß und rauchte. Zwei weitere standen in unmittelbarer Nähe der Tür und hielten je zwei unruhig an den Leinen zerrende, große Hunde mit wolfsähnlichen Gebissen. Lila kroch über die Rückseite des Schornsteins, ließ sich auf das Dach rutschen und eilte zur Felswand. Ein schneller Blick genügte und ihr Entschluß stand fest; sie

riskierte einen kurzen Flug über ein ungedeckt liegendes Stück und verschwand dann in einer nach oben führenden Spalte. In Höchsttempo brachte sie so viel Raum wie möglich zwischen sich und ihre im Tal befindlichen Jäger, bevor sie sich zwischen den Felsen verbarg und das weitere Geschehen aus sicherer Entfernung beobachtete.

"Mama, Mama!" jammerte Sonja, als einer der Männer das Mädchen unsanft aus den Armen ihrer Mutter riß. Erst davon erwachten auch Garmin, Kathrin und Fiona. Garmin fuhr hoch und sprang dann derart schnell zur Tür, daß die in der Hütte befindlichen Männer nicht reagieren konnten, während Kathrin und Fiona nur hilflos zuschauten. Allerdings machte sich auch keiner von Moros Helfern die Mühe, Garmin zu verfolgen, sondern einer von ihnen ließ einfach seine beiden Hunde los und rief ihnen einen kurzen Befehl zu. Daraufhin jagten die scharfen Tiere hinter dem Fliehenden her.
"Oh, nein, bitte nein!" flüsterte Kathrin unter Tränen, als sie Sekunden später Garmins entsetzten Schrei und das Anschlagen der Hunde vernahmen.
"So also dankst du es mir, daß ich dir Arbeit und Brot gebe!" richtete Moro seine eisige Stimme an Fiona, "du kennst die Strafe, die auf Verrat steht?"
Fiona erbleichte und fuhr mit zitternder Hand zu ihrem Hals.
"Ich sehe, du weißt Bescheid, aber nun zu etwas anderem", wandte er sich an den Alten, "du sagtest doch, du hättest sie alle gefangen, Stojko! Wo ist die Elfe? Die ist die Wichtigste von allen!"
"Als ich die Hütte verschloß, lag sie noch in tiefem Schlaf", versicherte der Angesprochene, "sie muß sich hier irgendwo versteckt haben!"
"Los, durchsucht alles, ich muß sie wiederhaben!"
Moros Schergen begannen, die Behausung auf der Suche nach Lila auf den Kopf zu stellen, als auch Garmin, von den Hunden eskortiert, wieder hereintrat. Ängstlich sah Kathrin zu ihm hinüber: Er sah schlimm

aus; vermutlich war er gestürzt und hatte sich dabei Hände und Stirn aufgeschlagen. An seinem Hals waren Blutspuren, in einem der Beine war eine tiefe Bißwunde, und seine Jeans war total zerfetzt, aber als er Kathrins Blick bemerkte, rang er sich ein beruhigendes Lächeln ab.
"Na, mit euch zweien muß ich auch wohl noch ein ernstes Wort wechseln", zischte Moro, "ihr kostet mich enorm viel Zeit und somit auch Geld! Es interessierte mich brennend, wie ihr unbemerkt in meine gut bewachte Anlage und wieder hinausgelangen konntet! Aber das müssen wir nicht jetzt und hier erörtern ... . Verdammt noch mal, habt ihr die Elfe immer noch nicht gefunden?!"
"Nein, Herr, wir haben alles durchsucht, sie ist nicht hier, sie muß irgendwie einen Weg hinaus gefunden haben!"
"Ich versichere euch, das werdet ihr mir büßen!" richtete Moro seine fast tonlose Stimme an die Gefangenen, "mir werden geeignete Wege einfallen, mich für den Verlust schadlos zu halten!" Dabei ließ er seinen kalten Blick über Garmin und besonders Kathrin wandern. Kathrin erschauerte, als sie in die emotionslos wirkenden grauen Augen des Unterweltkönigs sah. Hastig wandte sie den Kopf ab und schaute zu der bedauernswerten Fiona hinüber, die als zitterndes, psychisches Wrack auf ihrer Decke kniete und ihren tränenverhangenen Blick nicht von ihrer Tochter losreißen konnte, die die Hände nach ihrer Mutter ausstreckte und sich in den Armen des Dieners wand.
"Alles raus jetzt und ab in den Hubschrauber!" befahl Moro und verließ als erster die Hütte. Kathrin sprang auf und stützte schnell den humpelnden Garmin, der bei der Kehrtwendung beinahe gestürzt wäre. Der Mann, der die Hunde auf Garmin gehetzt hatte, faßte der apathisch dahockenden Fiona in die Haare, zerrte sie daran brutal hoch und zog sie hinter sich her. Moro wartete bereits am Helikopter. "Es können nicht alle mitfliegen, dazu ist die Maschine zu klein. Ihr beide", er deutete auf zwei seiner Diener, "werdet den Rückweg

zu Fuß machen. Stojko wird euch jetzt sofort hinunterführen. Mit der Verräterin brauchen wir uns auch nicht mehr zu belasten, du wirst das erledigen!" nickte er einem der beiden Zurückbleibenden zu, dann stieg er vorne ein, während Kathrin, Garmin und der Diener mit Sonja auf dem Arm, hinten einsteigen mußten. Draußen machte sich Stojko bereits mit dem einen der Männer auf den Marsch, der andere blieb, die Finger weiter in Fionas Haare gekrallt, stehen. Voller böser Vorahnung sah Kathrin, die außen saß, aus dem Fenster. Über ihnen begann sich der Rotor zu drehen, und das Pfeifen der Turbine wurde immer lauter. Mit vor Entsetzen geweiteten Augen mußte Kathrin mit ansehen, wie der Kerl vor der Hütte Fiona in kniende Position herabzog, ihr ein Knie in den Rücken drückte, den Kopf an den Haaren zurückzog und ihr mit einem Messer die Kehle durchschnitt. Dann ließ er sie los, wischte die Klinge an ihrer Bluse ab und eilte Stojko und seinem Begleiter hinterher. Kathrin schrie verzweifelt auf, als sie Fiona niedersinken sah und barg völlig aufgelöst ihren Kopf an Garmins Schulter.
"Hat ... , hat er sie ... ?"
"Ja!" schluchzte Kathrin, "ich kann nicht mehr, ich ... !"
"Schweine, diese widerlichen Schweine!" murmelte Garmin und ballte in hilfloser Wut die Fäuste.
Der Hubschrauber hatte unterdessen abgehoben und flog in hohem Tempo in Richtung von Moros Residenz.
Unten im Tal hatte auch Lila die grausige Tat verfolgt und jagte, so schnell es ihre Flügel zuließen, zu Fiona hinab. Gefahr für sie bestand ja kaum noch, da Stojko und Moros zwei Gehilfen schon ziemlich weit weg waren. Sie landete neben Fiona, die röchelnd dalag und Lila mit verschleiertem Blick ansah. Blut lief über ihre Lippen, und kleine Luftblasen traten aus der Halswunde aus. Halsschlagader und Kehlkopf waren aber von dem flüchtig ausgeführten Schnitt nicht verletzt worden. Fiona hob matt die Hand und berührte Lilas Beine mit den Fingern. Rat- und hilflos streichelte Lila die Wange der Schwerverletzten. "Bitte, hilf Sonja!" brachte Fiona

heraus und fing an zu husten, da sie bei jedem Atemzug auch Blut mit einatmete.
"Das werde ich!" versprach Lila, obwohl sie keine Ahnung hatte, wie sie das machen sollte, "aber erstmal brauchst du Hilfe!" Ihre Angst und Abscheu überwindend machte sich die zwölfjährige Elfe an die Untersuchung der Verletzung. Der Schnitt verlief oberhalb des Kehlkopfes quer über den Hals und schien die Luftröhre nur so gerade eben angeschnitten zu haben. Wenn Lila an das dachte, was sie alles schon so gehört und gelernt hatte, mußte diese Wunde nicht zwangsläufig zum Tod führen. Wenn sie wenigstens das Loch in der Luftröhre verschließen könnte; Fionas Atem klang einfach zu schrecklich!
"Ich bin gleich wieder da, Fiona!" sagte sie und versuchte dabei, ihre Stimme beruhigend klingen zu lassen, was ihr sehr schwerfiel, denn sie fühlte sich mit der Situation eindeutig überfordert. Das einzige, was ihr einfiel war, daß man die Wunde wohl nähen müßte. Sie flog in die Hütte, um nach Nähzeug zu suchen. Glücklicherweise hatte Stojko vergessen, die Tür zu schließen, so daß Lila nicht extra wieder durch den Schornstein mußte. Die Suche nach Nadel und Faden dauerte auch nicht sehr lange, durch Zufall fiel ihr Blick gleich zu Anfang auf ein geöffnetes Holzkästchen, in welchem sie das Gewünschte fand. Als sie zu Fiona zurückkehrte, lag diese bereits in einer großen Blutlache und schien kaum mehr bei Bewußtsein.
"Fiona!?"
Doch die geschwächte Frau zeigte keine erkennbare Reaktion mehr.
"Fiona, ich muß die Wunde nähen, das wird bestimmt schrecklich weh tun!" rief Lila dennoch, und hoffte, daß Fiona bei der bevorstehenden Tortur nicht um sich schlüge. Sie besah sich die offene Stelle am Hals: Es waren zwei Nähte vonnöten: Zuerst mußte sie die Luftröhre und anschließend den Hals außen nähen. Das Dumme war, daß sie, so wie die Dinge lagen, an die Luftröhre zum Nähen nicht recht herankam. Sie brauchte etwas, um das Fleisch und die Haut darüber

beiseite zu drücken; außerdem fiel ihr ein, daß es besser wäre, die Nadel vorher zu desinfizieren. Also nochmal zurück ins Haus! Lila war der Verzweiflung nahe; das ging alles viel zu langsam! Wenn doch nur Garmin und Kathrin bei ihr wären! In der Hütte gelang es ihr, eine Kerze zu entzünden, über deren Flamme sie die Nadel erhitzte. Dann sammelte sie noch geeignete Dinge auf, die die Wundränder auseinanderhalten sollten. Nun konnte sie anfangen. Fiona hatte das Bewußtsein verloren, als Lila mit der unappetitlichen Arbeit begann. Es war eine grauenvolle Aufgabe, und Lila war die ganze Zeit drauf und dran aufzugeben, weil es ihr kaum gelang, die für sie riesige Nadel durch das Gewebe zu stechen. Erst nach einer endlosen halben Stunde war sie fertig, und zwar in beiderlei Bedeutung des Wortes. Sollte Fiona überleben, wäre vermutlich eine weitere Operation fällig, da, so vermutete Lila, der innere Faden ja eigentlich auch irgendwann gezogen werden müßte. Zuletzt legte sie noch ein sauberes Papiertaschentuch, das sie drinnen gefunden hatte, auf die verschlossene Wunde und band es mit einem Stoffstreifen fest. Danach setzte sie sich neben Fionas Kopf und hoffte, daß sie möglichst bald wieder zu Bewußtsein käme, denn sie mußten diesen Ort verlassen haben, bevor Stojko zurückkam. Ob Fiona dazu allerdings in der Lage sein würde, war eher fraglich. Erst zwei lange Stunden später begann sich Fiona zu regen und schluckte schwer.
"Sonja?!" krächzte sie und griff sich an den schmerzenden Hals.
"Nicht!" rief Lila und ergriff einen der Finger, "du darfst noch nicht darauffassen!"
Fiona öffnete die Augen und starrte Lila überrascht an.
"Ich lebe noch!" staunte sie, verzog aber dabei ihr Gesicht, denn der Schmerz war schier unerträglich.
"Fiona, meinst du, du kommst hoch? Wir müssen hier weg, bevor der Alte zurück ist!"
Fiona mühte sich in sitzende Haltung, ließ sich aber gleich wieder zurücksinken. "Es geht nicht, mir ist schwindelig!"

"Das kommt, weil du so viel Blut verloren hast. Ich werde dir etwas zu trinken holen, vielleicht schaffst du es dann wenigsten in das Haus. Notfalls können wir diesen Stojko dann ja überraschen. Das Blöde ist nur, daß ich so wenig tragen kann, darum weiß ich noch nicht, wie ich das Wasser hierher bekomme."
"Ach, laß nur, Lila, ich schaffe das schon irgendwie!" Ganz langsam, damit sie nicht gleich wieder einen Schwindelanfall bekam, erhob sich Fiona auf die Knie und kroch, ein Bild des Jammers abgebend, Zentimeter um Zentimeter auf allen vieren zur Tür der Hütte. Mehrfach mußte sie längere Pausen einlegen, dann aber waren sie endlich drinnen, und mit letzter Kraftanstrengung zog sich die Gepeinigte am Tisch hoch und ließ sich auf einen der Stühle fallen. Nachdem sie sich einige Minuten erholt hatte, gelang es ihr, sich etwas von dem übriggebliebenen, kalten Kräutertee einzuschenken und das Gebräu in winzigen, qualvollen Schlucken herunterzubekommen. Ungeduldig verfolgte Lila, die die ganze Zeit über vom Fenster aus aufpaßte, die langsamen Fortschritte von Fionas Erholung.
"Fiona, wir müssen uns etwas einfallen lassen, was wir machen, wenn Stojko kommt. Glaubst du, daß du kräftig genug bist, ihm mit irgendetwas stark genug auf den Kopf zu hauen, daß er betäubt ist, und ihn dann zu fesseln?"
"Ich weiß nicht, noch ich kann nicht stehen", erwiderte Fiona unsicher, "aber nachher vielleicht. Ob es ist besser, wenn ich mich hinlege?"
"Normalerweise ja", meinte Lila, "aber wenn du dann plötzlich aufstehen mußt, weil der Alte zurückkommt, kippst du bestimmt um!"
Fiona nickte, "das richtig, ich werde sitzenbleiben und bald einmal versuchen zu stehen." Sie suchte mit ihren Blicken den Raum nach einem geeigneten Instrument ab, mit dem sie Stojko niederschlagen könnte. Schließlich fiel ihre Wahl auf eine schwere, gußeiserne Pfanne, welche über dem Herd an der Wand hing. Mit wackeligen Beinen stand sie auf und schob sich Fuß um Fuß, ständig an der Wand festhaltend, zum Herd und

nahm die Pfanne herab. Diese war so schwer, daß sie beinahe ihr labiles Gleichgewicht verloren hätte. Als sie am Tisch zurück war, brauchte sie etliche Zeit, um wenigstens wieder klar sehen zu können.
"Fiona, er kommt!!!"
"Oh nein, ich bin noch gar nicht bereit!" Trotzdem schaffte sie es, aufzustehen und sich hinter dem Türrahmen zu postieren. Derweil beobachtete Lila, wie Stojko an der Blutlache überrascht innehielt, verwundert den Kopf schüttelte und offenbar nach einer Blutspur suchte, die ihm verraten konnte, wohin die vermeintlich Tote verschwunden sein konnte. Endlich zuckte er die Schultern und setzte seinen Weg fort.
"Paß auf, jetzt!" wisperte Lila.
Fiona hob zitternd die Pfanne über den Kopf. Jetzt öffnete Stojko die Tür und trat unzufrieden vor sich hinbrummend herein. In letzter Sekunde erkannte er Fiona neben sich, war aber so geschockt, daß er zu einer rechtzeitigen Reaktion nicht mehr fähig war. Das schwere Teil krachte auf seinen ungeschützten Schädel nieder, und er fiel wie ein nasser Sack auf die Dielen. Fiona sank ebenfalls zu Boden.
"Bitte, Fiona, du mußt ihn unbedingt fesseln, ich kann das nicht!"
Seufzend kam Fiona Lilas Forderung nach. Als sie fertig war, blieb sie vorläufig bewegungsunfähig neben dem Alten liegen. "Lila, ich kann nicht mehr, mir ist schlecht, und ich fühle meine Arme und Beine gar nicht mehr!" flüsterte sie.
"Das geht bestimmt gleich wieder besser!" sagte - und hoffte – Lila. "Warte, ich bringe dir noch von dem Tee." Sie schnappte sich den Plastikverschluß einer Flasche, füllte ihn und hielt ihn Fiona an die Lippen, die dankbar daran nippte. Kurz darauf war sie wenigstens soweit sich zum Bett schleppen und darauf ausstrecken zu können.
"Eigentlich brauchst du etwas zu essen, damit du dich schneller erholst", meinte Lila, "ich würde dir auch gerne etwas machen, aber ich kann mit diesen ganzen, großen und schweren Sachen nicht hantieren."

"Das brauchst du auch nicht, in spätestens einer Stunde kann ich wieder aufstehen und das selbst machen."
Daraus wurde jedoch vorläufig nichts, denn Fiona war nur Augenblicke nach diesen Worten eingeschlafen, und Lila hütete sich, sie zu wecken, denn sie nahm zu Recht an, daß Schlaf die beste hier verfügbare Medizin für die Verletzte war. Auch der Gefesselte hatte sich noch immer nicht gerührt, und Lila überlegte schon, ob der Schlag Fionas ihn getötet haben könnte. Eine schnelle Überprüfung seines Pulses zeigte aber, daß er nur, wenn auch schwer, betäubt war. Wenn er erwachte, hatte er garantiert mörderische Kopfschmerzen. 'Das geschieht ihm ganz recht!' dachte Lila und beschloß, Wache zu halten, bis Fiona ausgeschlafen hatte. Fiona schlief volle sechs Stunden, gegen deren Ende Lila Mühe hatte, wachzubleiben und ihre Augen offenzuhalten. Doch traute sie sich nicht zu schlafen, denn Stojko war zu Bewußtsein gekommen und kämpfte immer wieder mit derartiger Kraftanstrengung gegen seine Fesseln an, daß Lila nicht sicher war, ob sie auf Dauer hielten. Immerhin war Fiona ja alles andere als bei vollen Kräften gewesen, als sie den Alten gebunden hatte. Doch als Fiona endlich die Augen aufschlug, hatte sich Stojko scheinbar in sein Schicksal ergeben und rührte sich kaum noch. Lila flog zu Fiona hinüber und strich ihr über die heiße Stirn.
"Wie geht es dir, Fiona, fühlst du dich ein bißchen besser?"
Fiona nickte und wollte antworten, doch kein Ton kam über ihre Lippen. Sie faßte sich an den Hals und schüttelte traurig den Kopf. Es wollte ihr nicht gelingen, auch nur ein einziges Wort herauszubringen. Die genähte Wunde hatte sich vermutlich entzündet und dabei auch Kehlkopf und Stimmbänder in Mitleidenschaft gezogen. Lila drückte ihre Hand. "Das wird schon wieder, Fiona!" sagte sie tröstend, "ich suche Papier und Stift, dann kannst du mir aufschreiben, was du brauchst." In diesem Moment klingelte es in der Hütte. Lila sah sich erschrocken um. Das Klingeln ging von

↑

einem relativ kleinen, schwarzen Apparat aus, der in einer Ecke auf der Kommode lag.
"Gib mir das Telefon!" befahl Stojko, "und zwar sofort, dann wird euch nichts geschehen, ansonsten wirst du die Konsequenzen tragen müssen!"
Lila blickte unsicher zu Fiona, die beschwörend den Kopf schüttelte und mit Zeichen zu verstehen gab, daß sie etwas aufzuschreiben wünschte. Lila brachte ihr Schreibutensilien ans Bett und Fiona schrieb: 'Ich werde die Nummer der Polizei wählen, aber du mußt sprechen, ich kann nicht!'
"O.k. mache ich", stimmte Lila zu. Sie hatte schon öfter mitbekommen, wie die Menschen telefonierten, auch wenn die Telefone anders ausgesehen hatten, als dieses. Mit großer Kraftanstrengung schaffte sie es, den Apparat zu Fiona zu bringen, die Lila mit Zeichen verdeutlichte, wo sie sprechen und wo sie hören mußte. Dann drückte sie eine Zahlenfolge, nach welcher ein Tuten aus dem Gerät schallte. Schließlich meldete sich eine männliche Stimme. Lila begann hastig zu berichten, was sich ereignet hatte, bis die Stimme sie unwirsch unterbrach. Der Mann am anderen Ende verstand ihre Sprache nicht! Lila probierte es noch einmal, ganz langsam. Doch der Mann stieß eine wütende Entgegnung hervor, und danach erklang wieder nur noch ein unangenehmer Dauerton im Hörer. Fiona schlug verzweifelt die Hände vor das Gesicht, während Stojko in lautes Gelächter ausbrach.
"Das war wohl nichts!" keuchte er glucksend, "nun macht mich schon los, dann werde ich euch verschonen!"
"Ganz bestimmt werden wir das nicht tun!" schrie Lila ihn an, "eher bringen wir dich um!"
Stojko schwieg überrascht und machte vorläufig keinen neuen Versuch, Lila oder Fiona zu überreden, ihn freizulassen. Lila fühlte sich schrecklich allein und hilflos. Es war eine ähnliche Situation wie damals, als sie mit der schwerverletzten Corinna am Biberteich waren, diese im Wundfieber lag und gestorben wäre, wenn nicht Martha, Bernhard und Histran zu Hilfe

gekommen wären. Doch wen konnte sie hier erwarten? Niemanden! Die einzigen, die überhaupt von dem Geschehen wußten, waren entweder gefangen oder gehörten zu Moros Leuten. Zudem mußten sie ja alle davon ausgehen, daß Fiona tot war, so daß Hilfe mit Sicherheit nicht zu erwarten war. Medikamente hatte Lila trotz intensiver Suche auch keine finden können; es war zum Heulen!

Immer wieder flößte Lila der Fiebernden Wasser oder Tee ein und legte nasse Lappen auf ihre Waden, aber ein nachhaltiger Erfolg ihrer Bemühungen wollte sich nicht einstellen. Als Fiona neuerlich in den Schlaf fiel, flog Lila erschöpft vor die Hütte. Was sollte sie bloß machen? Eigentlich mußte sie Hilfe holen, aber das würde so lange dauern, daß es für Fiona zu spät wäre. Die Verletzte brauchte ständige Hilfe. Frustriert stützte sie den Kopf in die Hände und ließ die Blicke über die im Abendlicht glühenden Berge wandern.

12

Kurz bevor der Hubschrauber die Küste mit Moros Wohnsitz erreicht hatte, stoppte der Pilot das Fluggerät ab, ließ es auf einer Stelle schweben und deutete, wortreich auf Moro einredend, nach unten. Moro folgte seinem Fingerzeig und fing an zu fluchen. Was war denn da unten los, daß Moro so aufregte. Kathrin war neugierig und preßte ihr Gesicht an die Scheibe. So erkannte sie auch schnell den Grund für die Aufregung: Dort unten suchten viele Soldaten in breiter Front den Küstenstreifen ab und näherten sich Moros Domizil. Kathrin meinte auch einen Polizisten zu erkennen, konnte aber ihre Beobachtung nicht fortsetzen, weil die Maschine nun wieder beschleunigte, an Höhe gewann und abdrehte.

"Ich glaube, wir werden gesucht", flüsterte sie Garmin zu, "da unten laufen ganz viele Soldaten und Polizisten herum. Jetzt traut sich Moro scheinbar nicht mehr, dort zu landen. Bestimmt fürchtet er eine Hausdurchsuchung."

"Das wird uns aber wahrscheinlich auch nicht viel nützen", vermutete Garmin leise, "wir müssen irgendwie selbst wegkommen, denn der wird uns ganz sicher nicht freilassen, wo wir doch den Mord an Fiona mitbekommen haben."

"Oh Gott!" erschrak Kathrin, "du meinst, er wird uns auch umbringen lassen?!" Ihre Stimme schwankte stark, und sie hatte einen Kloß im Hals. Mit ihren Händen umklammerte sie die Garmins, und ihre Fingernägel gruben sich schmerzhaft in seine Haut, aber er sagte nichts, denn auf diese Art wurde er von den Schmerzen des Hundebisses in seinem Bein abgelenkt. Beunruhigt stellten sie fest, daß der Helikopter auf das offene Meer hinausflog. Wollte man sie vielleicht dort draußen einfach hinauswerfen, damit sie beim Aufschlag stürben oder ertranken? Garmin sah zu Sonja hinüber. Wie wurde sie mit der Trennung von ihrer Mutter fertig? Die Kleine weinte zwar nicht mehr, hatte aber stark gerötete Augen und starrte verloren auf einen imaginären Punkt in der Ferne. 'Das arme Mädchen! Sie weiß ja noch gar nicht, daß ihre Mutter tot ist', schoß es Garmin durch den Kopf. Was würde Moro mit ihr machen? Ebenfalls umbringen? Garmin traute diesem Teufel in Menschengestalt mittlerweile alles zu. Ganz überraschend ging der Pilot nun steil nach unten, bremste den Sinkflug ab und landete, wie Kathrin mit einem schnellen Blick feststellte, auf dem Achterdeck einer großen, eleganten Yacht.

"Raus mit euch", wies Moro sie an, "sofort unter Deck und keine Zicken!"

Der Mann, der Sonja trug, drückte diese nun kurzerhand Kathrin in den Arm, führte die Gefangenen eine steile Treppe hinab in den Bauch des luxuriösen Schiffes und sperrte sie dort in einen Raum, der über kein Fenster oder Bullauge verfügte, weil er vermutlich schon unterhalb der Wasserlinie lag. Das sollte ihnen wohl auch die Möglichkeit nehmen, sich irgendwie bemerkbar zu machen, falls sich andere Schiffe näherten. Sie setzten sich gemeinsam auf die bequeme Koje. Sonja, die ihre Ärmchen um Kathrins Nacken geschlungen hatte, fing nun an, auf sie einzureden, jedoch verstanden sie, außer dem Wort 'Mama', überhaupt nichts.

"Shit, daran habe ich noch gar nicht gedacht", rief Garmin aus, "die Ärmste versteht uns genausowenig wie wir sie!"

Prompt fing Sonja auch schon an zu weinen. Kathrin streichelte ihren Kopf und versuchte nun geduldig mit Zeichen und Gesten herauszufinden, was das Mädchen, außer zu ihrer Mutter, noch wollte. Es dauerte auch nicht allzu lange, dann war es heraus: Sonja hatte sich in der ganzen Aufregung in die Hose gemacht und fühlte sich dementsprechend unwohl. Kathrin zog die Kleine aus, wickelte sie in eine der Decken und wusch anschließend Hose und Unterhose im angrenzenden Bad aus.

"Du hast das ja voll drauf!" sagte Garmin anerkennend, als sich Sonja vertrauensvoll an Kathrin schmiegte, "ich glaube, du würdest eine gute Mutter abgeben, Kathy."

Kathrin grinste, "na ja, wär' ja noch ein bißchen früh, aber irgendwann hätte ich schon gern eigene Kinder." Dann wurde sie übergangslos ernst: "Wenn die uns dafür lange genug am Leben lassen!" Neuerlich mußte sie die aufkeimende, panische Todesangst gewaltsam unterdrücken. "Garmin", flüsterte sie verzweifelt, "ich will nicht sterben!!!"
Garmin setzte sich neben die beiden und umarmte sie. "Wir werden einen Weg finden!" versprach er und küßte Kathrin auf ihren Mund, bis er seinen Kopf plötzlich weggeschoben fühlte. Überrascht und gekränkt sah er ihr in die Augen, bis er bemerkte, daß es Sonja gewesen war, die ihn auch weiterhin eifersüchtig auf Abstand zu halten versuchte. Lachend kraulte er ihre Locken, "ich nehm' sie dir nicht weg, keine Angst!"
Kinder! Das Mädchen hatte sich soweit vorgeschoben, daß er nicht mehr so leicht an Kathys Gesicht kommen konnte; ganz schön dreist! Garmin fuhr zusammen, als sich nun die Tür der Kabine öffnete, und Kathrin drückte Sonja fester an sich. Aber nichts Dramatisches sollte passieren. Es trat nur ein Mann der Schiffsbesatzung - wie sie an seiner Kleidung erkannten - herein, stellte wortlos ein Tablett mit Speisen und Getränken auf den Tisch, verließ sie wieder und verschloß die Tür. Sofort ließ Sonja Kathrin los und streckte die Finger nach dem Essen aus, wobei sie fordernd auf Kathrin einredete. Kathrin verstand zwar nicht die Worte, aber der Sinn war unzweideutig. Auch Garmin hatte verstanden: Er nahm das Tablett und stellte es zwischen sie auf das Bett, so daß jeder nach Lust und Laune zugreifen konnte. Nach dem Essen forderte Kathrin Garmin auf: "Beschäftige du dich jetzt mal mit Sonja, ich will duschen, ich fühl mich richtig eklig nach diesen ganzen Anstrengungen!" Sie schnappte sich ein Handtuch und ging zur Badezimmertür. Doch Sonja schien mit diesem Arrangement alles andere als zufrieden. Sie kletterte aus dem Bett und rannte hinter Kathrin her. Da halfen auch alle Überzeugungsversuche nichts; letztendlich nahm Kathrin Sonja einfach mit unter die Dusche.

"Kann ihr nicht schaden", meinte sie, "Sonjas Haare sind auch schon ziemlich staubig."
Garmin hätte jetzt zu gern mit Sonja getauscht, hielt sich aber wohlweislich zurück. Ein wenig wurde er entschädigt, als Kathrin nur knapp von einem Handtuch bedeckt aus dem Bad zurückkkam.
"Ich hab' gleich meine Klamotten mitgewaschen", erklärte sie und hängte die Teile über die zwei Stuhllehnen, "jetzt kannst du, wenn du willst!"
Eigentlich hatte Garmin keine große Lust, sah aber die Notwendigkeit ein. Nachher fühlte er sich wesentlich wohler. Auch er hatte seine Siebensachen gereinigt und nur das Handtuch um die Hüften geschlungen.
"Schick siehst du aus", fand Kathrin, "so ein Röckchen steht dir richtig gut!"
"Was soll das denn heißen?" wollte Garmin wissen und wurde rot. Kathrin grinste ihn nur herausfordernd an: "Könntest glatt als Frau dur ..."
Sie kam nicht dazu auszureden, denn Garmin stürzte sich auf sie und begann sie durchzukitzeln. Kathrin kreischte, lachte und versuchte sich zu wehren. Logische Folge war, daß sich ihr Handtuch löste und herabfiel. Kathrin sah eine Sekunde empört aus, dann aber umarmte sie Garmin fest und preßte sich an ihn. Garmin spürte ihren Busen an seiner Brust und das heftige Pochen ihres Herzens; mochte dieser Augenblick doch nie zu Ende gehen! Doch leider ging dieser Wunsch nicht in Erfüllung, er hatte Sonja nicht auf der Rechnung gehabt! Die hatte es nämlich bei Kathrins Gekreische mit der Angst bekommen und fing laut an zu heulen, während sie sich abmühte, Garmin von Kathrin wegzuzerren. Kathrin löste sich von dem enttäuschten Garmin und nahm Sonja auf den Arm.
"He, das war doch nur Spaß!" sagte sie und stubste ihr mit dem Finger auf die Nase. Dann trat sie nochmals zu Garmin und legte ihren freien Arm um ihn und küßte ihn auf die Wange, um Sonja zu zeigen, daß von ihm keinerlei Gefahr ausginge. Dann setzte sie Sonja auf das Bett zurück und bückte sich, um ihr Handtuch

aufzuheben, was Garmin dazu nutzte, ihr einen Klaps auf ihren reizenden Po zu geben.
"Ey, ganz schön frech, du Macho!" protestierte Kathrin mit gespielter Empörung. Da sie im Augenblick alle keine trockenen Sachen zum Anziehen hatten und die Kabine auch eher kühl war, kuschelten sie sich einfach, nackt wie sie waren, unter der Bettdecke aneinander. Kathrin, die Garmin aber nicht zu sehr in Versuchung führen wollte, hatte dafür gesorgt, daß Sonja zwischen ihnen lag. Das kleine Mädchen hatte sich erstaunlich gut in die Situation gefunden und weinte oder klagte kein einziges Mal. Kathrin graute schon vor dem Moment, wenn die Kleine begreifen mußte, daß ihre Mutter nie mehr zurückkommen würde. Die nächste Stunde verbrachten sie damit, Sonja, so gut es ging, Wörter ihrer Sprache beizubringen, indem sie auf sich oder irgendwelche Gegenstände zeigten und ihr die entsprechenden Worte dazu sagten. Sonja begriff überraschend schnell und konnte sich auch auf Anhieb einen Großteil der Begriffe merken. Doch dann schlief sie fast übergangslos ein, leise vor sich hinschnaufend, den linken Daumen lose im Mund haltend, die andere Hand auf Kathrins rechter Brust.
"Irgendwie niedlich, so'n Kind zu haben", stellte Garmin fest und sah liebevoll auf das erhitzte Gesicht Sonjas. Damit sprach er aus, was auch Kathrin gerade gedacht hatte, aber diese überlegte noch weiter: Was sollte aus dem Kind werden, wenn sie das alles lebend überstehen sollten. So weit sie es verstanden hatte, gab es nach Fionas Tod keine weiteren Verwandten. Müßte Sonja dann in eines dieser trostlosen Heime? Wenn ihre Eltern sie doch einfach adoptieren könnten, dann hätte sie endlich eine Schwester, und der Kleinen würde es sicher gut gehen. Aber andererseits wußte sie natürlich, daß das nicht so einfach ging; besonders nicht im Ausland. Ihr Gedankengang wurde unterbrochen, als sie spürte, wie sich das Schiff in Bewegung setzte.
"Was glaubst du, wo er mit uns hin will, Garmin?"

"Keinen Ahnung. Vielleicht nur außerhalb der Zwölf-Meilen-Zone, damit die nationalen Behörden ihn nicht einfach ergreifen können."
"Ist das so, dann dürfen die das nicht mehr?"
"Na ja, so ganz genau weiß ich das auch nicht, aber irgendwie so ähnlich war das schon." Garmin sah auf die Uhr. Es war zehn vor zwei Uhr nachts, als sich die Tür öffnete und zwei von Moros Leuten hereintraten. "Los, los, aufstehen und an Deck!" befahl der eine, während der andere eine Maschinenpistole locker im Hüftanschlag hielt. Kathrin wollte sich noch ihre Kleider überstreifen, doch die Männer ließen das nicht zu. Sie wurde am Handgelenk gepackt und hinausgezerrt. Garmin hatten sie vorsichtshalber den Arm auf den Rücken gedreht, damit er gar nicht erst auf die Idee kam, sich zu wehren. Der kühle Wind, der sie an Deck empfing, ließ sie frösteln. An der Reling wartete Moro. "So", sagte er, "es ist Zeit, Abschied zu nehmen. Ihr bekommt jetzt den verdienten Lohn für eure 'Heldentaten'. Springt ihr freiwillig oder müssen wir nachhelfen?"
Kathrin wich das Blut aus dem Gesicht, und auch Garmin stöhnte verzweifelt auf.
"Herr Graf", meldete sich einer der Männer, die gleiche Sprache verwendend, "können wir nicht vorher noch etwas Spaß mit der Kleinen haben?"
Kathrin sah, wie sich mehrere Augenpaare lüstern auf sie richteten, und ihr wurde übel vor Furcht.
"Nein!" antwortete Moro, "ich will, daß es, sollten sie gefunden werden, wie ein Badeunfall aussieht und nicht wie ein Sexualverbrechen. Runter jetzt!" herrschte er die beiden an. Zitternd kletterten sie auf die Reling.
"Spring so weit du kannst", flüsterte Garmin, "wir dürfen nicht in den Sog des Schiffes geraten!"
Mit aller Kraft stießen sie sich beide gleichzeitig ab und tauchten in das kalte Wasser. Kathrin fühlte, wie sie herumgewirbelt und hinabgezogen wurde. In Panik machte sie hektische Schwimmstöße, um nach oben zu gelangen. Sie meinte schon, ihre Lunge müsse bersten, als sie unvermutet Garmins kräftige Hand spürte, die

sie hochzog. Endlich war ihr Kopf über der Wasseroberfläche. Garmin hielt sie unter den Achseln, bis sie soweit bei Atem war, selbst schwimmen zu können. Die Lichter der Yacht waren schon weit voraus, und von Land weit und breit nichts zu sehen.
"Am besten, wir legen uns auf den Rücken und machen nur ganz leichte Schwimmbewegungen", schlug Garmin vor, "dann können wir uns am längsten über Wasser halten."
Kathrin folgte seinem Rat, war aber nicht gerade erbaut, da ihr dauernd Wellen über das Gesicht schlugen und sie häufig Wasser schluckte. Später, sie hatten schon endlos scheinende Stunden im Wasser verbracht und Kathrins Arme fühlten sich bereits ganz taub an, während Garmin sein verletztes Bein kaum noch benutzen konnte, erhob sich endlich die Sonne hinter den Bergen der nun in der Ferne sichtbaren Küste.
"Wenn wir nicht bald gefunden werden, ist es aus!" schluchzte Kathrin, nachdem ihr ein Rundblick kein einziges Schiff gezeigt hatte. "Aaaahh! Garmin, paß auf, hinter dir!"
Garmin wirbelte herum und sah zu seinem Schrecken die dreieckige Rückenflosse eines Haies auf sich zukommen.
"Schnell, Kathy, tauchen und unter Wasser so laut schreien, wie du kannst!" rief er und setzte seinen Ratschlag sogleich auch selbst in die Tat um. Tatsächlich drehte der Hai ab, schwamm aber nicht ganz weg, sondern umkreiste sie nun in größerem Abstand. Alles deutete darauf hin, daß, wenn sie nicht entkräftet untergingen und ertranken, sie von dem oder den Haien gefressen würden. In jedem Fall schien ihr Tod unausweichlich, so daß Kathrin in dieser hoffnungslosen Lage bereit war, aufzugeben und ihre Schwimmbewegungen einzustellen. Sie hatte einfach den Willen verloren, weiter um ihr Leben zu kämpfen. Wie es wohl sein würde, wenn sich die Lunge mit Wasser füllte und es zu Ende ginge? Sie hielt inne und atmete aus. Erst langsam, dann schneller, begann sie

zu sinken. Gleich war es soweit, dann würde sie den Mund öffnen und Wasser einatmen. Aber nun fühlte sie sich schmerzhaft an den Haaren gepackt und nach oben gezogen. "Kathy! Sag mal, spinnst du? Willst du etwa ertrinken?"

"Ich glaub' schon!" antwortete Kathrin müde, "ich bin so fertig und durch und durch kalt, daß ich einfach nicht mehr kann, und dann, denke ich, lieber ertrinken, als bei lebendigem Leib von einem Hai zerfleischt werden!"

"Aber, Kathy, vielleicht kommt ja doch noch ein Schiff. Nun halt noch durch, wenigstens ein bißchen! Komm, ich helfe dir, bitte gib nicht auf!"

Langsam auf dem Rücken schwimmend, hielt er seine Freundin über Wasser. Aber er mußte sich im Stillen eingestehen, daß es so nicht lange gutgehen konnte, denn auch er war erschöpft und sein rechtes Bein kaum noch brauchbar. Zudem mußte er in immer kürzeren Zeitabständen den Hai verscheuchen, der offensichtlich allmählich mitbekam, daß keine Gefahr von seiner erhofften Beute ausging.

"Garmin, sieh nur dort oben!" riß ein Ausruf Kathrins ihn aus den Gedanken. Ihrem Fingerzeig folgend, entdeckte auch er den großen, gelbroten Heißluftballon, der ziemlich genau in ihre Richtung schwebte. Hektisch löste sich Kathrin von Garmin und begann mit den Armen zu winken und laut zu schreien. Als der Ballon näherkam, beteiligte sich auch Garmin; und sie hatten Erfolg! Sie konnten beobachten, wie sich jemand aus dem Korb beugte, zurückwinkte und dann hastig an den Steuerleinen hantierte. Wahrscheinlich hatte er einen Teil der heißen Luft abgelassen, denn der Ballon sank schnell. Kurz über der Wasseroberfläche entleerte der Ballonfahrer einige der Ballastsandsäcke, so daß der Ballon seinen Sinkflug bremste und dicht über der Wasseroberfläche auf sie zutrieb. Nun warf der Mann Leinen zu ihnen hinunter, an denen sie sich halten konnten. Leider schleifte das eine Seil knapp außerhalb Garmins Reichweite durch das Wasser, während Kathrin nah genug dran war, um das andere zu greifen. Ihre vor Kälte steifen Finger schlossen sich um das nasse

Tau, doch das entkräftete Mädchen brachte einfach nicht mehr die nötige Kraft auf, es auch festzuhalten. Sie fühlte, wie das Seil durch ihre nahezu gefühllose Hand glitt und dabei die aufgeweichte Haut aufriß. Der Ballon trieb auch einfach zu schnell vorbei, als daß sie eine reelle Chance gehabt hätte. Das Seilende rutschte ihr durch die Finger, und Kathrin schluchzte verzweifelt auf. Auch der Mann in dem Korb zuckte resigniert die Achseln und rief ihnen noch etwas zu, was sie allerdings nicht verstanden, da er nicht ihre Sprache benutzte. Dann trieb das Luftfahrzeug unwiederbringlich davon. Kathrin weinte bitterlich, als auch diese Hoffnung zerstob.
"Bitte, Kathy, halt noch ein kleines bißchen durch!" flehte Garmin sie an, als er sah, daß sie sich endgültig in ihr Schicksal ergeben wollte, "der Mann aus dem Ballon wird mit Sicherheit Hilfe holen oder herbeifunken!"
Das reichte, um Kathrin soweit zu motivieren, daß sie sich wenigstens bemühte, den Kopf über Wasser zu halten. Doch ihre Lage war trotzdem äußerst prekär, denn ihre letzten Kraft und Willensreserven waren so gut wie aufgebraucht, und gerade jetzt kam der Hai, zu dem sich auch noch zwei Artgenossen gesellt hatten, immer näher. Kathrin wollte zwar noch einmal schreien, brachte aber nur noch ein wirkungsloses Krächzen hervor. Auch Garmins Schrei war mehr Alibi, als effektive Gegenwehr. Kathrin kniff in Erwartung der schrecklichen Zähne die Augen zu und hielt reflexartig die Luft an. Doch als nach etlichen Sekunden der Angriff immer noch nicht erfolgt war, öffnete sie erstaunt ihre Augen, die von dem dauernden Kontakt mit dem Salzwasser gehörig brannten. Die Haie waren weg! Stattdessen tummelten sich mehrere Delphine oder Tümmler - Kathrin wußte nicht, woran man die beiden Arten unterscheiden konnte - um sie herum und gaben zuweilen eigenartig quiekende Laute von sich. Mehrmals schwammen sie so dicht an Kathrin vorbei, daß sie die glatte Haut der Säuger spürte. Kathrin war sich nicht sicher, ob von diesen Tieren nicht auch

Gefahr für sie ausginge, aber Garmin beruhigte sie schnell darüber: "Delphine tun anderen intelligenten Wesen nichts zuleide!" versicherte er ihr. "Vielleicht können wir uns an ihnen festhalten und uns von ihnen ans Ufer ziehen lassen!"
Doch diese interessante Idee war nur Wunschdenken; soweit ließen es die Tiere dann letztlich nicht kommen, sondern hielten meist einige Meter Abstand, wenngleich es Kathrin und Garmin ab und an gelang, den einen oder anderen von ihnen mit der Hand zu berühren.
Garmin horchte auf: Er hatte doch gerade etwas gehört? Suchend drehte er sich um die eigene Achse. Da! Ein Hubschrauber hielt Kurs auf ihre Position. Sein Herz schlug ihm bis zum Hals. Hatte Moro irgendwie doch mitbekommen, daß sie noch lebten? Verstecken war hier ja nun nicht möglich. Doch Kathrin hatte derlei Bedenken nicht: Sie winkte mit den Armen, um die Besatzung auf sich aufmerksam zu machen. Kurz darauf erkannte Garmin zu seiner unendlichen Erleichterung auch, daß es sich nicht um Moros, sondern um einen Armeehubschrauber handelte. Man hatte sie gesehen; der Helikopter wurde fast genau über ihnen gestoppt und die Seitentür geöffnet. Dann ließ einer der an Bord befindlichen Soldaten einen Sitzgurt an einem Drahtseil herab. Doch weder Garmin noch Kathrin gelang es, hineinzukommen; zu sehr hatten sie in den langen Stunden an Kraft und Beweglichkeit eingebüßt. Schließlich sprangen zwei Männer in Taucheranzügen aus dem Hubschrauber. Einer half Kathrin in den Gurt und ließ sich mit ihr hochziehen, während der andere Garmin über Wasser hielt. Minuten später war auch er an Bord, und sie wurden in warme Decken gehüllt und auf zwei Tragen gelegt, wo ein Arzt sogleich begann, sie zu untersuchen. Ein höherrangiger Soldat trat hinzu. "Kathrin Meinholt, Garmin Dähne?"
Kathrin nickte überrascht: "Ja, woher wissen sie unsere Namen?"
"Ihre Eltern haben die Polizei benachrichtigt. Die haben uns auf die Suche geschickt. Den entscheidenden

Hinweis erhielten wir von einem Ballonfahrer, der euch im Wasser hat treiben sehen. Aber, was mich interessiert: Wie seid ihr hierher gekommen? Seid ihr beim Baden von einer Strömung ergriffen worden, oder wie konnte es passieren, daß ihr so weit von der Küste seid?"

"Der Graf, dieser Moro, hatte uns gefangen, auf sein Schiff gebracht und uns dann letzte Nacht über Bord geworfen", erklärte Kathrin mit heiserer, kaum noch hörbarer Stimme, "und er hat vorher schon eine Frau umgebracht, oben in den Bergen, und ihre Tochter befindet sich wahrscheinlich immer noch auf der Yacht. Sie müssen sie unbedingt da rausholen, sie ist erst zwei Jahre alt!"

Kathrin räusperte sich und wollte noch mehr erzählen, aber ihre Stimme versagte.

"Könntest du uns wenigstens noch sagen, wie das Schiff hieß oder wie es aussah?" drängte der Offizier.

" ... "

"Ich glaube, das Schiff hieß 'El Toro'", half Garmin, "es war eine große, weiße, elegante Yacht."

"Das kann stimmen", nickte der Arzt, der soeben die Untersuchung Kathrins mit ernster Miene beendet hatte, "ich weiß, daß Moro ein Schiff dieses Namens besitzt. Aber bevor sie auf die Suche danach gehen, müssen die zwei hier so schnell es geht in die Klinik, ihr Zustand ist sehr ernst!"

Der Offizier wechselte schnell ein paar Worte mit dem Piloten, und schon merkten sie, wie der Hubschrauber stark beschleunigte und Kurs auf die Küste nahm.

Zwanzig Minuten später landeten sie auf dem Dach des Krankenhauses, wo man sie sofort nach unten trug und in getrennte Zimmer bringen wollte.

"Bitte nicht allein ... , zusammen!" brachte Kathrin mühsam heraus und streckte die Hand nach Garmin aus.

"Nun, eigentlich geht das ja nicht", sagte eine sie begleitende Ärztin, "aber, na gut, ausnahmsweise! Vielleicht ist es der schnelleren Genesung ja zuträglich."

Also wurden sie gemeinsam in einen Raum gebracht,

↑

wo man sie an je einen Tropf hängte und Geräte zur Überwachung ihrer Herz- und Lungenfunktion anschloß. Anschließend wurde ihnen noch Blut abgenommen.

"Wenn ihr euch danach fühlt, können wir euch auch jederzeit Essen und Getränke bringen", sagte die Ärztin, "ach ja, eure Eltern werden auch bald da sein, sie sind bereits benachrichtigt worden."

"Ich kann noch nichts essen", sagte Garmin, "wie steht es mit dir, Kathy?"

Auch Katrin fühlte sich noch nicht danach und schüttelte den Kopf.

"Aber wenn es machbar ist, hätte ich gern einen Tee", bat Garmin, "für uns beide!" setzte er nach einem Blick zu Kathrin noch hinzu.

"Kein Problem!" versicherte die Ärztin, "wird gleich gebracht!" Damit verließ sie den Raum, und die beiden waren vorläufig unter sich.

"Meine Eltern werden nach der ersten Erleichterung, daß ich noch lebe, sicher ordentlich Streß machen!" war sich Garmin sicher, "wie ist das bei deinen?"

"Genauso ... !" krächzte Kathrin.

"Tschuldigung, Kathy, ich hatte ganz vergessen, daß du im Augenblick nicht sprechen kannst!" Am liebsten wäre Garmin zu ihr hinübergegangen und hätte sie in die Arme geschlossen, aber er war durch den Tropf und die Kabel genauso ans Bett gefesselt wie seine Leidensgenossin.

"Garmin?" flüsterte Kathrin angestrengt, "wir müssen denen noch ..., hm, hm, noch sagen, daß sie Sonja, ..., hm, ... , hierher bringen ... ."

"Du hast Recht Kathy, sie hat ja sonst keinen, den sie kennt. Hoffentlich machen die das auch, wenn wir darum bitten! Und ich hoffe auch, daß sie sie überhaupt finden und aus Moros Gewalt befreien können! Ach ja, über all dem habe ich Lila ganz vergessen. Was mit der wohl ist? Wie konnte die Moro da oben in der Hütte nur entkommen?"

"Die Arme!" wisperte Kathrin, "die traut sich doch bestimmt nicht, irgendwelche Menschen anzusprechen. Was soll aus ihr nur werden?"

Zehn Minuten später, sie hatten ihren Wunsch bezüglich Sonja weitergegeben, und nippten gerade an ihrem Tee, klopfte es aufgeregt an der Tür.
"Ja?"
Die Tür wurde aufgerissen und Garmins und Kathrins Eltern sowie ihr Bruder stürzten herein und überschütteten die beiden mit einem wilden Durcheinander von Fragen, Ausrufen und Umarmungen. Als sich das Chaos ein wenig gelegt hatte, deutete Kathrin an, daß Garmin erzählen sollte. Dieser kam dem auch nach und berichtete einigermaßen ausführlich von ihren Erlebnissen, ließ dabei aber jegliche Information über Lila weg. Die Eltern waren total geschockt über das, was sie da hörten, besonders, als Garmin von dem grausamen Mord an Fiona und dem versuchten an ihnen berichtete. Am Ende atmeten sie tief durch, selbst Kathrins Bruder hatte keiner seiner sonst üblichen Sprüche parat. Nur Garmins Vater sah seinen Sohn ein wenig skeptisch an: "Irgendwie befriedigt mich eure Geschichte nicht so ganz. Zum Beispiel, warum ihr überhaupt bei diesem Verbrecher herumgestöbert habt und sogar noch ein zweites Mal hin seid, dazu noch jedesmal mitten in der Nacht. So etwas macht man doch nicht ohne einen triftigen Grund! Ich möchte gerne die ganze Geschichte hören, verstanden?"
Garmin und Kathrin sahen sich an. Kathrin schüttelte fast unmerklich den Kopf.
"Da war nichts weiter!" versicherte Garmin fest.
"So leicht kommst du mir nicht davon", brummte Walter, "irgendwann will ich die Wahrheit hören, aber das muß nicht jetzt sein. Draußen warten auch noch die Polizisten, die euch befragen wollen, und die Ärzin hat gesagt, wir dürfen maximal zehn Minuten zu euch, danach müßtet ihr euch erholen, darum müssen wir leider jetzt schon wieder weg. Aber wir kommen gleich morgen früh wieder."
"Wir holen euch so bald wie möglich hier heraus!" versprach Lea, "werdet nur schnell wieder gesund!"
Nachdem sie auch noch den Polizisten ihre gekürzte

Fassung der Ereignisse vorgetragen hatten, kehrte Ruhe ein.

"Wir müssen darauf bestehen, daß sie uns gleich morgen rauslassen", erklärte Garmin, "falls Lila aus den Bergen zurückgekehrt ist, wird sie sich sicher in der Nähe der Ferienhäuser aufhalten, und dort braucht sie uns als Ansprechpartner. Außerdem müssen wir sehen, daß wir sie dann später ungesehen mit ins Flugzeug und nach Hause kriegen."

"Hauptsache, uns bleibt Zeit genug dafür", äußerte Kathrin, "ich fürchte, meine Eltern könnten nach diesen dramatischen Ereignissen geneigt sein, den Urlaub sofort abzubrechen, wenn wir hier heraus sind."

"Dafür hätte ich sogar Verständnis!" war Garmins Meinung, "denn wer weiß schon, was dieser Moro noch in Petto hat, solange er nicht gefaßt ist. Und wenn sie ihn festnehmen, hat er ja auch noch etliche Helfershelfer, deren Rache wir eventuell fürchten müßten."

"Oh, Mann, ich fühl' mich total beschissen, solange ich nicht Lila und Sonja in Sicherheit weiß", seufzte Kathrin, "wenn die jetzt bei uns wären und man uns erlauben würde, Sonja mitzunehmen, würde ich auf den Rest des Urlaubes pfeifen und auch sofort nach Hause wollen!"

"Für Sonja sehe ich schwarz", befürchtete Garmin, "man kennt doch die Bürokraten, da müßte schon ein kleines Wunder geschehen."

"Ein großes Wunder, ein riesengroßes!"

13

Es war ein wundervoller Morgen; ein tiefblauer Himmel wetteiferte mit den von den ersten Sonnenstrahlen beschienenen Bergen um den schönsten Anblick. Ein schwacher Wind wehte von den Gipfeln herab zum Meer. Jürgen Hunger war sicher, mit der Entscheidung, seine mehrtägige Bergtour heute zu beginnen, die beste Wahl getroffen zu haben. Er war gut durchtrainiert und fühlte sich topfit, so daß ihm auch das relativ hohe Gewicht seines Rucksackes nicht das Geringste ausmachte. Das war auch wichtig, denn er mochte auf keine der Ausrüstungsgegenstände verzichten, egal ob Zelt, Schlafsack, Kocher, dicken Pullover, Anorak oder was auch sonst; in den Bergen mußte man mit einem kurzfristigen Wetterumschwung immer rechnen. Auch seine Kletterausrüstung, als da waren: Steigeisen, Seile, Klemmhaken, Hammer und einiges mehr, waren wichtig, da er sich vorgenommen hatte, zwei der Felswände auf dem Weg nicht zu umgehen, sondern in Diretissima zu nehmen. Er war es gewohnt, allein zu klettern, denn da er sich häufig die schwierigsten Passagen aussuchte, fand sich kaum je einer, der Interesse hatte mitzumachen. Zudem war er so jeder Verantwortung für andere ledig, und er fühlte sich vollkommen frei und ungebunden. Jürgen war Informatikstudent und sah seinen Extremsport als willkommenen Ausgleich für sein fast ausschließlich theoretisches Studium. Zur Zeit hatte der Dreiundzwanzigjährige mit den strubbeligen, blonden Haaren, hellen, blauen Augen in seinem markanten Gesicht und einem durchtrainierten, muskulösen Körper mehrere Wochen Semesterferien, in denen er Abstand zu den stressigen Klausuren der jüngsten Vergangenheit suchte. Mit sicherem, gleichmäßigem Schritt machte er sich an den ersten langen Aufstieg. Er ließ es bewußt langsam angehen, denn er hatte ja schließlich eine anspruchsvolle Strecke vor sich, die er in vier bis fünf Tagen zu bewältigen gedachte. Immer wieder machte er kurze Pausen, um seinem zweiten

Hobby, der Photographie, zu frönen. Motive gab es in Hülle und Fülle, so daß er schon jetzt lieber das ein oder andere ausließ, um mit seinen Filmen überhaupt auszukommen. Später am Vormittag legte er eine längere Rast ein und tat sich an Baguette, Käse und scharfer Salami gütlich. Als er sich anschließend gegen den warmen Fels zurücklehnte, wurde die beschauliche Ruhe von einem Hubschrauber gestört, der von der Küste her kommend in die Berge flog. Doch war diese Lärmquelle schnell wieder außer Hörweite, und Jürgen fand sich erneut eins mit der unberührten Natur. Diese Stelle bot einen derart herrlichen Ausblick, und der warme Stein war so gemütlich, daß er sich nur widerwillig aufraffen konnte weiterzugehen. Aber es mußte sein; er hatte sich auf der Karte ein bestimmtes Tal ausgesucht, in dem er sein Nachtlager aufschlagen wollte, und der Weg dahin war noch weit. Doch wie es meistens so ist, stellte er im Verlauf der Wanderung fest, daß jeder neue Ort, den er erreichte, der schönste zu sein schien. Als er die erste Bergkette überstiegen hatte, sah er den Hubschrauber zwischen etwas weiter entfernten Gipfeln aufsteigen und wieder gen Meer fliegen. 'Was der da wohl gemacht hat', überlegte Jürgen. Ob es ein Rettungshubschrauber war, der Verunglückte bergen mußte? Allerdings hatten solche eigentlich eine andere Farbe. Nun, es konnte ihm egal sein, da es ihn nicht betraf. Eventuell sähe er ja sogar, ob dort etwas gewesen war, weil die Stelle, wo der Helikopter anscheinend gestartet war, so ziemlich auf seiner geplanten Route zu liegen schien. Jürgen sah auf die Uhr: Er lag gut in der Zeit. Geruhsam setzte er seinen Weg fort. Das harte Licht des hochstehenden Tagesgestirns wich jetzt in den späten Nachmittagsstunden einem wärmeren, gelblich-orangenen Ton. Der einsame Bergsteiger erklomm soeben die letzten Meter vor dem Tal, in dem er die Nacht zu verbringen gedachte. Nun hatte er den höchsten Punkt erreicht. Überrascht stellte er fest, daß es in diesem Tal ein kleines steinernes Haus gab. Ob darin jemand wohnte?

Dann könnte er fragen, ob er dort übernachten durfte. So könnte er den Auf- und Abbau des Zeltes sparen. Langsamen Schrittes schlenderte er auf die Hütte zu, dabei die hübschen Blumen betrachtend, die zwischen den Steinen wuchsen. Er war nicht mehr weit von der Tür entfernt, als er die eingetrocknete Blutlache fand. Aha, dann war hier tatsächlich jemand verunglückt und der Hubschrauber deshalb hier gelandet. Aber wie hatte es zu einem Unfall kommen können, bei dem jemand derart viel Blut verloren hatte? Der Pfad war hier kaum geeignet, zu stolpern oder sich gar schwer zu verletzen! Gedankenversunken tat er noch die paar Schritte zum Haus und klopfte an der Tür. Ein Poltern war zu vernehmen, dann eine Männerstimme: "Hilfe, schnell, helft mir, man hat mich gefangen!"
Jürgen zuckte kurz unentschlossen zurück, dann drückte er den Griff herab und öffnete die Tür. Das erste, worauf sein Blick fiel, war ein gefesselt am Boden liegender alter Mann, der ihn anstarrte. "Bitte, machen sie mich los!" wiederholte er.
Der junge Mann zog sein Taschenmesser und klappte die Klinge heraus.
"Tu es nicht", ertönte in diesem Moment eine leise weibliche Stimme, "er gehört zu den Mördern!"
Erschrocken wirbelte Jürgen herum, aber dort war niemand. "Wo ... , wer, um alles in der Welt, spricht da?!"
"Ich, Lila!"
Jetzt bemerkte er im Halbdunkel hinter der Tür eine Bewegung, dann kam die kleine Elfe aus dem Schatten hervor. Jürgen machte einen unwillkürlichen Schritt zurück, der ihn über den Gefesselten straucheln und stürzen ließ.
"Um Gottes willen!" rief er aus, "bin ich in einer anderen Welt gelandet?!"
"Hört nicht auf diese kleine Hexe!" schrie der Alte, "macht mich los, sonst geht es euch noch genauso. Sie ist viel gefährlicher als sie aussieht!"
"Glaub ihm nicht!" rief Lila, "ich bin eine Elfe, keine Hexe. Ich tue niemandem etwas. Aber der da hat mit

seinen Kumpanen meiner Freundin dort", sie wies auf die still daliegende Fiona, "die Kehle durchgeschnitten und meine anderen Freunde entführt!"
Jürgen hatte sich aufgerappelt und unschlüssig dem Wortstreit gelauscht. Nun beugte er sich über die Frau auf dem Bett. Die Halswunde war verbunden, daraus schloß er, daß sie womöglich noch lebte. Aber sie sah sehr schlecht aus; die Haut war totenblaß, die Augen, deren eines vor kurzem auch noch einen Schlag abbekommen haben mußte, eingefallen. Ja, sie war noch nicht tot, er hörte ihr röchelndes, pfeifendes Atmen. Was hatte sich hier für eine Tragödie abgespielt? Aus den Augenwinkeln bemerkte er, daß die Elfe hinzugekommen war und ängstlich beobachtete, was er da machte.
"Bitte erzähl mir, was passiert ist!" sagte er, versuchend, seinen ersten Schock zu verdauen. Er setzte sich auf die Bettkante, nahm die Hand Fionas, und legte seine Finger auf ihren Arm. Der Puls war flach, unregelmäßig und kaum spürbar. Während er sie genauer untersuchte, berichtete Lila hastig, was in den letzten Tagen vorgefallen war. Sie konnte beobachten, wie im Verlaufe des Berichtes die Zornesröte in sein Gesicht stieg, bis es schließlich an der Stelle, wo Moros Diener versucht hatte, Fiona zu töten, wütend aus ihm herausbrach: "Diese Teufel, das ist ja unglaublich! Und so etwas will auch noch von mir befreit werden!" Er gab Stojko, der nun schwieg, einen harten Tritt in die Rippen, "eher würde ich dich hier verhungern lassen!" Dann wandte er sich wieder Lila zu. "Sie muß sofort einen Arzt haben ... ." Während er sprach, fiel sein Blick auf das neben Fiona liegende Handy, "warum habt ihr keinen Arzt gerufen?" fragte er, das Telephon zur Hand nehmend.
"Wir haben es versucht, aber ich kann die Sprache nicht, und Fiona konnte gar nicht mehr sprechen, da haben die die Verbindung unterbrochen", erklärte Lila.
"Nun, ich kann die Sprache ganz gut, ich werde das sofort nachholen. Hoffentlich ist es noch nicht zu spät!" Er wählte eine Nummer und stand auf, um unruhig auf-

und abzugehen, während er auf die Verbindung wartete.

"Ah, hallo ... "

In dem Moment, in welchem er anfing zu sprechen, warf sich plötzlich Stojko herum, schleuderte seine Beine hoch und stieß sie dem jungen Mann mit aller Kraft in die Seite. Dieser stolperte, das Telephon fiel auf die Dielen und zerbrach. Enttäuscht fing Lila an zu weinen, als Jürgen die Bruchstücke aufhob und dann hoffnungslos den Kopf schüttelte. "Da ist nichts mehr zu machen!" stellte er frustriert fest. Voller Haß sah er auf den schadenfroh grinsenden Stojko hinab. "Dir wird deine widerliche Lache noch vergehen!" schäumte er und schlug dem gemeinen Alten die Faust ins Gesicht. Der Getroffene heulte auf und spuckte Blut und zwei Zähne aus, während sich Jürgen die schmerzende Hand hielt.

"Es hilft nichts", sagte er zu Lila, "hier wird sie mit hundertprozentiger Sicherheit sterben. Ich werde versuchen, sie in den Ort zurückzutragen. Wenn wir ganz ganz viel Glück haben, könnte sie es schaffen. Auf jeden Fall müssen wir sofort los!"

"Geht das denn?" wollte Lila wissen, "es wird doch jetzt dunkel, kannst du dann trotzdem mit ihr auf den Schultern oder Armen da hinuntersteigen?"

"Es muß gehen! Und diese Ratte lassen wir hier gefesselt liegen, es kann ihm nicht schaden, ein paar Tage, bis die Polizei kommt, ohne essen und trinken auszukommen."

Er strich der Fiebernden die schweißnassen Haare aus der Stirn. "Hoffentlich verursacht ihr der Transport nicht zu große Schmerzen. Ich kann sie nicht auf den Armen tragen, da käme ich nicht weit, sondern muß sie auf die Schultern nehmen."

Vorsichtig brachte er Fiona in eine sitzende Position, damit er unterfassen und sie auf die Schultern bekommen konnte. Davon erwachte sie und schaute benommen um sich.

"Fiona", sagte Lila schnell, ehe diese auf falsche Gedanken kommen konnte, "das ist Jürgen, er gehört

nicht zu Moros Leuten. Er wird versuchen, dich ins Tal zu bringen, damit du in ein Krankenhaus kommst."
Jürgen lächelte ihr beruhigend zu, den Arm um ihre Schultern gelegt, damit sie nicht zurückfiel.
"Wir werden das schon schaffen!" versicherte er und streichelte ihre Wange, als sie sich, zu erschöpft, um auch nur noch den Kopf obenzuhalten, gegen ihn sinken ließ. Im traten vor Mitleid die Tränen in die Augen, und er drehte sich hastig weg. Lila hatte es dennoch bemerkt und fand, daß es ihn noch sympathischer machte.
"Wir sollten am besten jetzt losgehen", sagte er mit einem Kloß im Hals, und Fiona signalisierte mit ihren Augen Zustimmung. Jürgen nahm noch zwei der Decken und wickelte Fiona darin ein, damit sie unterwegs nicht auskühlte. Dann nahm er sie auf, rückte sie zurecht, daß es für sie und ihn so bequem wie irgend möglich war und begann den anstrengenden Marsch. Es zeigte sich nur zu bald, daß er die Schwierigkeiten zwar hoch, aber nicht hoch genug eingeschätzt hatte. Die größeren Felsen und Stufen konnte er gerade noch erkennen, aber einige kleinere Hindernisse brachten ihn immer wieder zum Straucheln, und mehr als einmal konnte er einen Sturz nur mit viel Glück und Geschick vermeiden. Auf diese Weise kam er nur langsam vorwärts und mußte, trotz seiner beträchtlichen Körperkräfte, nach einer halben Stunde die erste längere Pause einlegen. In Gedanken überschlug er den noch vor ihnen liegenden Weg und die Zeit und verglich es mit dem, was sie bis jetzt geschafft hatten. Das würde ja ewig dauern! Dazu kam noch, daß er im Laufe der Zeit auch ermüden würde und es noch langsamer voranginge. Innerlich stöhnte er auf und sah besorgt in das schwach in der Dunkelheit erkennbare, wächserne Gesicht Fionas. Er hielt sie in seinen Armen, damit sie während der Unterbrechung nicht auf den kalten Steinen liegen mußte. Im Verlauf des bisherigen Weges hatten sie kaum ein Wort gewechselt; Lila, weil sie mit ihren Sorgen zu beschäftigt war, Jürgen, weil er seinen Atem für die

Anstrengungen brauchte, und Fiona konnte ohnehin keinen Ton herausbekommen. Nun aber fragte Jürgen Lila nach dem, was ihn schon bewegte, seit er sie gesehen hatte, nämlich nach den Elfen und ihrem Leben. Lila berichtete von daheim, sehnsüchtig an ihre Mutter und ihre Freunde zurückdenkend, von ihrem unbeschwerten Leben am Biberteich, aber auch von ihren Menschenfreunden und der Zauberin Meliolantha. Danach von ihren schrecklichen, schon etwas zurückliegenden Erlebnissen mit dem bösen Magier Urkalan und dem kleinen Gumbenvolk. Jürgen kam aus dem Staunen gar nicht wieder heraus. Auch Fiona hörte interessiert zu, denn diesen Teil von Lilas Vergangenheit kannte auch sie noch nicht. Jürgen spürte, wie die junge Frau sich bei den schrecklichen Erlebnissen der kleinen Elfe unbewußt enger an ihn lehnte. Er schloß seine Arme fester um sie und fühlte, wie sie ihre kalten Hände um seinen Nacken legte. Wie hatte man dieser armen Frau nur derartiges antun können, überlegte er, in ihr liebes, unschuldiges Gesicht blickend. Jürgen erkannte ihre fiebrig glänzenden Augen, die genau in die seinen sahen. Einem inneren Impuls folgend, küßte er sie auf die heiße Stirn. Fiona schloß die Augen, und ihre zitternden Hände drückten ihn etwas fester. Lila, die ein untrügliches Gespür für solche Situationen hatte, entging dies alles nicht. Ob die beiden sich mochten? Könnte sich da etwas entwickeln? Sie würde es Fiona von Herzen gönnen, denn sie glaubte, daß Jürgen wohl ein guter, netter Mensch war, auch wenn sie ihn bislang kaum kannte.
"Wir müssen weiter", sagte Jürgen in entschuldigendem Ton, als er nun Fiona mit Mühe wieder auf seine Schultern lud, "der Weg ist noch weit, und du brauchst dringend kompetentere Hilfe, als ich sie dir geben könnte."
"Du weißt gar nicht, wie sehr du mir schon geholfen hast!" flüsterte Fiona tonlos und kaum hörbar.
Stundenlang, mit häufigen Unterbrechungen, quälte sich Jürgen über die steilen Hänge zu Tal. Erst gegen Mittag des folgenden Tages hatte er, am Ende seiner

Kräfte, die Straße erreicht, die zur Stadt führte. Hier hatten sie Glück: Schon das zweite Auto, welches vorbeikam, hielt an, als der Fahrer Jürgen mit der reglosen Fiona in den Armen bemerkte. Er erklärte sich auf Bitten Jürgens sofort bereit, die beiden zum Krankenhaus zu bringen. Lila hatte sich wohlweislich in einer von Jürgens Taschen verborgen. Nach kurzer Fahrt setzte sie der hilfsbereite Mann direkt vor dem Portal der Klinik ab. Er bat Jürgen sogar zu warten, und hastete hinein, um am Empfang Bescheid zu sagen, daß Helfer herauskämen, Fiona hineinzutransportieren. Dann, als Fiona mit einem Arzt als Begleitung endlich auf einer Bahre lag, verabschiedete er sich und fuhr davon. Jürgen hielt Fionas Hand, als die kaum noch ansprechbare Frau auf direktem Weg zur Intensiv-station und dort, als Jürgen erzählt hatte, was passiert war, sofort in den Operationssaal gebracht wurde. An der Tür angekommen, mußte Jürgen dann allerdings zurückbleiben.

"Ich warte hier solange, bis du operiert und wieder bei dir bist!" versprach er Fiona, die ihn mit ängstlichen Augen ansah, und drückte noch einmal beruhigend ihre kraftlose Hand. Die junge Frau hielt ihre Augen auf seine gerichtet, bis sich die Tür zwischen ihnen schloß. Jürgen setzte sich in den Warteraum, ununterbrochen nervös mit den Fingern spielend. "Oh Gott," murmelte er, "gib, daß die Ärzte sie wieder hinkriegen! Sie darf nicht sterben, bitte!"

"Das werden sie doch wohl können!" äußerte Lila, unsicher zu Jürgen aufsehend. Sie war aus seiner Tasche geklettert und hatte sich neben seinen Kopf so auf die Fensterbank gesetzt, daß ein zufällig Herein-kommender sie nicht sofort sehen konnte.

"Ich weiß es nicht, Lila. Ich hoffe es, aber es ging ihr so schlecht, daß wohl eine Menge Glück dazugehört, sollte sie durchkommen."

Lilas Herz schlug bis zum Hals; das konnte einfach nicht sein, hier waren doch so viele erfahrene Ärzte und alle Medikamente, die man sich vorstellen konnte. Fiona konnte hier nicht sterben! Oder etwa doch? Immer

wieder stand Jürgen auf und ging unruhig auf und ab, setzte sich wieder, um schon Sekunden später wieder aufzuspringen. Jedesmal, wenn eine Schwester den O.P. verließ, fragte er, wie es um Fiona stand, doch konnte oder wollte keine von ihnen Auskunft geben. Erst nach zweieinhalb Stunden kam der Arzt heraus und ging auf Jürgen zu.
"Was ist mit ihr?" bestürmte dieser ihn sofort, "wird sie es schaffen?!"
Der Arzt sah ihn ernst an: "Das kann ich leider noch nicht mit letzter Sicherheit sagen. Wir haben getan, was wir konnten, und ihr Zustand ist den Umständen entsprechend relativ stabil. Doch ob sie überlebt, werden erst die nächsten zwei Tage zeigen."
"Wann kann ich zu ihr?"
"Nun", der Arzt sah auf seine Uhr und überlegte, "sie wird in etwa einer Stunde aus der Narkose aufwachen, aber ob sie dann ansprechbar sein wird, ist fraglich. Ich werde ihnen Bescheid geben, wenn sie zu ihr können, aber vorher müssen sie sich waschen und sterile Kleidung anlegen, die wir ihnen zur Verfügung stellen."
"Nimmst du mich mit hinein, Jürgen?" bat Lila, die sich hinter einer Topfblume versteckt hatte, während Jürgen mit dem Arzt sprach, "ich habe Angst, wenn ich hier ganz allein bleiben muß!"
"Natürlich bleibst du bei mir!" versicherte Jürgen, "hinterher gehst du uns noch verloren oder wirst eingefangen. Es ... , schnell, Lila, versteck dich wieder in meiner Tasche, da kommen welche mit Klamotten für mich!"
Hastig schlüpfte die kleine Elfe in ihr Versteck.
"Kommen sie bitte mit, ich zeige ihnen, wo sie sich waschen und umziehen können!" informierte eine der weißgekleideten jungen Frauen Jürgen und führte ihn in ein Badezimmer. Er war noch nicht ganz fertig umgezogen, da klopfte es, und der Arzt schaute herein.
"Sie dürfen jetzt eine Weile zu ihr", erklärte er, "sie ist bei Bewußtsein und hat nach ihnen verlangt."
Erleichtert atmete Jürgen auf, "sie kann sogar wieder reden?"

"Ja, wenn auch mit Mühe. Sie sollten sie auf keinen Fall verleiten, zu viel zu sprechen, das strengt sie noch zu sehr an!" Der Arzt öffnete eine Tür und wies sie an, einzutreten. "Sollte etwas sein, drücken sie den roten Alarmknopf neben dem Bett. Ich lasse sie vorerst allein, denn ich muß zur nächsten Operation."
"Danke!" rief Jürgen dem Davoneilenden noch nach, dann betrat er den halbverdunkelten Raum. Es versetzte ihm einen Stich im Herzen, als er Fiona in dem großen Bett liegen sah. Sie wirkte so klein, verloren und zerbrechlich darin! Doch als sie Jürgen sah, stahl sich schon ein erstes zaghaftes Lächeln auf ihr blasses Gesicht. Auch Lila kam nun aus Jürgens Tasche und setzte sich gemeinsam mit ihm auf die Bettkante.
"Wie geht es dir, Fiona?" fragte Jürgen besorgt, "hast du große Schmerzen?"
Fiona schüttelte schwach den Kopf. "Nein, ich spüre kaum etwas. Ich glaube, die Betäubung ist noch nicht ganz abgeklungen. Das ist jetzt auch nicht wichtig. Jürgen, bitte, kannst du die Polizei informieren, damit sie Sonja, Kathrin und Garmin suchen?!"
"Ach du Schreck, ja, natürlich! In der ganzen Sorge um dich habe ich überhaupt nicht daran gedacht! Das mache ich sofort! Ich klingele einfach und frage, ob sie die Polizei herholen können, dann brauche ich dich nicht zu verlassen." Nachdem er den Alarmknopf gedrückt hatte, dauerte es keine volle Minute, da kam schon eine Krankenschwester herein, deren erster besorgter Blick Fiona galt, sich aber schnell entspannte, als Garmin ihr sein Anliegen vortrug.
"Kein Problem", versicherte sie, "das wird sogar sehr schnell gehen!"
Sie hatte Recht; zu Jürgens, Fionas und Lilas Überraschung, kam ein Uniformierter bereits fünf Minuten nach Jürgens Bitte in das Zimmer, so daß Lila Mühe hatte, sich noch rechtzeitig zu verstecken.
"Ich hatte gerade im Hause zu tun!" erklärte er auf die verwunderten Blicke hin, "was gibt es denn hier Dringendes?"

Jürgen berichtete rasch den Sachverhalt, und es entging ihm dabei nicht, daß der Polizist eine überraschte Handbewegung machte, als er die Namen Sonja, Kathrin und Garmin erwähnte.

"Das ist ja ein Ding!" rief der Beamte aus, "dann müssen sie jene Fiona sein, die angeblich umgebracht wurde! Sie haben also doch überlebt! Nun, wir wissen bereits von dem Fall; die beiden von ihnen erwähnten Jugendlichen liegen ebenfalls in diesem Krankenhaus - keine Sorge, sie sind nicht schwer verletzt – und nach dem kleinen Mädchen suchen wir noch, sind aber bester Hoffnung, sie bald gefunden zu haben." Der Polizist gab ihnen weiter, was er von Kathrin und Garmin erfahren hatte. "Ich rechne eigentlich jeden Moment mit der Nachricht, daß man die Yacht Moros aufgebracht hat", schloß er.

Fiona ließ sich mit gefalteten Händen in die Kissen sinken: Sollte alles doch noch zu einem guten Ende führen? "Sagen sie, könnte ich Kathrin und Garmin wohl sehen?" fragte sie.

"Das habe ich nicht zu entscheiden", erwiderte der Kriminalbeamte, "aber so wie ich den Zustand der beiden einschätze, kann ich mir vorstellen, daß die Ärzte vorläufig noch nicht unbedingt zustimmen werden. Beide hingen, zumindest vorhin noch, am Tropf. Ich werde gleich einmal hinübergehen und ihnen erzählen, daß sie noch leben. Ich denke, dann wird es ihnen gewiß gleich besser gehen."

Er erhob sich und wollte schon den Raum verlassen, als Fiona noch etwas einfiel: "Ach ja, wären sie bitte so freundlich, ihnen noch zu sagen, daß es auch Lila gut geht? Sie wissen dann schon Bescheid."

Der Beamte nickte kurz und machte sich auf den Weg.

14

Kathrin drehte sich zu Garmin. "Was meinst du, Garmin, ... ?" Sie sprach nicht weiter, denn sie sah, daß Garmin eingeschlafen war. Das wäre auch für sie selbst wohl das Beste. Sie drehte sich auf die Seite und schloß die Augen. Doch noch bevor sie in das Reich der Träume wechselte, störte sie das Geräusch der Tür. Ein Arzt trat herein. Es war nicht die Ärztin, die sie zuerst untersucht hatte und auch nicht jener, der zwischendurch nach ihnen gesehen hatte. Der Mann hielt ein Tablett mit Spritzen in der Hand. Kathrin fiel auf, daß seine Hände für die eines Arztes ziemlich grob und ungepflegt wirkten. Sie beobachtete durch ihre fast geschlossenen Wimpern, wie der Mann an ihr Bett herantrat, das Tablett hinstellte und eine der mit einer klaren Flüssigkeit gefüllten Spritzen in seine rechte Hand nahm. Eine böse Vorahnung befiel das Mädchen, und als sie nun auch noch die kleine schwarze Tätowierung auf dem Handrücken bemerkte, schoß ihr die Erkenntnis durch den Kopf: Den Mann hatte sie schon einmal gesehen! Und zwar an Bord von Moros Yacht. Es war derjenige gewesen, der gefragt hatte, ob sie sich noch mit ihr vergnügen durften. Ihn hatte sie nach dessen Worten nämlich genauer betrachtet und nun wiedererkannt. Es bestand kaum ein Zweifel, was der mit ihnen vorhatte! Kathrin öffnete den Mund, um zu schreien, aber der Mann, der ihre Bewegung bemerkt hatte, war schneller: Blitzartig hatte er eines der Kissen ergriffen und drückte es ihr mit aller Kraft auf das Gesicht. Kathrin bäumte sich auf, strampelte und schlug mit den Armen um sich. Die Decke glitt zu Boden und sie merkte, wie sie sich selbst den Tropf herausriß. Mit den verstreichenden Sekunden wurden ihre Bewegungen schwächer. Gleich würde sie das Bewußtsein verlieren! Verzweifelt krallte sie ihre Finger in die Hand des Mannes, die das Kissen auf ihrem Gesicht hielt und versuchte diese wegzudrücken. Jetzt spürte sie einen schmerzhaften Stich im Oberarm. Verkrampft erwartete sie das Druckgefühl, wenn der

Killer ihr das Gift spritzen würde, doch stattdessen hörte sie einen erschrocken klingenden Ruf, dann ein Poltern. Das Kissen wurde von ihrem Gesicht und die Nadel brutal aus ihrem Arm gerissen, als der Kerl, der versucht hatte, sie zu töten, neben ihrem Bett niederstürzte. Wie durch einen leichten Nebel erkannte Kathrin hinter ihm den Polizisten, der sie vorhin noch befragt hatte.

"Bist du o.k. ?" fragte er.

"Ich glaube schon", antwortete Kathrin, "aber ich glaube, er wollte mir Gift injizieren. Er hatte die Nadel schon in meinen Arm gestochen, und ich weiß nicht, ob schon etwas hineingekommen ist."

Der Polizist drückte schnell den Notrufknopf an Kathrins Bett, während sich im Nachbarbett Garmin mit erschrocken geweiteten Augen aufsetzte.

"Was ist passiert?" wollte er wissen und schüttelte seinen Kopf, um richtig wach zu werden.

"Einer von Moros Männern hat versucht, uns umzubringen", erklärte Kathrin, sich den Arm dort haltend, wo die Nadel der Giftspritze diesen beim Herausreißen verletzt hatte, "wenn der Polizist nicht gekommen wäre, hätte er es auch geschafft!"

Unterdessen waren auch zwei Schwestern und die Ärztin herbeigeeilt und untersuchten Kathrin. Die Ärztin nahm die Spritze aus der Hand des bewußtlosen Meuchelmörders und betrachtete sie. "Scheint noch ganz voll zu sein." Sie drückte ein paar Tropfen heraus und roch daran. Dann zuckte sie die Achseln. "Wahrscheinlich eine Zyanidverbindung", vermutete sie, "du hast sehr großes Glück gehabt! Schon eine winzige Menge davon hätte vermutlich gereicht."

Der Beamte legte dem Verbrecher Handschellen an.

"Es war ein glücklicher Umstand, der mich nochmals zu euch führte", erklärte er und berichtete ihnen nun von Fiona und Jürgen und richtete auch Fionas Botschaft aus. Kathrin und Garmin sahen sich ungläubig und freudestrahlend an.

"Daß sie so etwas überleben konnte!" staunte Kathrin, "ich habe selbst mitangesehen, wie einer von Moros Leuten ihr die Kehle durchschnitt!"

"Du hast recht", bestätigte auch die Ärztin, "ich war bei der Operation anwesend; es grenzt schon wirklich an ein Wunder. Hätte der junge Mann, der sie fand, die Verletzung nicht schon so gut genäht, hätte sie keine Chance gehabt."

Mittlerweile waren noch weitere Polizisten einer Sondereinheit hereingekommen, die ihr Kriminalbeamter über Funk angefordert hatte. Sie führten den inzwischen wieder zu sich Gekommenen ab und durchsuchten auch die gesamte Klinik, ob sich eventuell noch mehr von Moros Leuten hier verborgen hielten.

"Wie Moro es wohl überhaupt mitbekommen hat, daß wir überlebt haben und hier in dieses Krankenhaus eingeliefert wurden?" grübelte Garmin.

"Nun", erklärte der Kommissar, "ich gehe davon aus, daß ihm dies nicht schwergefallen sein dürfte, denn wir vermuten, daß er seine Leute praktisch überall eingeschleust hat. Ich würde meine Hand nicht einmal dafür ins Feuer legen, daß keiner seiner Männer im Polizeidienst arbeitet."

"Oh Gott!" entsetzte sich Kathrin, "dann kann man hier ja nirgends sicher sein! Ich glaube, ich möchte so schnell wie möglich nach Hause!"

"Es ist wirklich eine sehr mißliche ... , ja, was gibt es?"

Ein Mann der Sonderkommission sprach hastig auf den Polizisten an Kathrins Bett ein und verließ anschließend den Raum.

"Ich habe eine gute und eine weniger gute Nachricht", wandte sich der Kommissar an Kathrin und Garmin, "die gute, wir haben Moros Schiff gefunden und gestürmt. Das kleine Mädchen, Sonja, konnte wohlbehalten befreit werden ... ."

"Gott sei Dank!" entfuhr es Garmin, "das war doch auch das Wichtigste!"

"Richtig", fuhr der Beamte fort, "allerdings ist es uns nicht gelungen, Moro zu ergreifen; er muß sich rechtzeitig abgesetzt haben. Ich denke, da er wußte,

daß ihr noch lebt, konnte er sich denken, daß sein
Schiff das nächste Ziel sein würde, und hat sich in
Sicherheit gebracht. Ich vermute, er wird ins Ausland
fliehen wollen, darum lassen wir alle Häfen, Bahnhöfe,
Grenzübergänge und Flugplätze überwachen."
"Bitte", wandte sich Kathrin an die Ärztin, "dürfen wir
zu Fiona und ihr die Nachricht mit Sonja überbringen?"
"Meinetwegen! Der Tropf war sowieso eher
prophylaktisch als wirklich notwendig. Und ich sehe ja,
daß es euch einigermaßen gut geht!"
"Und wie!" bestätigte Kathrin, "spätestens seit wir
wissen, daß Fiona noch lebt und Sonja nichts passiert
ist."
Die Ärztin wies eine der Schwestern an, Bademäntel
und Hausschuhe für die beiden zu bringen, dann führte
sie Kathrin und Garmin in die Intensivstation zu Fionas
Zimmer.
"Eines noch", sagte sie, bevor sie die Tür öffnete, "der
Frau geht es noch ziemlich schlecht, also keine Hektik
und unnötige Unruhe, klar?!" Nach diesen ermahnen-
den Worten ließ sie die zwei in das im Dämmerlicht
liegende Zimmer.
Fiona hob leicht den Kopf, als der Lichtschein der
Flurlampen auf ihr Bett fiel, dann, als sie Kathrin und
Garmin erkannte, fuhr sie hoch. Schnell stützte sie der
junge Mann, der bei ihr saß, mir seinem Arm.
"Kathrin, Garmin! Geht es euch gut?"
Die beiden traten an das Bett, und Kathrin umarmte
Fiona. "Ja, es geht uns gut, seit wir erfahren haben,
daß du den Mordanschlag überlebt hast. Und wir
hoffen, daß es dir auch schnell besser gehen wird. Wir
müssen dir auch noch etwas Wichtiges erzählen."
"Was denn?" fragte Lila, die still neben Fionas
Kopfkissen gesessen hatte. Kathrin und Garmin zuckten
beide gleichzeitig überrascht zusammen.
"Lila!" riefen beide wie aus einem Munde, "jetzt wird
alles wieder gut!"
Kathrin nahm Fionas Hand: "Sie haben Sonja gefunden,
sie ist heil und gesund und wird so schnell wie möglich
hergebracht!"

Fiona wäre vor Erleichterung beinahe ohnmächtig geworden, und nur Jürgens kräftiger Arm bewahrte sie davor, zu fallen. Tränen der übermächtigen Freude traten in ihre Augen und liefen ungehemmt über ihre Wangen, während sie sich voll dankbaren Glücksgefühls an Jürgen schmiegte. Als sie sich schließlich einigermaßen beruhigt hatte, tauschten sie erst einmal gegenseitig die Erlebnisse aus, die sich ereignet hatten, seit sie getrennt wurden. Noch während sie damit beschäftigt waren, klopfte es, und eine Polizistin kam mit Sonja auf dem Arm herein.
"Sonja!" Fionas Stimme versagte fast.
"Mama, Kathy, Garmin, ... Lila!"
Zum Glück achtete die Beamtin nicht auf die Worte der Kleinen, und ihr entging auch der Anblick der nur halb verborgenen Elfe. Sie lächelte nur noch einmal freundlich und ließ die Gruppe in ihrer Wiedersehensfreude allein. Garmin mußte lachen, als er nun sah, daß es Fiona und Jürgen nicht besser erging, als ihm mit Kathy auf dem Schiff, denn Sonja, die sich nun in die Arme ihrer Mutter gekuschelt hatte, bemühte sich, Jürgen so weit auf Abstand zu halten wie möglich. Garmin stieß Kathrin unauffällig in die Seite, als er Jürgens leicht empörtes Gesicht sah, und auch sie konnte sich ein Lächeln nicht verkneifen.
Leider ließen die Ärzte es nicht lange zu, daß sie alle bei Fiona im Raum waren, sondern wiesen sie bald an, wieder ihr Krankenzimmer aufzusuchen. Auch Jürgen wurde angehalten, die Klinik vorerst zu verlassen, damit Fiona zur Ruhe käme. Nur Sonja durfte bei ihrer Mutter bleiben. Für sie wurde ein zusätzliches Bettchen neben das von Fiona gestellt. Bevor sie das Zimmer verließen, gelang es Kathrin, Lila unbemerkt unter ihrem Bademantel zu verbergen, denn für Lila war es besser, bei ihnen zu sein, da man Kathrin und Garmin in Aussicht gestellt hatte, daß sie morgen Vormittag das Krankenhaus verlassen durften. Für die restliche Zeit wurden zu ihrer Sicherheit Polizisten vor den Zimmertüren postiert, damit man weitere Übergriffe seitens Moros oder seiner Komplizen ausschließen konnte.

15

Es war früher Nachmittag, die Sonne schien warm auf die Terrasse des Ferienhauses, das Garmins Eltern gemietet hatten. Wenige Stunden zuvor hatten sie gemeinsam mit Kathrins Eltern ihre Kinder abgeholt und saßen nun in gemütlicher Runde beisammen. Auch Jürgen und Sonja waren dabei, denn Fiona war so erschöpft, daß die Ärztin gefordert hatte, sie eine Zeitlang ungestört schlafen zu lassen. Erstaunlicherweise hatte Sonja nicht protestiert, sondern war bereitwillig mit Kathrin und Garmin mitgegangen. Sie saß nun auf Kathrins Schoß und malte fleißig Bilder, während sich die anderen Gedanken um die Zukunft machten.

"Ich bin der Meinung, daß man Fiona jetzt auf keinen Fall hier sich selbst überlassen darf", äußerte Jürgen soeben, "abgesehen davon, daß sie nun keine Arbeit und Bleibe hat, wäre sie ein leichtes Ziel für Racheakte von Moros Leuten."

"Da haben sie absolut recht", stimmte Georg zu, "wir sollten ihr anbieten, uns auf dem Rückflug zu begleiten."

"Am liebsten würde ich sie bei mir zuhause aufnehmen", seufzte Jürgen, "aber ich habe nur eine kleine Studentenbude. Das würde viel zu eng, zumal ja auch noch Platz für Sonja sein müßte."

"Was denkst du, Georg, können wir die beiden nicht vorläufig bei uns wohnen lassen?" schlug Lea vor, "der Dachboden ist doch schon fast fertig ausgebaut und wäre doch gut geeignet."

"Oh ja, Papa, das fände ich auch toll!" drängte Kathrin. Nur Thomas machte ein etwas verdrießliches Gesicht, hatte er sich doch ausgerechnet, in dem großen Raum eine Eisenbahnanlage fest aufzubauen.

"Also, ich habe auch nichts dagegen einzuwenden", gab Georg seine Einwilligung, "und auch sie dürfen dort gerne mit wohnen, wenn sie die weite Fahrerei zur Universität in Kauf nehmen wollen", bot er Jürgen großzügig an. Jürgen hob freudestrahlend den Kopf:

"Das Angebot nehme ich gerne an, vorausgesetzt, Fiona und natürlich auch Sonja ist es recht."
"Kann Fiona denn einfach so mit?" wollte Garmins Mutter wissen, "wie ist das denn mit den Aus- und Einreisebestimmungen?"
"Das sollte kein Problem sein", war sich Georg sicher, "vorläufig braucht sie nur einen Personalausweis oder Reisepaß. Nur wenn sie dann länger oder gar für immer dort bleiben will, braucht sie eine Aufenthaltsgenehmigung. Aber das können wir dann ja zu Hause klären."
"Wird sie denn rechtzeitig, bis wir fliegen, aus dem Krankenhaus entlassen?" erkundigte sich Garmin.
"Wenn ich die Ärzte richtig verstanden habe, ja", antwortete Jürgen, "schließlich sind es noch eineinhalb Wochen bis dahin, und wenn keine unerwarteten Komplikationen auftreten, klappt das bestimmt. Ansonsten bleibe ich halt etwas länger hier."
Das war jedoch nicht nötig; nach Ablauf einer Woche erklärten sich die Ärzte bereit, Fiona zu entlassen, wenn sie selbst die Verantwortung dafür übernähme. Ihrem Hals ging es bereits erheblich besser, und sie konnte wieder relativ problemlos sprechen und essen.
Zwei Tage später war der Tag der Abreise gekommen. Alle waren froh, endlich fliegen zu können, denn keiner von ihnen hatte den Urlaub noch richtig genießen können, da sie, nicht zuletzt wegen des Vorfalles im Krankenhaus, die gesamte Zeit unter Polizeibeobachtung standen. Der Beamte, der den Einsatz geleitet hatte, verabschiedete sich am Flughafen herzlich von ihnen und wünschte besonders Fiona alles Gute für die Zukunft. Danach machte sich die Gruppe auf den Weg zum Einchecken. Kathrin hatte vor Aufregung feuchte Hände, denn sie hatte Lila in ihrem Handgepäck versteckt und betete inständig, daß man nicht ausgerechnet ihres genauer inspizieren würde. Ihre und Garmins Eltern, wie auch Thomas waren schon vor Tagen mit Lila bekannt gemacht worden, weil es Kathrin und Garmin zu anstrengend erschienen war, sie die ganzen Ferien vor ihnen verborgen zu halten, zumal

ja auch Sonja von Lila wußte und dauernd nach ihr gefragt hatte. Vor ihnen ging eine Gruppe vermutlich arabischer Scheichs, deren Gepäck derart akribisch durchwühlt wurde, daß Kathrin schon ganz flau im Magen wurde und sie ihre freie Hand schmerzhaft um die Garmins klammerte. Als sie nun dran waren, erwies sich die ganze Aufregung als überflüssig, denn sie wurden einfach durchgewunken. Kathrin sah im Hintergrund noch 'ihren' Polizisten, der ihr lächelnd zuwinkte. Ah, wahrscheinlich hatte er den Sicherheits-beamten gesagt, daß es nicht notwendig sei, sie zu kontrollieren. Kathrin winkte erleichtert zurück und eilte dann mit Garmin den übrigen nach, die schon die Gangway zum Flugzeug betreten hatten. Sie drängten sich an den Scheichs vorbei, um wieder Anschluß zu finden. Als sie bei den anderen angelangt waren, stutzte Kathrin plötzlich.
"Sag mal Garmin, ist dir eben bei diesen orientalischen Typen auch etwas aufgefallen?"
"Nein, wieso?"
"Das sind doch normalerweise alles Moslems, oder? Als ich eben so dicht an ihnen vorbeimußte, habe ich bemerkt, daß zumindest einer von ihnen eine deftige Alkoholfahne hatte!"
"Na und? Wenn die es mit dem Koran nicht so genau nehmen, kann uns das doch egal sein!"
Kathrin sagte nichts weiter, aber aus irgendeinem Grund wollte ihre Unruhe nicht weichen. Als sie im Flugzeug neben Garmin Platz nahm, sie hatten die ersten Plätze vom Fenster aus, damit sie mit Lila nicht so dicht am Gang waren und sie wenigstens ab und zu mal hervorkommen konnte, sah sie, daß die Araber zwei Reihen vor ihnen saßen. Auch dieser Umstand gab ihr zu denken, denn sie hatte immer angenommen, daß solche Leute Geld wie Heu (oder eher wie Öl) hatten und doch normalerweise erster Klasse flögen. Sie behielt ihre Beobachtungen jedoch für sich, weil sie sich nicht lächerlich machen oder für hysterisch gehalten werden wollte. Die einzige, der sie es schließlich doch zuflüsterte, war Lila, die ihre Entdeckung auf jeden Fall

ernst nahm. "Ich kann ja nachher mal unter den Sitzen hindurch dorthin schleichen und sehen oder hören, ob ich etwas über die Männer herausbekomme", erbot sie sich.

"Aber sei ja vorsichtig, daß dich niemand sieht!"

"Ich paß schon auf!" versicherte Lila.

Als das Flugzeug in der Luft war und sich alle losschnallen durften, nutzte die kleine Elfe einen unbeobachteten Moment, um aus Kathrins Rucksack und unter die Sitze zu gelangen. Blitzschnell huschte sie an den Füßen der Menschen in der nächsten Reihe vorbei, dann befand sie sich unter jenen Sitzen, die von den Scheichs benutzt wurden. Die unterhielten sich gedämpft, doch Lila konnte kein Wort verstehen, da sie nicht ihre Sprache verwandten. Einmal hörte sie ein Wort, das wie Meinholt, also Kathrins Nachname, klang, aber sie war sich nicht sicher, da die Männer sehr schnell und ziemlich undeutlich sprachen. Durch einen Spalt zwischen den Sitzen sah sie, daß alle sechs noch ihre Sonnenbrillen trugen, was um so verwunderlicher war, als der Raum weitgehend abgedunkelt war, damit die Reisenden sich einen Kinofilm ansehen konnten. Der direkt vor ihr Sitzende streifte jetzt gerade seine Schuhe ab, was man wegen des langen Kaftans allerdings nur aus Lilas Position erkennen konnte. Lila riß die Augen auf: Der trug ja halbdurchsichtige dünne Strümpfe oder Strumpfhosen und hatte lackierte Fußnägel! Lila suchte sich eine etwas andere Position, um das Gesicht dieser Person sehen zu können. Sie wurde jedoch enttäuscht, denn das Gesicht war fast vollständig von einem Vollbart und der Sonnenbrille verdeckt. Allerdings wollte ihr die scharfe Form der Nase irgendwie bekannt vorkommen, doch gelang es ihr nicht, sich zu erinnern, von woher. In diesem Augenblick beugte sich die Person nach vorn, um sich die Füße zu massieren. Dabei kam auch das Gesicht gefährlich weit nach unten, so daß Lila gezwungen war, sich zurückzuziehen. Als sie wieder in der schützenden Sicherheit von Kathrins Rucksack war, erzählte sie, was sie gesehen hatte. Kathrin war ein wenig enttäuscht;

das war zu wenig, um womöglich jemanden von der Besatzung um eine Überprüfung zu bitten. Aber, ach, was soll's, dachte sie bei sich. Diese Leute mußten ja nichts mit ihnen zu tun haben, zumal sie sie ja bislang nicht im Geringsten beachtet zu haben schienen. Wahrscheinlich sah sie wegen der vergangenen Ereignisse schon Gespenster! Sie beschloß, nach der Landung noch einmal darauf zu achten, ob sich diese Männer irgendwie verdächtig benahmen oder ihnen zu folgen versuchten. Mit diesem Entschluß schlief sie ein und wachte erst auf, als die Stewardessen die Fluggäste ermahnten, wegen der bevorstehenden Landung die Gurte anzulegen. Sie trödelte danach absichtlich herum, um festzustellen, ob die Scheichs versuchen würden, nach ihnen das Flugzeug zu verlassen und ihnen zu folgen. Das war jedoch nicht der Fall: Die Männer würdigten sie anscheinend keines Blickes und verließen die Maschine so ziemlich als erste. Als sie eine halbe Stunde später ihr Gepäck bekommen hatten und zum Taxistand gingen, sah Kathrin die Männer noch gerade abfahren. Sie atmete auf. Also hatte Garmin doch Recht, und es waren nur Hirngespinste gewesen! Hier stand nun auch der Abschied von Garmin und seiner Familie an, die mit einem Taxi nach Hause fuhren, während Kathrins Eltern ja mit ihrem Auto zum Flughafen gefahren waren und es dort abgestellt hatten. Kathrin störte zwar die Anwesenheit der anderen, dennoch fiel ihr Kuß mit Garmin äußerst intensiv und lange aus, so daß Garmins Eltern, die bereits im Taxi saßen, schon ungeduldig wurden. Doch auch Garmin ließ sich dadurch nicht aus der Ruhe bringen. "Ich melde mich, sobald wir zu Hause sind", versprach er, "und dann komme ich sobald wie möglich zu Besuch!"
"Garmin, nun komm endlich!"
"Ja, ja, sofort! Tschüß, Kathy, bis bald!"
Sie tauschten noch einen letzten Kuß, dann stieg Garmin in das Taxi, das auch sofort losfuhr. Kathrin wie auch die anderen winkten noch einen Augenblick hinterher, dann stiegen auch sie ins Auto, das

zwischenzeitlich von einem Flughafenbediensteten vorgefahren worden war. Es gab keine Schwierigkeiten, auch Fiona und Sonja unterzubringen, da der Kofferraum zwar voll war, aber die beiden ja kaum Gepäck mithatten, denn ihre gesamte bescheidene Habe war in Moros Haus verblieben, in welches Fiona um keinen Preis hatte zurückgehen wollen.

"Wie steht es eigentlich mit dir, Lila?" erkundigte sich Lea, "sollen wir dich zu der Familie Hesius bringen, von der du uns erzählt hast, oder möchtest du erst einmal mit zu uns kommen?"

Lila überlegte einen Moment. "Ich würde schon gerne euer Zuhause kennenlernen", entschied sie dann, "ich nehme an, daß mich meine Mutter und meine Freunde eh für tot halten, und da spielt jetzt ein Tag mehr oder weniger auch keine Rolle mehr."

"Das mußt du wissen! Gut, dann nehmen wir dich mit zu uns und bringen dich morgen im Laufe des Tages zurück, o.k.?"

Ja, das ist mir recht", antwortete Lila, "und natürlich auch vielen Dank, daß ihr euch meinetwegen so viel Mühe macht!"

"Papperlapapp, die paar Kilometer fallen überhaupt nicht ins Gewicht!" versicherte Georg.

Nach einer relativ langen Fahrt, bei der besonders Sonja erstaunt und interessiert aus dem Fenster die völlig andere Landschaft betrachtete, fuhren sie vor ihrem Haus vor, welches in, beziehungsweise bei einem Nachbarort des Dorfes stand, in dem Bernhard mit seiner Familie lebte. Das winkelige, alte, aber gut erhaltene Gebäude lag knapp einen Kilometer vom Ortsrand entfernt, von diesem durch ein kleines Waldstück getrennt. Es hatte einen großen, mit alten Obstbäumen bestandenen Garten, in dem Georg und Lea auch regelmäßig Gemüse anzubauen pflegten. Jetzt, nach dem Urlaub, hatte allerdings das Unkraut die Oberhand gewonnen und dominierte in den Beeten.

"Kommt herein", sagte Lea, "ich mache uns erst einmal einen Kaffee. Das Gepäck können wir auch nachher noch holen."

Drinnen war es sehr gemütlich, fand Lila. Die meisten Möbel waren sehr alt und paßten alle gut zu einander und zu dem Haus. In allen Fensterbänken standen Pflanzen, und einige geschmackvolle impressionistische Bilder zierten die Wände.

"Während du den Kaffe machst, werde ich Fiona und Sonja schon einmal zeigen, wo sie demnächst wohnen werden", schlug Georg vor, "Fürs erste denke ich, bringen wir sie in meinem Arbeitszimmer unter, bis wir den Dachboden eingerichtet haben. Kommt mal mit!"

Er führte Fiona die Treppen hoch in einen geräumigen Boden, der durch die Fenster einer großzügig angelegten Gaube reichlich Licht erhielt. Er war bereits fertig isoliert und tapeziert.

"Wir müssen nur noch streichen und den Teppichboden verlegen", erklärte Kathrins Vater, "dann könnt ihr zwei einziehen."

"Ein schöner Raum!" sagte Fiona mit glänzenden Augen, "und wunderbare Aussicht!"

Tatsächlich hatte man einen weiten Ausblick über die sanften Hügel und Täler der Umgebung, die jetzt im warmen Licht der Nachmittagssonne lagen.

"Hier könnte ich es auch gut aushalten", meinte Lila, auch wenn es für eine Elfe ein bißchen arg groß wäre."

Sonja sagte vorläufig noch nichts. Abgesehen davon, daß sie die für sie neue Sprache noch so gut wie gar nicht verstand oder sprach, merkte man ihr an, daß sie sich in dieser fremden Umgebung etwas unsicher fühlte. Sie hielt sich ganz eng an ihre Mutter und hatte die ganze Zeit den Daumen im Mund, an dem sie ununterbrochen saugte.

"Hier nebenan habt ihr auch ein Bad für euch", zeigte Georg ihnen den angrenzenden weißgekachelten Raum, in dem sich neben der moosgrünen Toilette auch eine gleichfarbige Badewanne und eine Dusche befanden. Ein sonnenblumengelber Badeteppich und ebensolche Vorhänge vervollständigten den ansprechenden Anblick. Hier plapperte auch zum ersten Mal, seit sie hier waren, Sonja los. "Sonja findet Bad toll", übersetzte Fiona, "möchte am liebsten sofort in Wanne."

"Nach dem Kaffee kann sie ja gerne ein Bad nehmen.
Jetzt zeige ich euch das Zimmer, in dem ihr zumindest
die ersten Nächte schlafen werdet."
Nach der Führung durch das Haus nahmen sie draußen
auf der Veranda Platz. Thomas war inzwischen in den
Ort und zurück geradelt und hatte Kuchen besorgt.
"Wann kommt Jürgen eigentlich?" wollte Kathrin von
Fiona wissen.
"Jürgen kommt übermorgen, muß noch schnell paar
Sachen mit Universität klären, dann besucht uns."
"Hast du ihm eigentlich eine Wegbeschreibung
gegeben, Georg, damit er überhaupt herfindet?"
"Natürlich, Lea, so etwas vergesse ich doch nicht!"
"Wo möchtest du heute Nacht schlafen, Lila? Kommst
du mit in mein Zimmer? Dann können wir uns noch ein
bißchen erzählen, bevor du morgen weg bist."
"Na klar, Kathy, gerne!"
Als der Tag schließlich um war und alle schliefen, stand
Lila leise auf und flog zum Fenster. Sie hatte sich noch
bis fast zwei Uhr mit Kathrin unterhalten, bis diese
dann eingeschlafen war. Lila selbst konnte keinen
Schlaf finden; es war ein zwiespältiges Gefühl:
Einerseits mochte sie ihre neuen Freunde nicht
verlassen, andererseits sehnte sie sich nach ihrer
Mutter, nach Camilla, Killy und all den anderen. Aber da
war noch mehr. Irgendetwas beunruhigte sie, ohne daß
sie näher hätte erklären können, was es war.
Nachdenklich schaute sie auf die stille, mondhelle
Landschaft. Wenn ihr doch nur klar würde, was ihr
Sorge bereitete. Im tiefsten Inneren wußte sie, daß es
wichtig war, doch sie schaffte es nicht, es an die
Oberfläche des bewußten Denkens zu befördern. Was
war das? Schlich da nicht jemand am Gartenzaun
entlang? Sie sah genauer hin. Nein, sie mußte sich
getäuscht haben, nichts bewegte sich mehr dort, wo sie
eben noch geglaubt hatte, eine Person zu erkennen.
Lila wandte sich vom Fenster ab und setzte sich in das
Bettchen, das Kathrin ihr auf dem Nachtschrank
zurechtgemacht hatte. Ihre Freundin schien auch nicht

gerade die ruhigste Nacht zu verbringen; häufig redete sie im Schlaf und drehte sich immer wieder hin und her. Lila war froh, als die Nacht vorbei und der Tag angebrochen war. Sie hatte kaum ein Auge zugetan und war dementsprechend müde. Trotzdem blieb sie bei ihrem Entschluß, heute zum Biberteich im Kartal zurückzufliegen. Nach dem rührenden Abschied von Sonja, Fiona, Lea und Thomas brachten Georg und Kathrin Lila bis zum Haus von Bernhard.

"Laß dich bald wieder bei uns sehen, Lila", verabschiedete sich Georg, "du und auch all deine Elfenfreunde und Verwandte sind bei uns jederzeit willkommen!"

Ganz zum Schluß flog Lila schließlich dicht an Kathrins Gesicht heran und gab ihr einen Kuß auf die Wange, der allerdings ziemlich salzig schmeckte, da Kathrin es nicht schaffte, die Tränen zu unterdrücken. Am liebsten hätte sie Lila ganz fest in die Arme genommen, aber das verbot natürlich allein schon der Größenunterschied. Sie brachte kein Wort heraus, aber Lila konnte ihrem Gesichtsausdruck alles entnehmen, was sie bewegte.

"Ich komme bald wieder!" versprach sie, "grüß Garmin von mir!" Dann winkte sie noch einmal und flog los. Zuerst zu Bernhards Haus. Sie hatte vor, ihnen ihre heile Rückkehr mitzuteilen, wo sie schon einmal hier war. Doch auf ihr Klingeln hin öffnete niemand. Auch Bernhards Wagen stand nicht wie üblich in der Einfahrt. Pech, dachte sich Lila, doch andererseits verlöre sie so keine weitere Zeit und konnte ziemlich sicher sein, ihr Zuhause noch vor Einbruch der Dunkelheit zu erreichen. Es lag ihr wahrlich nichts daran, ganz allein eine Nacht in der Wildnis zu verbringen, was gerade für die kleinen Elfen mit großen Gefahren verbunden war, besonders wenn sie nicht Wache halten konnten. Und genau dies würde ihr kaum möglich sein, war sie doch von der letzten durchwachten Nacht noch müde. Noch einmal sah sie zurück, wo Georgs Wagen gerade in der Ferne verschwand. Ein großer schwarzer Lieferwagen fuhr an Lila vorbei und folgte dem Kombi. Lila bemerkte

flüchtig die scharf geschnittene Nase des Fahrers unter dessen Sonnenbrille, der kurz zu ihr herübersah. Lila rührte sich nicht. Offenbar war sie nicht bemerkt worden, denn der Van setzte seine Fahrt mit unverminderter Geschwindigkeit fort. Erleichtert atmete Lila auf, als das Fahrzeug außer Sichtweite war, und flog nun den Feldweg zum Sumpf hinunter und an dessen Ufer entlang nach Norden. Es war ein wunderbares Gefühl, endlich wieder in der Heimat zu sein, durch Gegenden zu fliegen, mit denen sie so viele Erinnerungen verbanden. Allein, wie sie sich beim ersten Mal mit Camilla hier in dem von Urkalan erzeugten magischen Nebel verflogen hatte, und dann später Bernhard in diesem Sumpf kennengelernt hatten! Ach Camilla! Sie freute sich darauf, ihre Cousine endlich wiederzusehen und ihr die ganzen schrecklichen Abenteuer zu erzählen. Voller Vorfreude erhöhte sie ihre Geschwindigkeit und hatte schon bald den an den Sumpf anschließenden See hinter sich gelassen. Kurz bevor sie die Abzweigung zum Kartal erreicht hatte, in dem die Elfen an einem kleinen Teich wohnten, sah sie plötzlich einen Vogel auf sich zuschießen. Erschrocken wich sie zu Seite aus. Auch der Vogel, es war eine Blaumeise, zuckte im letzten Moment zurück. Beide streiften sich leicht, nahmen aber keinen Schaden.
"Idiotisches Vieh!" schrie Lila hinter ihr her, "du gehörtest eingesperrt!" Automatisch mußte sie an ihre Zeit der Gefangenschaft in dem Vogelkäfig denken, wie schlecht sie diese widerliche Cassandra ... Lila durchzuckte es wie ein elektrischer Schlag: Cassandra! In Gedanken sah sie ihr strenges, hartes Gesicht mit der scharfgeschnittenen Nase. Der Bärtige im Flugzeug mit den lackierten Fußnägeln, und heute morgen in dem dunklen Lieferwagen; Cassandra war hier! Und dann wahrscheinlich auch Moro und noch einige seiner Leute. Vermutlich die ganze Gruppe: Als Araber verkleidet. Der Wagen war Georg und Kathrin gefolgt! Vielleicht hatte sie sich ja auch letzte Nacht schon nicht getäuscht, als sie meinte, einen Menschen am Zaun gesehen zu haben. Sie mußte umkehren, die ganze

Familie Meinholt, wie natürlich auch Fiona und Sonja waren in höchster Gefahr! Warum war ihr die Verbindung dieser Nase zu Cassandra nur nicht eher eingefallen! Lila trieb ihre Muskeln zur höchsten Leistung, derer sie fähig waren, und jagte den langen Weg zurück. Sie hatte den Sumpf noch nicht wieder erreicht, als sie schon deutliche Anzeichen der Erschöpfung bei sich feststellen mußte. Wenn sie nicht langsamer flöge, würde sie bestimmt nicht ankommen. Sie zwang sich trotz der Dringlichkeit, das Tempo zu drosseln. Wenn sie nur nicht zu spät käme! Als sie den Sumpf hinter sich hatte und an Bernhards Haus vorbeiflog, war es schon längst dunkel, und Lila konnte sich kaum noch in der Luft halten. Es dauerte noch quälend lange, bis sie das nächste Dorf vor sich liegen sah. Sie umflog es, um nicht womöglich jetzt noch entdeckt zu werden, und passierte das kleine Waldstück, welches das Haus der Meinholts von dem Dorf trennte. Kurz verhielt sie an einem abzweigenden Waldweg, in dem sie das schwarze Fahrzeug der Verbrecher stehen sah. Sie gab ihr Letztes, das kaum sichtbar in der Finsternis liegende Haus zu erreichen. Langsam schälten sich die Konturen aus dem Dunkel. Anscheinend schliefen dort schon alle, denn keines der Fenster war erleuchtet. Dafür roch sie Rauch. Das verhieß nichts Gutes, denn es war warm und folglich wurde mit Sicherheit nicht geheizt. Voll böser Vorahnung umrundete sie das Gebäude. Da, jemand hatte die Terrassentür geöffnet und Feuer gelegt. Schon konnte man dort weder hinein noch hinaus! Hektisch flog sie auf die andere Seite wo sie eben noch mitbekam, wie dort zwei finstere Gestalten ebenfalls Brände legten. Eine weitere Person, die bei dem Kombi der Meinholts gehockt hatte, sprang just in diesem Moment auf und rannte, gefolgt von insgesamt drei anderen, die Straße zum Wald hinunter. Oh nein! Im Haus war noch immer nichts zu hören, obwohl die Flammen schon hoch schlugen. Lila hetzte zu dem Fenster von Kathrins Zimmer hinauf und drückte ihr Gesicht an die Scheibe. Sie konnte Kathrin schwach

erkennen, die fest schlief. Unter ihrer Zimmertür quoll bereits der erste Qualm hindurch! Lila trommelte mit ihren winzigen Fäusten gegen die Scheibe, aber Kathrin hörte nichts, das Geräusch war einfach zu leise! Lila hechtete zum Garten hinunter, nahm nach hektischer Suche einen Kiesel mit, den sie gerade noch tragen konnte und sauste zu Kathrins Zimmer zurück, um jetzt die Scheibe mit aller Kraft mit dem Stein zu bearbeiten. Endlich erkannte sie, daß Kathrin die Augen öffnete und verwirrt um sich blickte. Nochmal schlug sie den Kiesel gegen das Fenster. Kathrin warf die Decke herunter, taumelte hustend zum Fenster und riß es auf.
"Lila!" krächzte sie, "was ... ?"
"Schnell Kathy, du mußt die anderen wecken! Moro oder seine Leute haben euer Haus angezündet!"
Kathrin war geschockt, reagierte aber dennoch sofort. Sie riß die Zimmertür auf, um die anderen zu wecken, doch sofort drückte eine geschlossene Rauchwolke herein. Kathrin wich einen Schritt zurück, griff irgendein Kleidungsstück, hielt es sich vor Mund und Nase und tastete sich auf den Flur hinaus.
"Mama! Papa! Thommiieee!"
Sie hörte ein Poltern, als ihre Eltern aus den Betten sprangen und die Tür öffneten. Lea schrie entsetzt, als sie den Brand bemerkte. Kathy stürmte in das Zimmer ihres Bruders. "Tommy, wach endlich auf!" Sie schüttelte ihn heftig.
"Ey, laß mich schlafen, du doofe Zicke!" murmelte er schlaftrunken und wollte sich wegdrehen. Kathrin schlug ihm kräftig mit der flachen Hand ins Gesicht. "Tommy, es brennt, komm schnell raus!" Endlich kam er zu sich und ließ sich von Kathrin hochhelfen. Als sie zurück auf dem Flur waren, waren schon die Flammen zu sehen, die im Treppenhaus hochleckten. Lea stand immer noch völlig desorientiert auf dem Flur, während Georg soeben mit Fiona und Sonja die Treppe von oben herunterkam. Er hatte mehrere Handtücher mit Wasser getränkt und sie Sonja, Fiona und sich umgelegt. Eines legte er nun noch Lea um den Kopf.

"So und jetzt schnell die Treppe hinunter, noch können
wir durch!" Er lief mit Sonja auf dem Arm voran, Fiona
und Lea folgten. Kathrin machte ebenfalls den ersten
Schritt auf die Treppe zu, als sich ihr Bruder losriß und
zu seinem Zimmer zurückkehrte. "Ich muß meine
Actionfiguren holen, die sind noch ganz neu!"
"Tommy, du Idiot, laß doch diese Scheißfiguren, komm,
sonst ist es zu spät!" Verzweifelt und wütend rannte sie
ihm nach. Bei ihm angelangt, schlug sie ihm zornig die
Figuren aus der Hand und ergriff ihn am Arm.
"Du kommst jetzt mit, oder ich tret' dir sonstwohin!"
Mit aller Kraft zerrte sie den widerstrebenden und vor
sich hinjammernden Jungen hinter sich her. Doch nun
rächte sich, daß sie die Chance eben nicht genutzt
hatten: Mittlerweile stand das Treppenhaus in voller
Ausdehnung in Flammen, dieser Weg war versperrt!
"Kathrin? Tommy?!" hörten sie die angstverzerrte, vom
Rauch heisere Stimme ihres Vaters.
"Papa, wir können nicht mehr runter!" weinte Kathrin.
"Oh Gott, nein, ich komme!" Doch nur zu schnell mußte
auch Georg erkennen, daß durch diese Flammenhölle
kein Durchkommen war. Verzweifelt schrie er draußen
nach Hilfe, aber wer sollte ihn hören? Zusätzliche Sorge
bereitete ihm Leas Zustand, die, auch als sie schon
draußen waren, klagte, sie könne keine Luft kriegen,
und kurz darauf das Bewußtsein verloren hatte.
Lila hatte das Drama vom Fenster aus mitverfolgt und
suchte nach einem Ausweg. Dann hatte sie eine Idee.
Eilig schlüpfte sie in Kathrins Zimmer und schwirrte zu
den beiden ratlos und in Panik dastehenden Kindern.
Sie konnte fast nichts erkennen und bekam kaum Luft,
aber sie gab nicht auf, bis sie bei ihnen war.
"Kathy, rasch, aus deinem Fenster, auf den Baum!"
preßte sie hervor. Kathrin folgte Lila unsicher durch den
Qualm, ohne ihren Bruder loszulassen. Es wurde
höchste Zeit! Durch den Luftzug, der durch das offene
Fenster und die offene Tür in Kathrins Zimmer
begünstigt wurde, loderten die Flammen bereits
brüllend bis zum Dachgeschoß empor. Kathrin schlug
die Tür hinter sich zu und arbeitete sich zum Fenster

vor. Es fiel ihr zunehmend schwerer, sich zurechtzu-finden; der vergiftende Rauch tat sein unheilvolles Werk. In ihrem Hals und der Lunge hatte sie das Gefühl, als wüte auch dort ein glühendes Feuer. Mühsam half sie Tommy nach draußen auf die kurze Dachschräge unter ihrem Fenster und kletterte hinterher. Der Baum, den Lila meinte, war in der Dunkelheit und in dem Rauch kaum zu erkennen. Nur wenn die Flammen zwischendurch aus den anderen Fenstern züngelten, konnten sie ab und an einen Blick auf den einzigen näher heranreichenden dicken Ast erhaschen. Doch selbst dieser war fast drei Meter entfernt!

"Tommy, wir müssen springen!"

Mit geröteten Augen starrte Thomas zu dem rettenden Ast hinüber. Dann stand er auf, ballte die Fäuste und sprang. Der Sprung war zu kurz, seine Hände verfehlten den Ast deutlich und er stürzte vier Meter tief in den Garten hinunter, wo er schreiend liegenblieb.

"Auuu, mein Bein! Mama, Papa, Hilfe, ich hab mein Bein gebrochen!" Das alles war nicht dazu angetan, Kathrin zu ermutigen. Zitternd stand sie am Rand des Daches, einen Fuß auf der Dachrinne, und versuchte sich zu überwinden. "Tommy?! Versuch irgendwie zur Seite zu kriechen! Falls ich es auch nicht schaffe, falle ich sonst genau auf dich drauf!"

"Halt, spring noch nicht, warte! ... So, jetzt kannst du!" erklang Thomas klägliche Stimme.

"Los, Kathy, spring!" mahnte auch Lila, die bei dem Mädchen geblieben war, "das Feuer hat sich schon durch die Tür gefressen und kommt überall durchs Dach. Vielleicht stürzt es gleich ein!"

"Ich springe ja schon! Warte, ich zähle für mich bis drei, dann mache ich es! Eins, ... , zwei, ... , ... , ..."

"Kathy!"

"Ja, ja! Eins, ... , zwei, ... , ... , ... , drei!"

Doch sie sprang nicht.

"Ich trau mich nicht!"

Plötzlich krachte es hinter ihr, als ein Teil des Dachstuhls einstürzte. Instinktiv sprang Kathrin ab und

YUR'S
FREVER

warf sich dem Ast entgegen. Es gelang ihr, ihn mit beiden Händen zu fassen. Einen Augenblick hing sie pendelnd da und drohte abzurutschen, dann ertastete sie mit den Füßen einen tieferen Ast und schob sich auf wackeligen Beinen langsam zum Stamm des Baumes vor. Dort schaffte sie es mit Lilas Unterstützung, die ihr jeweils sagte, wo sie mit den Füßen hintreten mußte - sie konnte mit ihren brennenden Augen und durch den Qualm fast nichts erkennen - nach bangen Minuten den Boden zu erreichen. Nun, wo Kathrin und Thomas in vorläufiger Sicherheit waren, flog Lila zur Straßenseite, wo Georg immer noch nach seinen Kindern rief.

"Georg!" schrie sie gegen das Toben des Feuers an, "Kathy und Tommy sind raus. Sie sind hinten im Garten!" Jetzt kam auch Kathrin um die Hausecke getorkelt. Als Georg sie sah rannte er hin und schloß sie glücklich in die Arme.

"Papa, wir müssen Tommy helfen! Er ist vom Dach gefallen und hat sich das Bein gebrochen."

Georg beeilte sich, Thomas zu holen, denn der Wind wehte den Rauch genau in dessen Richtung. Als er ihn auf den Armen zur Straße getragen und neben der ohnmächtigen Lea hingelegt hatte, ließ er sich auch erschöpft niedersinken, zusehend, wie die Flammen ihr Haus und ihre Habe vernichteten. Am wenigsten hatten noch Fiona und Sonja abbekommen, die geschockt und traurig bei ihnen saßen.

"Wieso bist du überhaupt zurückgekommen?" fragte Kathrin, ihre schrecklichen Halsschmerzen ignorierend, "ohne dich wären wir alle erstickt oder verbrannt!"

Nun erklärte Lila, wie sie auf Cassandra gekommen war und dann auch Moros Leute beobachtet hatte, wie sie das Feuer legten.

"Dann war es also Brandstiftung!" staunte Georg, "ich hatte angenommen, das Feuer sei durch einen technischen Defekt hervorgerufen worden. Auf jeden Fall brauchen wir sofort ärztliche Hilfe! Ich werde in den Ort fahren und den Rettungshubschrauber und die Feuerwehr herbeirufen. Zum Glück habe ich mir unten im Flur noch die Wagenschlüssel gegriffen, sonst sähe es noch schlimmer um uns aus. Kann ich euch ein paar Minuten allein lassen?"

"Das geht schon, Papa!" sagte Thomas tapfer, "aber beeil dich!"

"Ich bin wie der Blitz wieder hier!" versprach Georg und mühte sich zum Auto, denn auch er hatte extrem viel Rauch eingeatmet, und es ging ihm alles andere als gut. Er öffnete die Fahrertür und ließ sich in den Sitz fallen. Dann steckte er den Schlüssel ins Zündschloß und drehte ihn um. Im selben Moment gab es einen grellen Blitz und einen ohrenbetäubenden Knall, als der Wagen in einer gigantischen Stichflamme explodierte. Georg wurde durch die noch nicht geschlossene Tür mehrere Meter weit hinausgeschleudert und landete, sich mehrfach überschlagend, auf dem Asphalt. Splitter und Wagentrümmer regneten hernieder, und die verbliebenen Reste des Kombis brannten ebenso lichterloh wie das Haus.

"Papaaaa!" schrieen Thomas und Kathrin wie aus einem Munde, wobei letztere aufsprang und zu der leblosen Gestalt hinüberrannte, während Thomas zum Zuschauen verdammt war. Auch Fiona mit Sonja und Lila eilten zu Georg, um, wenn überhaupt noch möglich, Hilfe zu bringen. Wimmernd, und durch den Schock handlungsunfähig, hockte Kathrin bei ihrem Vater, sein blutiges Gesicht in ihren Händen haltend.

"Bitte nicht sterben, bitte nicht sterben!" wiederholte sie unablässig, während Fiona und Lila Puls und Atmung überprüften.

"Er lebt noch!" rief Fiona Kathrin und Thomas zu, als sie seinen Herzschlag spürte, der zwar schwach und unregelmäßig, aber immerhin vorhanden war.

"Ich kann ja schnell ins Dorf fliegen und Hilfe herbeiholen", sagte Lila.

Fiona machte ein zweifelndes Gesicht. "Du, als Elfe? Leute werden groß staunen und ohne Ende fragen oder dich fangen!"

"Aber wir brauchen doch Hilfe!"

Doch Lilas Plan wurde unnötig, denn irgendjemand mußte wohl den Feuerschein bemerkt und die

Feuerwehr alarmiert haben. Sie sahen die Blaulichter mehrerer Feuerwehr- , Kranken- und Polizeiwagen, die sich in schneller Fahrt mit Sirenengeheul näherten. Die Fahrzeuge stoppten dicht bei den am Boden Sitzenden, und während die Feuerwehrmänner sofort mit der Brandbekämpfung begannen, kümmerten sich die Besatzungen der Notarztwagen und die Polizisten um die Verletzten. Kathrin und Fiona erklärten hastig, was passiert war, wohingegen Lila sich lieber versteckt hielt. Bis auf Georg, bei dem noch keine Klarheit über die Verletzungen herrschte und den man deshalb vorläufig so wenig wie möglich bewegen wollte, wurden sie daraufhin in die beiden Ambulanzen verfrachtet und mir Sauerstoff beatmet. Kathrin drückte ihre Sauerstoff-maske noch einmal beiseite. "Bitte, können sie schnell einen der Polizisten holen?" bat sie den Arzt.
"Natürlich, Moment!"
Wenige Augenblicke später trat ein Polizeibeamter an Kathrins Trage heran.
"Sie wollten mir etwas sagen?"
"Ja, es ist ganz wichtig! Ich habe doch vorhin erzählt, daß der Brand von diesen Verbrechern aus Rache gelegt worden ist."
"Genau, ich habe auch schon eine Fahndung nach ihnen eingeleitet", versicherte der Polizist.
"Ich kann mir denken, wo sie hin sind ", sagte Kathrin drängend, "in diese Geschichte, derer wegen sie sich rächen wollen, ist noch eine andere Familie verwickelt, die nun auch in größter Gefahr ist!" Hastig nannte Kathrin Garmins Adresse und Telefonnummer.
"Wir werden sie sofort telefonisch warnen und gleichzeitig Beamte zu ihrem Schutz dorthin schicken!" versprach der Polizist, dann sprang er aus dem Notarztwagen, um das Nötige zu veranlassen. Unterdessen war auch der Rettungshubschrauber eingetroffen, der Georg in eine Spezialklinik bringen sollte. Ganz vorsichtig wurde der Schwerverletzte auf die Trage und in den Hubschrauber befördert, dann startete die Maschine. Die Ärzte brachten Lea, die immer noch bewußtlos war, zu Kathrin in den

Krankenwagen. Als sie abfuhren, hatten die Feuerwehren auch den Brand unter Kontrolle gebracht, doch war von dem Haus nichts mehr zu retten gewesen. Es war bis auf die Grundmauern niedergebrannt.
Lila sah den davonfahrenden Wagen nach. Sie war enttäuscht; es war ihr nicht gelungen, mitzubekommen, wohin ihre Freunde gebracht wurden. Sie hatte keine Ahnung, wie sie diese je wiedersehen sollte, denn sie würden nach dem Krankenhausaufenthalt ja nicht wieder hierher zurückkehren, da von ihrem Zuhause nichts mehr geblieben war. Sie war durch den langen, anstrengenden Flug und die Folgen des auch von ihr eingeatmeten Rauches derart erschöpft, daß ein Flug bis zu ihr nach Hause nicht in Frage kam. Sie beschloß, es noch einmal bei Bernhard und Martha zu versuchen. Müde surrte sie durch die Nacht und hatte selbst fliegend Mühe, die Auge offenzubehalten. Nach gut einstündigem Flug war sie an ihrem vorläufigen Ziel. Zu dieser späten Nachtstunde war auch hier alles dunkel, aber der Wagen stand in der Einfahrt, also waren sie wohl zu Hause. Lila klingelte. Es dauerte eine ganze Weile, bis drinnen einige Lichter angingen und dann auch die Außenbeleuchtung aufflammte. Lila flog so hoch, daß man sie durch die Scheibe sehen konnte. Sofort wurde die Tür aufgerissen und Lila blickte in das ebenso fassungslose, wie freudestrahlende Gesicht Bernhards. "Lila!" jubelte er, "du lebst und bist zurückgekommen! Martha! Marthaaa! Schnell, komm herunter!"
Lila hörte ein Poltern, als die Gerufene die Treppe herabhastete. "Was ist passiert, Bernhard, ist etwas Schlimmes geschehen?!"
"Ganz im Gegenteil!" rief Bernhard überlaut, "stell dir vor, unsere kleine Lila ist wieder da!"
Ungläubig trat Martha hinzu, dann aber breitete sich auch auf ihrem Gesicht die überschwengliche Freude über das unerwartete Wiedersehen aus. Glücklich nahm sie die Elfe auf die Hand. "Was ist dir widerfahren, Lila? Du bist ja ganz verrußt!"

"Ach, das ist eine lange, lange Geschichte", antwortete Lila mit schwacher Stimme.
"Das mußt du uns erzählen, aber vorher brauchst du bestimmt etwas zu essen, zu trinken und ein Bad, so kaputt wie du aussiehst", stellte Martha fest.
Zu Lilas Bericht kam es jedoch nicht mehr, denn nachdem sie gebadet und gegessen hatte, schlief sie schon nach den ersten Sätzen ein. Martha nahm sie vorsichtig hoch und brachte sie in eines der kleinen Betten, die sie extra für Elfenbesuch immer bereithielten. "Mein Gott", sagte Martha, mitleidig auf das zierliche Mädchen schauend, "was hat sie wohl durchmachen müssen?"
"Wir werden es morgen vermutlich erfahren", flüsterte Bernhard leise, um sie nicht zu wecken, "ich denke, wir sollten auch wieder ins Bett gehen und morgen dann die Elfen benachrichtigen oder Lila gleich zurückbringen. Träum was Gutes und erhol dich!" wünschte er dem schlafenden Kind, dann zogen sich die beiden in ihr Schlafzimmer zurück.

16

Es war noch sehr früh am Morgen. Jürgen war schon nachts losgefahren und trat ordentlich aufs Gas. Er hatte es geschafft, seine Aufgaben an der Universität viel schneller zu erledigen als erwartet, und freute sich nun, Fiona damit zu überraschen, daß er einen vollen Tag eher bei ihr eintreffen würde. Er war bester Laune und sang die Stücke, die sein Cassetengerät abspielte, laut und schräg - es konnte ihn ja keiner hören - mit. Es sollte nicht mehr weit bis zu seinem Ziel sein, wenn er die Karte richtig gelesen hatte, die allerdings einen recht groben Maßstab hatte und diese kleinen Nebenstraßen nur unzureichend genau darstellte. Ah ja, hier war der Ort, den Georg in seiner Wegbeschreibung erwähnt hatte. Als er bei der Durchfahrt eine Bäckerei bemerkte, die trotz der frühen Morgenstunde bereits geöffnet hatte, hielt er an und besorgte eine große Menge verschiedener, noch heißer und lecker duftender Brötchen. Er war über den zu zahlenden extrem niedrigen Preis angenehm überrascht. Hier konnte man offensichtlich gut leben, zumal ihm auch die Landschaft ausnehmend gut gefiel. Fröhlich pfeifend klemmte er sich wieder hinter das Steuer seines Kleinwagens und machte sich auf das letzte kurze Wegstück. Hinter dem kleinen Wald sollte es sein, hatte Georg gesagt. Doch als Jürgen die letzten Bäume hinter sich gelassen hatte, war von einem Wohnhaus nichts zu sehen. Nur eine verbrannte Ruine stand dort. Also weiter. Vermutlich war der nächste Wald dort hinten gemeint gewesen. Doch dieser Wald war für die Beschreibung eigentlich zu groß, und hinter ihm war auch weit und breit kein Haus oder Dorf zu sehen. Irgendwie mußte er sich wohl verfahren haben. Jürgen wendete das Fahrzeug und fuhr langsam zurück. Linkerhand schob sich wieder die Brandruine in das Blickfeld und der Geruch kalten Rauches drang durch das geöffnete Seitenfenster. Jürgen zuckte zusammen, eisige Furcht umklammerte sein Herz, womöglich hatte er sich gar nicht verfahren! Er bremste abrupt sprang aus dem Auto und rannte zu der noch intakten Gartenpforte. Ein Blick auf den daneben angebrachten Briefkasten brachte die furchtbare Gewißheit: 'Meinholt'! Jürgen wich das Blut aus dem Gesicht, und er mußte sich am Zaun festhalten. Was war hier passiert? Hatten Fiona, Sonja und seine anderen Freunde sich retten können? Das mußte er schnellstens in Erfahrung bringen. Er warf sich in seinen Wagen und raste zum Dorf, wo er die Brötchen gekauft hatte, zurück. Erneut suchte er die Bäckerei auf.

"Guten ... , ah, sie schon wieder! Haben sie etwas vergessen?"

"Nein, aber ich wollte etwas fragen. Ich war auf dem Weg zu den Meinholts, doch das Haus ist nur noch eine Brandruine! Können sie mir sagen, was sich dort ereignet hat und wo die Bewohner sind?"

"Genau kann ich ihnen das leider nicht sagen, junger Mann, aber der Heinrich, unser Schlachter, hatte letzte Nacht Feuerschein hinter dem Wald bemerkt und sofort die Feuerwehr gerufen. Ich habe mitbekommen, daß kurze Zeit später mehrere Feuerwehrwagen hier durchbrausten. Ach ja, ein Hubschrauber kam dann auch noch. Mehr weiß ich nicht. Jedenfalls hat es ziemlich lange gedauert, bis das Feuer gelöscht war. Der letzte Einsatzwagen kam erst vor zwei Stunden von dort zurück. Es ist schon richtig gemein!" Die Frau hinter dem Tresen schüttelte betrübt den Kopf. "Das waren so nette Leute, und sie waren erst einen Tag aus dem Urlaub wieder hier und dann so etwas!"

"Sie wissen nicht zufällig, ob jemand verletzt wurde, und wohin man sie gebracht haben könnte?"

"Verletzte hat es bestimmt gegeben, denn es waren gleich zwei Notarztwagen da, und es muß auch welche ganz schlimm erwischt haben, weil doch extra noch der Rettungshubschrauber kam. Aber, wohin man sie gebracht hat? Normalerweise ins Krankenhaus der Nachbarstadt. Bei schweren Verbrennungen wird man sie aber wohl in eine Spezialklinik gebracht haben."

"Dann werde ich mich mal weiter erkundigen. Vielen Dank für ihre Informationen!"

"Da fällt mir gerade ein: Wenn sie Genaueres wissen wollen, fahren sie doch zur Polizei, die waren gestern nacht auch vor Ort und können ihnen bestimmt Näheres sagen. Die nächste Wache ist im Nachbardorf, direkt an der Kreuzung."
"Gute Idee, das werde ich machen! Auf Wiedersehen!"
"Wiedersehen, und viel Erfolg!"
Bedrückt stieg Jürgen in sein Auto und fuhr mit bangem Gefühl im Herzen in das nächste Dorf. Die Wache war schnell gefunden, und Jürgen betrat das kleine Gebäude mit banger Erwartung.
"Guten Morgen!"
Der wachhabende Beamte blickte auf: "Guten Morgen! Was können wir für sie tun?"
"Nun, ich wollte die Familie Meinholt im Nachbardorf besuchen und mußte feststellen, daß ihr Haus abgebrannt ist. Jetzt wollte ich mich erkundigen, ob sie mir sagen können, was mit den Menschen passiert ist, und wo ich sie finden kann."
Der Beamte warf seinem Kollegen am anderen Schreibtisch einen schnellen Blick zu, dann erhob er sich und kam zu Jürgen an den hölzernen Raumteiler.
"So, sie möchten also wissen, wo sie sind! Das können wir ihnen leider nicht so einfach mitteilen!"
"Und warum nicht, wenn ich fragen darf?" wollte Jürgen leicht verstimmt wissen.
"Ganz einfach: Wir wissen, daß es sich um ein Verbrechen handelt und der oder die Täter noch auf freiem Fuß sind. Da müssen sie Verständnis haben, daß wir derlei Informationen nicht herausgeben können."
"Verdammt!" ärgerte sich Jürgen, "und wie soll ich sie dann finden? Vielen Dank jedenfalls für ihre unschätzbare Hilfe! Auf Wiedersehen!"
"Halt, halt, nicht so schnell!" hielt ihn der Beamte zurück, "ich muß sie auffordern, sich auszuweisen. Außerdem möchte ich von ihnen wissen, wo sie sich die letzte Nacht zwischen elf und ein Uhr nachts aufgehalten haben?"

Jürgen sah den Polizisten erschrocken an. "Was soll das denn? Sie verdächtigen doch nicht etwa mich?!" fragte er ungläubig.
"Das wird sich noch herausstellen. Also bitte ihren Ausweis!"
Zornig holte Jürgen das Dokument aus seiner Jackentasche und warf es auf die Tischplatte.
"Und nun Herr ... Hunger, erzählen sie mir bitte, was sie in der vergangenen Nacht gemacht haben!"
Widerwillig folgte Jürgen der Anordnung.
"So, sie waren also die ganze Nacht unterwegs! Wir werden das überprüfen. Sie können vorläufig gehen; ihren Ausweis behalten wir hier, bis wir, was ihre Person betrifft, sicher sind. Sie sollten solange den Ort hier nicht verlassen!"
"Na super! Und wo soll ich mich bitteschön die ganze Zeit aufhalten?!"
"Das ist ihre Sache. Sobald sie eine Bleibe gefunden haben, informieren sie uns, wo wir sie erreichen können!"
Wortlos verließ Jürgen die Wache. Den Besuch hätte er sich besser sparen sollen! Jetzt wußte er nicht nur genauso wenig wie zuvor, sondern war auch noch in seiner Bewegungsfreiheit stark eingeschränkt. Wenn er wenigstens wüßte, wie es Fiona ging! Die Arme hatte aber auch nur Pech: Erst zu Hause die Geschichte mit Moro und dann auch noch das Feuer, kaum, daß sie hier war. Was sollte er nur machen? Unentschlossen schlenderte er durch das kleine, recht hübsche Dorf. Aber so sehr er auch darauf achtete, eine Pension oder dergleichen fand er nicht. Ein etwa sechs- oder siebenjähriges Mädchen kam ihm auf einem Fahrrad entgegen.
"Hallo, du da!" rief Jürgen die Kleine an.
Das Mädchen bremste, blieb in sicherer Entfernung zu ihm stehen und sah ihn kritisch abwartend an.
"Sag mal, kannst du mir vielleicht sagen, wo ich hier ein Zimmer für ein oder zwei Tage bekommen kann?"
"Nein, das kann ich ihnen nicht sagen. Aber mein Papa weiß das wohl. Wir wohnen dahinten in dem

Fachwerkhaus." Sie zeigte auf ein schmuckes kleines Haus mit großem Garten.

"Gut, danke, dann frage ich dort einmal."

Das Kind stieg wieder auf und war schnell um die Straßenecke verschwunden. Jürgen ging auf das Haus zu und klingelte nach kurzem Zögern. Eine freundlich aussehende jüngere Frau öffnete.

"Ja bitte?"

"Guten Tag! Ich habe nur eine Frage. Ich sitze auf nicht ganz absehbare Zeit hier fest und brauche ein Zimmer. Können sie mir bitte sagen, ob und wo ich eines bekommen kann?"

Lila, die wenige Minuten zuvor aufgewacht war, richtete sich überrascht auf. Diese Stimme kannte sie doch! Hastig sprang sie aus dem Bett und flog so dicht heran, daß sie beobachten konnte, ohne selbst gesehen zu werden.

"Ein Zimmer? Hm", Martha überlegte, "es gibt nur eine richtige Pension in diesem Kaff, aber die hat gerade Betriebsferien. Sonst ... "

Lila klatschte in die Hände. Sie hatte richtig gehört: Es war Jürgen, Fionas Freund! Sofort flog sie zur Tür.

"Jürgen, hallo!"

Jürgen zuckte überrascht zurück. "Lila! Huch, dich hätte ich hier, glaube ich, am allerwenigsten erwartet!"

"Ihr kennt euch?" staunte Martha, "woher das denn? Ach bitte, kommen sie doch herein, alle Freunde Lilas sind auch uns willkommen!"

Jürgen konnte es noch gar nicht recht fassen. Wenn das kein Glücksfall war! Im Wohnzimmer saß auch Bernhard und trank noch an seinem Frühstückskaffee. Nach der gegenseitigen Begrüßung stellte Jürgen die Frage, die ihm am meisten unter den Nägeln brannte: "Lila, weißt du wo Fiona und die anderen sind und wie es ihnen geht? Leben sie noch?!"

"Sie leben! Fiona und Sonja haben bei dem Feuer auch am wenigsten abbekommen. Ganz schlimm verletzt ist nur Kathys Vater. Moro und seine Mörder hatten eine Bombe in seinem Auto versteckt, und er wurde bei der

Explosion schwer verletzt! Wo man sie alle hingebracht hat, weiß ich aber auch nicht."
Martha und Bernhard schauten die beiden verständnislos und fragend an.
"Kann mir mal einer erklären, worum es hier geht, und was überhaupt los ist?" bat Bernhard.
Lila kam seiner Bitte nach und erzählte nun ihre ganze Geschichte, zu der sie am Vorabend ja nicht mehr gekommen war. Ab und zu ergänzte Jürgen den einen oder anderen Punkt in den Passagen, die er selbst miterlebt hatte.
"Donnerwetter, Lila, du scheinst derart gefährliche Geschichten ja anzuziehen wie ein Magnet!" rief Bernhard aus, als sie ihren Bericht beendet hatte.
"Und was sie betrifft, Herr Hunger, werde ich mich selbstverständlich gleich darum bemühen, die Mißverständnisse mit der Polizei auszuräumen und herauszubekommen, wie und wo sie Fiona und die anderen wiedersehen können. Kommen sie doch einfach mit, wir machen das am besten sofort, damit sie nicht weiter in Ungewißheit schmoren müssen."
Mit Bernhards Unterstützung war es ein Kleines, die Polizisten von Jürgens Integrität zu überzeugen, denn in diesem kleinen Ort kannte natürlich jeder jeden, und Bernhard war eine der herausragenden Persönlichkeiten und zudem wegen seiner Umgänglichkeit allseits beliebt. Jürgen bekam sofort seinen Ausweis ausgehändigt, und erhielt die Information, in welchen Krankenhäusern die Brandopfer lagen.
"Haben sie etwas dagegen, wenn ich sie jetzt sofort verlasse?" fragte Jürgen, als er mit Bernhard wieder auf der Straße stand, "das soll ganz gewiß keine Mißachtung ihrer Gastfreundschaft sein, aber ... "
"Das brauchen sie mir gar nicht zu erklären!" wehrte Bernhard ab, "nach den von ihnen und Lila beschriebenen Ereignissen hätte es mich sehr gewundert, wenn sie anders handelten! Ach ja, noch eines: Wie ich aus dem, was sie erzählt haben, entnommen habe, fehlt jetzt eine Unterkunft zumindest

für ihre Freundin und deren Kind. Ich kenne zwei nette Damen im Nachbarort, bei welchen sie sicherlich vorläufig eine gute Bleibe finden. Also, sobald sie aus dem Krankenhaus heraus dürfen und sie nicht wissen, wohin, melden sie sich einfach bei uns."
"Danke, Herr Hesius! Wenn alles wieder in Ordnung gekommen ist, werde ich mich an sie wenden." Damit verabschiedete sich Jürgen und lief zu seinem Auto, um sich auf den Weg zu der Person zu machen, die ihm inzwischen am meisten in seinem Leben bedeutete. Er beeilte sich sehr, denn zu seiner Sehnsucht nach Fiona und Sonja kam noch eine Unruhe und Angst, die von einer Information seitens des einen Polizisten herrührte. Dieser hatte nämlich berichtet, wie wichtig Kathrins Hinweis auf die Gefährdung von Garmins Familie war, denn kaum waren die Einsatzkräfte vor Ort gewesen, die die Dähnes schützen sollten, waren auch Moro und seine Leute dort eingetroffen. Leider war es den Männern des Sondereinsatzkommandos nach einem Schußwechsel lediglich gelungen, zwei der insgesamt sechs Verbrecher festzunehmen. Den übrigen, unter ihnen auch Moro und Cassandra, war es gelungen, zu entkommen. Jürgen hoffte, daß es ihnen nicht gelang, herauszubekommen, wo ihre Opfer untergebracht waren. Allerdings hatte man seitens der Polizei versichert, daß die Krankenzimmer streng bewacht wurden. Als Jürgen dort ankam, wurde er auch nach Vorlage seines Ausweises sogleich zu Fiona vorgelassen, denn die Polizisten waren von ihren Kollegen vorab von seinem Besuch informiert worden. Die Wiedersehensfreude war auf beiden Seiten riesig, und Jürgens Erleichterung kannte keine Grenzen, als er erfuhr, daß Sonja und Fiona das Krankenhaus jederzeit verlassen durften, da sie kaum Rauch eingeatmet hatten, während die übrigen mit einem Aufenthalt bis zu drei Wochen rechnen mußten. Georg, der, wie Jürgen erfuhr, unterdessen ebenfalls außer Lebensgefahr war, würde vermutlich noch erheblich länger das Bett hüten müssen. Das einzige, was Jürgens Zuversicht und Freude etwas trübte, war

Fionas Gemütszustand, der, nach all diesen, gegen sie gerichteten, grausamen Attacken, gelinde gesagt miserabel war. Was sie dringend brauchte, war Sicherheit und Geborgenheit auf lange Sicht. Da wäre zum einen hilfreich, wenn Moro endlich gefaßt würde, zum anderen ... ?
"Fiona, ich möchte dich etwas fragen!" Jürgen hatte seinen Arm um sie gelegt während sich Sonja auf dem Boden mit vom Krankenhaus zur Verfügung gestelltem Spielzeug beschäftigte.
"Ja?"
"Hm, ich weiß nicht so recht, wie ich es sagen soll. Nun, ich kann euch vorläufig keine materielle Sicherheit bieten, weil ich noch nicht fertig studiert habe, aber trotzdem möchte ich dich fragen, ..., möchte ich wissen, ..., na ja, ich will dich fragen, ob du meine Frau werden willst?!"
Fiona blickte ihn zuerst überrascht an, dann begann ihr Gesicht zu strahlen, wie die aufgehende Sonne. Sie war so überwältigt vor Freude, daß sie kein Wort herausbekam, aber das war auch überhaupt nicht nötig, denn ihre glücklichen Augen und ihre feste, innige Umarmung sagten alles!

17

Lila hatte sich von Martha, Bernhard und Anna verabschiedet, denn nun wollte sie nicht mehr länger warten, die anderen Elfen, besonders ihre Mutter und ihre Cousine Camilla wiederzusehen. Voller Vorfreude übermütig gewagte Flugmanöver vollführend, näherte sie sich dem Rand des Sumpfes. Eben wollte sie abschwenken, um an dessen Rand entlangzufliegen, als sie zwischen den Büschen ein Blitzen wahrnahm. neugierig, wie sie war, konnte sie es nicht lassen, der Sache auf den Grund zu gehen. Die Ursache der Lichtreflektion war schnell ausgemacht: Zwischen den Büschen stand der nur mangelhaft getarnte schwarze Lieferwagen, den Moro benutzt hatte. Dessen Heckscheibe hatte das Licht der Sonne gespiegelt. Lila schwante nichts Gutes; das hieße nämlich, daß dies üble Gesindel sich vermutlich in dem Naturschutzgebiet verstecken wollte. Eine flüchtige Untersuchung der Umgebung bestätigte diese Vermutung, denn Lila fand die Fußspuren der vier, die genau in die erwartete Richtung liefen. Sie beschloß, sich zu beeilen, daß nicht durch irgendeinen unglücklichen Umstand die Verbrecher noch die Elfen überraschten und ihnen, in welcher Form auch immer, Schaden zufügten. Es fiel ihr nicht schwer, die Menschen einzuholen, da diese keinen geraden Weg einhalten konnten, sondern immer wieder Ausläufern des Sumpfes ausweichen oder sich durch dichtes Gesträuch kämpfen mußten. Lila machte einen großen Bogen um sie, damit sie nicht bemerkt wurde, denn sie wollte kein unnötiges Risiko eingehen, wußte sie doch, daß vermutlich alle, zumindest aber die Männer, über Schußwaffen verfügten. Sie rechnete sich aus, daß sie etwa einen Tag Vorsprung hätte, wenn die Verbrecher des Nachts nicht weitergingen. Zeit genug, um über eventuelle Maßnahmen nachzudenken. Abgesehen davon war ja auch gar nicht sicher, daß sich Moro und Konsorten überhaupt in Richtung des Kartals wenden würden. Während des ganzen Fluges überlegte Lila hin und her, was sie überhaupt gegen vier erwachsene Menschen unternehmen konnte. Jetzt wäre Hilfe seitens der Magierin Meliolantha nicht zu verachten, aber die Zeit reichte nicht, schnell genug dorthin zu kommen. Am späten Nachmittag näherte sie sich ihrem Heimatdorf am Biberteich. Ihr Herz schlug heftig vor Aufregung, endlich wieder hier zu sein. Kurz bevor sie die ersten Baumhäuser erreicht hatte, kam eine bestens vertraute Person seitlich vom Bach herangeflogen: Camilla. Diese schaute scheinbar gedankenverloren nur kurz zu Lila herüber, um sich sofort wieder abzuwenden. Doch dann riß sie ihren Kopf in plötzlichem Erkennen herum, ohne jedoch sofort abzustoppen. Das sollte sich rächen, denn sie prallte gegen den nächsten Baum und plumpste unsanft auf ihren Po. Lila jagte zu ihr hinunter: "Milla! Hast du dir wehgetan?"

Camilla starrte ihr ins Gesicht als sähe sie Gespenster. "Lila? Lila? ... Lilaaaa!" Sie fuhr vom Boden hoch und drückte die Totgeglaubte derart fest an sich, daß Lila fast die Luft wegblieb.

"Mamaaa, Saraaaa! Lila ist wieder da!" schrie Camilla so laut, daß Lila sich genötigt sah, ihre Ohren zuzuhalten. Innerhalb weniger Sekunden herrschte ein unglaublicher Trubel und völliges Durcheinander um sie herum, als die Elfen nahezu ausnahmslos zusammen- strömten. Sara hatte größte Mühe, sich überhaupt zu ihrem Kind durchkämpfen zu können. Hatte sie richtig gehört? Lila sollte wieder da sein? Ihr Herz schlug zum Zerspringen. Wenn es doch nur wahr wäre. Energisch stieß sie die vor ihr befindlichen Elfen beiseite, dann standen sie sich gegenüber. Die folgende Szene kann man sich unschwer ausmalen.

"Lila, du mußt uns erzählen, was passiert ist!" wurden Forderungen laut.

"Nichts da!" entschied ihre Mutter, "Lila kommt jetzt nach Haus, eure Neugier kann sie später immer noch befriedigen!" Damit nahm sie Lila an der Hand und bugsierte sie durch das Gedränge zu ihrem Baumhaus. Nur Camilla und deren Mutter Killy durften mit, da sie schließlich im selben Haus wohnten. Sara fühlte sich,

als sei sie in einem Traum gefangen; zu unerwartet kam die Rückkehr Lilas. Fast eine volle Stunde ließ sie Lila nicht aus ihren Armen, während diese in irrem Tempo ihre Erlebnisse zum Besten gab. Als sie geendet hatte, mußte Sara zugeben, daß sie mit ihren Gedanken so weit weggewesen war, daß sie kaum etwas bewußt mitbekommen hatte. Bereitwillig wiederholte Lila den größten Teil noch einmal.
"Paßt mal auf", sagte Killy schließlich, "ich sehe schon, daß Lila hier heute nicht mehr wegkommt. Da es aber wichtig ist, daß alle Bescheid wissen, allein schon wegen dieser vier Mörder, fliege ich rasch zu Histran hinüber und teile ihm das Nötigste mit. Er als unser Oberhaupt wird dann schon die geeigneten Maßnahmen in die Wege leiten.
"Danke, Schwester!" sagte Sara, "wenn es nach mir ginge, ließe ich Lila nie wieder fort!"
Lila sah entsetzt auf, aber Sara lächelte und zwinkerte ihr zu. Lila atmete erleichtert aus, sie hatte das doch tatsächlich ernst genommen! Das hätte schließlich noch gefehlt, wollte sie doch auch ihre neuen Freunde unter den Menschen baldmöglichst wiedersehen und auch Camilla mitnehmen. Aber das jetzt anzusprechen, wäre wohl etwas verfrüht. Als sie und Camilla später in ihrem gemütlichen Zimmerchen in den Betten lagen, beschrieb sie viele Details noch genauer, bis ihre Cousine schließlich zufrieden war.
"Du, Lila?"
"Mmh?"
"Ich hab' 'ne Idee!"
"Und, da wäre?"
"Du hast doch erzählt, das diese miesen Typen hinter dir her sind, wie die Fliegen hinter der Sch... ?!"
"Na klar, ich glaube, Moro und auch diese widerliche Kröte Cassandra würden alles tun, um mich in die Finger zu kriegen!"
"Genau, und das sollten wir uns zunutze machen!"
"Wie meinst du das, Milla?"
"Ganz einfach, Lil, du zeigst dich ihnen ab und zu, natürlich immer so weit weg, daß sie dir nicht wirklich

etwas tun können, und gibst dir den Anschein, als versuchtest du zu fliehen."
"O.k. und dann?"
"So lockst du sie hinter dir her zu einer Falle."
"Was denn für eine Falle? Wir sind doch viel zu klein, um eine Falle zu bauen, in der man einen Menschen fangen kann! Ganz abgesehen davon, daß die Zeit auch gar nicht reichen dürfte, um so etwas fertigzustellen."
"Das stimmt schon, Lil, aber an so etwas habe ich auch nicht gedacht. Wir müssen eine Falle benutzen, die schon existiert."
"Und an was hast du da gedacht? Willst du sie in die Labyrinthhöhlen führen, damit sie sich verlaufen?"
"Nee! Ich glaube auch kaum, daß sie da hineingehen würden. Ich habe mehr an die Treibsandfelder gedacht."
"Wow, das ist 'ne gute Idee!"
"Klar, kommt ja auch von mir!"
"Poh, hier stinkt's aber gewaltig nach Eigenlob!"
"War doch nur'n Scherz! Aber zurück zu der Falle. Wenn sie nah genug dran sind, könnte es nämlich kritisch werden, weil du dann so dicht vor ihnen bleiben mußt, daß sie glauben, dich im nächsten Augenblick zu kriegen, damit sie im entscheidenden Moment nicht auf den Untergrund achten. Traust du dich das?"
"Doch, natürlich! Ich werde so tun, als sei mein Flügel verletzt, und ich könne nicht mehr so recht fortkommen. Dann denken sie, sie haben mich sicher und kommen hoffentlich nicht auf die Idee, nach mir zu schießen!"
"Aber denk dran, deiner Mama nichts davon zu erzählen, sonst bekommt die 'n Herzinfarkt!"
"Ich bin doch nicht blöde!"
"Gut, wir sagen dann einfach, daß wir die nur beobachten wollen, denn ganz ohne 'was zu sagen, können wir auch nicht losfliegen, sonst kriegen die auch eine Nervenkrise."
"Genauso machen wir es! Gute Nacht, Milla, bis morgen!"
"Gute Nacht, Lil !"

Beide Mädchen hatten erhebliche Schwierigkeiten einzuschlafen, einerseits wegen der bevorstehenden Jagd, andererseits wegen der zurückliegenden Ereignisse. Die beiden waren aber nicht die einzigen, denen es so ging. Auch Sara war so aufgeregt, daß sie mehr als ein dutzendmal in der Nacht aufstand, um in das Zimmer der Kinder zu gucken, ob Lila denn auch wirklich und wahrhaftig da war und es nicht nur ein schöner Traum gewesen war. Trotz oder gerade wegen der unruhigen Nacht waren die Mädchen schon frühmorgens wach und liefen in das untere Stockwerk des Baumhauses zur Küche. Dort saß auch schon Sara mit übernächtigtem, aber glücklichem Gesicht am Tisch und trank Tee. Die einzige, die noch schlief, war Camillas Mutter Killy.

"Mama, hast du 'was dagegen, wenn wir nachher mal vorsichtig gucken, bis wo Moro und seine Begleiter gekommen sind?"

Lilas Mutter wurde noch etwas blasser, als sie ohnehin schon war. "Müßt ihr euch denn unbedingt schon wieder in Gefahr begeben, kaum, daß ich dich wiederhabe, Lila?!"

"Ach, Mama, wir machen doch nichts Gefährliches! Wir gucken ja nur von ganz weitem!"

Sara seufzte. "Nach allen Erfahrungen, die du gemacht hast, Lila, hoffe ich, daß du wirklich vorsichtig bist! Und ihr bleibt nicht lange, wenn ihr nicht wollt, daß ich vor lauter Angst eingehe!"

"Natürlich, Mama, darauf kannst du dich verlassen!"

Nachdem sich die zwei ausgiebig mit Brötchen vollgestopft hatten, flogen sie in Richtung des vermuteten Lagerplatzes.

"Wart mal, Milla! Wir sollten uns vorher lieber noch die Treibsandfelder ansehen, damit wir wissen, an welcher Stelle wir Moro hineinlocken müssen, damit sie auch sofort so tief einsacken, daß sie nicht wieder herauskommen."

Die beiden Elfen wußten genug über dieses Naturphänomen, daß sie beurteilen konnten, welche Stellen sich besonders gut eigneten. Als sie die

trügerisch harmlos aussehenden Sandflächen vor sich hatten, dauerte es nicht lange, bis sie eine Fläche ausgeguckt hatten, die sofort am Rand schon genügend Tiefe versprach, um einen Menschen verschlingen zu können. "Ich werde sie von dort drüben heranführen", verkündete Lila, "dann sehen sie den Sand wegen der Büsche erst im letzten Moment. Und von dort sieht er auch ganz besonders ungefährlich aus."
"Gut, und ich halte mich seitlich, so daß ich sie beobachten und dich warnen kann, sollte einer von ihnen seine Waffe ziehen. Ich ahme dann den Ruf einer Unke nach, o.k.?"
"O.k.! Dann laß uns sie jetzt holen!"
Es dauerte nicht lange, da hatten sie die Gesuchten gefunden. Sie waren schon lange, bevor die Mädchen sie sehen konnten, zu hören, denn offensichtlich war ein Streit - vermutlich hinsichtlich des weiteren Weges - ausgebrochen. Lila und Camilla arbeiteten sich im Schutz der dichten Büsche soweit heran, daß sie die vier auch sehen konnten. Moro redete gerade heftig gestikulierend auf einen der Männer ein, in dem Lila denjenigen erkannte, der zu Beginn ihrer Gefangenschaft Zeman erschossen hatte. Dann deutete der 'Graf' in nördliche Richtung, während der Diener widersprach und nach Osten wies.
"Ich glaube, es wird Zeit, daß du dich zeigst, Lil. Wenn die sich ersteinmal getrennt haben sollten, bedeutet das doppelte Arbeit für uns!"
Ganz wohl war Lila nicht in ihrer Haut, als sie sich den Streitenden näherte, doch sie überwand die Angst und stieß nun einen ängstlich wirkenden Überraschungslaut aus, der auch tatsächlich sofort die Aufmerksamkeit der drei Männer und Cassandras vom Streit weg auf sich lenkte. Moro stieß einen wütenden Schrei aus, und der zweite Diener sprang derart schnell auf Lila zu, daß sie fast zu langsam reagierte; so gerade eben gelang es ihr noch, den zuschnappenden Händen zu entgehen und ein bißchen Abstand zu gewinnen. Auf jeden Fall zeigte sich, daß ihre Sorge, ob die Verbrecher ihr überhaupt folgen würden, absolut unbegründet gewesen war. Die

vier jagten derart verbissen hinter ihr her, daß Lila zuversichtlich war, sie in die Falle locken zu können. Um sie zu überzeugen, daß es nicht vonnöten war, die Waffen einzusetzen, tat Lila so, als versuche sie vergeblich Höhe zu gewinnen. Immer wieder ließ sie sich in für die Menschen erreichbare Regionen herabsacken und gab vor, einer ihrer Flügel sei nicht intakt. Jedesmal, wenn sie dadurch ihren Jägern näherkam, verdoppelten diese ihre Anstrengungen. Als Lila sich wieder einmal nach ihnen umsah und dabei zufällig Moro in die Augen blickte, schlug ihr daraus ein derartiger Haß entgegen, daß sie ganz automatisch ihren Vorsprung vergrößerte. Bloß nicht in deren Hände fallen, die Rache Moros wäre mit Sicherheit unvorstellbar grausam! Gleich war die kritische Stelle erreicht. Lila sah wieder hinter sich und mußte zu ihrem Schrecken feststellen, daß die Verfolger drauf und dran waren die Hatz aufzugeben. Sie hatte in ihrer Angst den Abstand zu groß werden lassen und das ausgerechnet jetzt, wo es darauf ankam! Sie stieß einen gequälten Schrei aus und simulierte einen Krampf. Wie elektrisiert reagierten die ermüdeten Verfolger und sprangen auf sie zu. Genau darauf hatte Lila gewartet und surrte nun Erschöpfung vorgaukelnd über die letzte Buschreihe hinweg. Wie wilde Tiere brachen die drei Männer hinter ihr durch das Geäst, während Cassandra nicht ganz mithalten konnte. Lila beschleunigte ein wenig, und Moro wie auch seine beiden Diener jagten in weiten Sätzen direkt in das von Lila und Camilla auserkorene Treibsandfeld hinein. Jetzt erst bemerkten die Überlisteten, in was sie da geraten waren, und ihre Wut- und Angstschreie gellten durch die Natur. Binnen weniger Sekunden waren sie bis zu den Hüften eingesunken, und ein Befreien aus eigener Kraft war schon nicht mehr möglich. Einzig Cassandra, die mit Abstand hinter den Männern hergelaufen war, steckte nur bis zu den Knien in dem tückischen Sand, da sie bei den entsetzten Rufen wenigstens noch ein wenig hatte abbremsen können. Moro Augen quollen vor Zorn und Furcht aus ihren Höhlen, während er panisch mit den

Armen ruderte. Doch das beschleunigte sein Versinken nur noch. Der Kopf des ersten Dieners verschwand bereits mit einem gurgelnden Aufschrei in den tödlichen, feinen Körnern. Inzwischen hatte sich Camilla zu Lila gesellt, und die beiden Elfen betrachteten den Todeskampf dieser Bestien in Menschengestalt mit Genugtuung. Moro griff jetzt nach dem anderen Diener, um sich an ihm festzuklammern. Dieser wehrte sich, da er durch Moros Druck noch schneller sackte. Keiner der beiden konnte jedoch noch irgendeinen Vorteil daraus ziehen; beide verschwanden nahezu gleichzeitig unter der Oberfläche, die nur Augenblicke später wieder glatt und unschuldig in der Sonne glänzte.
"Dafür werdet ihr bezahlen!" erklang unerwartet die keifende Stimme Cassandras. Die Mädchen fuhren zusammen. Sie hatten sich so auf die Männer konzentriert, daß es ihnen entgangen war, daß sich Cassandra aus ihrer lebensbedrohlichen Situation hatte befreien können. Die Frau richtete just eine Pistole auf Lila. Hätte sie sich beherrscht und nichts gesagt, wäre Lilas letztes Stündlein gekommen gewesen; so aber konnten beide im buchstäblich allerletzten Moment dem nun folgenden Schuß ausweichen und sich zwischen den Blättern verbergen. Noch dreimal schoß Cassandra 'blind' in das Gesträuch, traf aber keine von ihnen, obwohl zwei der Geschosse beängstigend dicht neben ihnen durch die Büsche fetzten.
"Ich kriege euch noch!" heulte Cassandra, "und wenn ich mein ganzes Leben dafür brauche!"
Beunruhigt sahen sich Lila und Camilla an: So war das nicht geplant gewesen! Es mußte ihnen irgendetwas Wirkungsvolles einfallen, auch diese Bedrohung ein für allemal aus der Welt zu schaffen. Doch vorerst war nicht daran zu denken, Cassandra in irgendeiner Art und Weise zu überlisten, denn nach dieser Sandfalle würde sie doppelt vorsichtig sein. "Laß uns nach Hause fliegen", wisperte Lila, "sonst macht Mama sich zu dolle Sorgen. Wir können die anderen ja fragen, ob ihnen etwas bezüglich Cassandra einfällt. Daß die Männer im Sand versunken sind, können wir ruhig erzählen. Wir

müssen ja nicht dazusagen, daß wir sie hineingelockt haben, sonst bekommen wir noch nachträglich Ärger!"
Camilla nickte zustimmend, und die zwei machten sich leisestmöglich davon. Während sie auf ihr Dorf zuflogen, äußerte Lila ihre Bedenken: "Was ist, wenn wir die miese Alte nicht wiederfinden? Dann müßten wir in Zukunft in steter Angst leben, daß sie uns irgendwann doch einmal findet und sich rächt!"
"Och, wenn wir die anderen Elfen einweihen und wir sie gleich heut nachmittag oder morgen mit ganz vielen suchen, finden wir sie mit Sicherheit, denn so schnell kommt die ja auch nicht vom Fleck!"
"Na ja, finden allein reicht leider nicht. Hoffentlich fällt uns noch was ein, wie wir sie ausschalten können."
Als sie zu Hause ankamen, stand Sara die Erleichterung ins Gesicht geschrieben. "Und, habt ihr sie gefunden?"
"Ja, Mama, haben wir." Jetzt berichtete Lila ihrer Mutter und der hinzugekommenen Killy, wie die drei üblen Männer ihr Leben verloren hatten. Über ihre Rolle dabei schwieg sie sich jedoch geflissentlich aus.
"So, dann bleibt als einzige Bedrohung jene Cassandra", stellte Killy fest, "ich glaube, für die wüßte ich auch schon etwas, das ihrem fabelhaften Charakter gerecht wird."
"Wirklich? Das wäre ja super, Tante! Was ist es denn?"
"Es ist etwas, dessen wegen ich sogar schon Histran aufgesucht habe, da es auch für uns Elfen eine Bedrohung darstellt. Und zwar habe ich vorgestern entdeckt, daß sich aus den restlichen versprengten Reißzahnteufeln, die dem Feuer, welches Beate mit eurer Hilfe damals legte, entkommen sind, eine neue kleine Population gebildet hat. Histran hat schon beschlossen, Bernhard in dieser Sache um Hilfe zu bitten, aber vorher können diese kleinen Biester ja auch uns mal einen Dienst erweisen, denke ich!"
"Hey, Mama, du hast ja noch fiesere Ideen als wir!" rutschte es Camilla heraus. Lila guckte Camilla erschrocken an; hoffentlich hatten ihre Mütter nichts bemerkt! Doch Sara war schon hellhörig geworden: "Noch fiesere Ideen? Wie darf ich das denn verstehen?

Sind Moro und seine Männer vielleicht doch nicht so ganz zufällig in den Treibsand geraten?"

Die beiden Mädchen drucksten ein bißchen herum. "Ein ganz klein wenig haben wir schon nachgeholfen", gestand Lila schließlich, "aber wir haben nichts Gefährliches gemacht!"

"Jedenfalls nicht für uns gefährlich!" murmelte Camilla.

"Ich will jetzt auch gar nicht schimpfen, immerhin seid ihr ja heil zurückgekehrt. Aber wenn diese rachsüchtige Frau zu den Reißzahnteufeln geführt werden soll, macht ihr das jedenfalls nicht alleine, klar?"

"Schon klar, aber, egal wer da mitmacht, muß sich darüber klar sein, daß Cassandra nicht versuchen wird, uns zu fangen, sondern nur noch darauf aus ist, uns beziehungsweise Lila umzubringen und demzufolge schon aus größerer Entfernung schießen könnte!" warnte Camilla.

"Was meint ihr, Kinder, wollen wir das nicht lieber gleich jetzt angehen, ehe wir Gefahr laufen, die Frau aus dem Blick zu verlieren?"

"Von mir aus", stimmte Camilla zu, "ich bin dabei!"

"Ich natürlich auch!" beeilte sich Lila zu sagen, "und was ist mit dir, Mama?"

"Ich komme natürlich auch mit."

"Dann los!" bestimmte Killy, "zuerst müßt ihr uns zu Cassandra führen, dann lassen wir uns ab und an sehen und wollen hoffen, daß sie uns folgt."

"Wo hast du denn eigentlich diese entsetzlichen Viecher gefunden?" wollte Lila wissen.

"Die Reißzahnteufel? Ich habe ein kleineres angefangenes Nest in der Nähe der Schlucht gefunden, die zur toten Stadt hinaufführt."

"Hm, da müssen wir Cassandra aber ein ganz schönes Stück weit hinterherlocken!" gab Sara zu bedenken, "wenn das mal gutgeht!"

Cassandra zu finden, war nicht schwierig, sie hatte sich nicht viel weiterbewegt und suchte offensichtlich die Gegend nach Spuren der Elfen ab. Als sie zwischendurch zu ihnen herüberschaute, ließ Lila sich ganz kurz sehen: So, daß sie sicher war, daß Cassandra sie bemerkt hatte, aber andererseits auch nur so kurz, daß Moros Dienerin keine Gelegenheit bekam, auf sie zu zielen oder zu schießen. Langsam entfernten sie sich in der geplanten Richtung, Cassandra nicht aus den Augen lassend. Diese biß an; sie lief hinter ihnen her, allerdings wesentlich aufmerksamer als vorher, als sie in den Treibsand gelockt worden war. Das hieß, daß sie durchaus mit einer möglichen Falle rechnete, aber sich einigermaßen sicher wähnte, diese rechtzeitig zu erkennen.

"Es ist nicht mehr weit", informierte Killy, "wir haben es bald geschafft."

Doch kurz darauf mußten sie feststellen, daß es eine unerwartete Schwachstelle in ihrem Plan gab: Ausgerechnet vor jenem Waldstück, in dem sich die kleinen Raubechsen befanden, gab es eine weitläufige freie Fläche, in welcher es praktisch keine Deckung gab. "Wie soll es denn hier weitergehen?" wollte Camilla auch prompt wissen. "Wir können durch das Waldstück ja nicht einfach hindurchfliegen, um Cassandra hinter uns herzulocken, denn dann werden wir selbst von diesen Biestern angefallen, die ja auch immer oben in den Bäumen hocken und mit Hilfe ihrer Stummelflügel so entsetzlich weit springen können. Und wenn wir vorher abschwenken, sieht sie das und wird uns folgen, anstatt dort in den Wald zu gehen."

"Wir müssen uns ganz schnell etwas einfallen lassen!" drängte Sara, "sie ist schon ziemlich nah!"

"Hier müssen wir jedenfalls weg", stellte Lila fest, "laß uns doch einfach schnell um den Wald herumfliegen, vielleicht kommt sie dann ja bei der Verfolgung dicht genug an die Bäume, um von den 'Teufeln' bemerkt zu werden." Da keiner der Elfen etwas Besseres einfiel, folgten sie Lilas Ratschlag. Es war auch höchste Zeit: Cassandra war bereits so dicht heran gewesen, daß sie nun, als die Elfen die freie Fläche passierten, einen Schuß abgab. Glücklicherweise hatte sie aus dem Laufen heraus geschossen, so daß sie schlecht zielen konnte und keinen von ihnen traf. Lila stellte fest, daß es sogar ein Glücksfall für sie werden konnte, denn sie bemerkte, daß die verirrte Kugel die kleinen Raubtiere aufgeschreckt hatte, die nun aus dem Wald in das hohe Gras hervorgerannt kamen, was allerdings nur von oben zu sehen war. Sie waren erst wenige zig Meter weitergeflogen, als der erste Schrei Cassandras ihnen verriet, daß diese mitten zwischen die ausschwärmenden Tiere gerannt war. Die Elfen stoppten ab und drehten sich um. Dort hinten trampelte Cassandra herum und vollführte einen wahren Veitstanz, um die beißwütigen Kreaturen loszuwerden. Sie feuerte die ganze verbliebene Munition auf die Angreifer ab, aber es waren viel zu viele. Ihr Geschrei steigerte sich in einem grauenhaften Crescendo, bis ihre verletzten Beine Cassandra nicht mehr trugen und sie niederstürzte, wo ihr die rasiermesserscharfen Zähne der hungrigen Tiere innerhalb kürzester Zeit den Garaus machten.

Lila und Camilla hatten sich die Ohren zugehalten und sich schaudernd weggedreht. Auch Sara und Killy war alles andere als wohl zumute, doch alles in allem war es ihrer Meinung nach keine zu schlimme Strafe, in Anbetracht des Leides, welches diese verachtenswerte Person im Laufe der Zeit anderen zugefügt hatte. Als sie nur Minuten später auf ihrem Rückweg an der Stelle vorbeikamen, wo Cassandra ihren letzten Kampf ausgefochten hatte, war ihr Leichnam schon nahezu skelettiert, und die meisten der kleinen Räuber hockten oder lagen vollgefressen und träge umher. Erleichtert, die drängendste Gefahr beseitigt zu haben, kehrten die vier Elfen in ihr friedliches Dorf am Biberteich zurück.

18

"Guten Morgen!" Die gekünstelt fröhlich klingende Stimme der Krankenschwester weckte Kathrin und Lea, die sich ein Zimmer teilten. Während Lea den Morgengruß freundlich erwiderte, reagierte Kathrin gereizt und mürrisch. Sie hatte von dem Krankenhausalltag die Nase voll. Erst im Urlaub, jetzt hier, und ein Ende stand noch nicht mit Sicherheit fest. Es war zum Haare ausraufen! Kathrin konnte sich kaum vorstellen, daß es etwas Langweiligeres geben konnte. Die einzige Abwechslung war ein Fernsehgerät, und das mußte man auch noch jedesmal stundenweise extra bezahlen. Zudem fand ihre Mutter immer nur Sendungen interessant, die, wie Kathrin fand, an Ödnis kaum noch zu überbieten waren. Das einzig Positive war bislang die Nachricht gewesen, daß ihr Vater außer Lebensgefahr war und sich auf dem Wege der Besserung befand. Widerwillig würgte Kathrin das 'leckere Frühstück', wie die Schwester es bezeichnet hatte, nämlich ein pappiges Brötchen und lauwarmen Tee herunter. Hernach kam die obligatorische Untersuchung mit anschließender Blutabnahme und Medikamentenvergabe.
"So, das hätten wir!" flötete die Oberschwester, "dann kann von mir aus der Besuch herein."
"Besuch, was für ein Besuch?" fragte Kathrin hinterher, aber die Frau war bereits aus der Tür, durch die jetzt als erster Garmin hereinstürmte. Sofort war Kathrins trübe Laune wie weggeblasen, und der folgende Kuß entschädigte für die vielen frustrierenden Stunden zuvor. So konnten die beiden ebenfalls herein-gekommenen Regina und Walter vorerst nur Lea begrüßen.
"Meine Güte, das ist ja furchtbar, was da passiert ist", sagte Regina, "wir wurden gleichzeitig mit der Warnung vor Moro davon unterrichtet, was euch widerfahren ist."
"Ja, das ist wirklich unglaublich!" bestätigte Walter erregt, "es hätte ja auch uns genausogut als erste treffen können. Und wer weiß, ob wir dann mit dem

Leben davongekommen wären. Wie steht es denn um Georg?"
"Wie die Ärzte immer so sagen: Den Umständen entsprechend gut", antwortete Lea, "zuerst war ich der Überzeugung, er könne die Explosion nicht überlebt haben, aber die Ärzte sagen jetzt sogar schon, daß er wohl keine bleibenden Schäden behalten wird."
"Und wie sieht es sonst aus? Bei euch ist ja alles verbrannt; können wir euch in irgendeiner Form helfen?"
"Hm, ich weiß noch nicht so recht, wie es weitergeht. Rein materiell ist das alles nicht so schlimm, da wir ausreichend versichert sind. Schade ist es nur um die persönlichen Dinge, Erinnerungen und so, das ist alles unwiederbringlich verloren. Und die Frage, wo wir unterkommen, bis das Haus wieder aufgebaut ist, ist auch noch ungeklärt. Das betrifft natürlich auch Fiona und Sonja. Tommy könnte bei seinem Freund wohnen, dessen Eltern sich schon bereiterklärt haben, ihn aufzunehmen ... "
"Also Kathrin kann natürlich solange zu uns kommen", bot Regina an, "natürlich nur, wenn Garmin nichts dagegen hat!" setzte sie mit einem Seitenblick auf das schmusende Pärchen lachend hinzu.
"Das ist doch toll!" freute sich Lea, "Georg und ich werden auch keine Probleme haben, wir können vermutlich zu Georgs Eltern. Fehlt nur noch eine passende Bleibe für Fiona und Sonja. Vielleicht hat der Jürgen ja eine Möglichkeit."
"Für was soll ich eine Möglichkeit haben? Entschuldigung, daß wir einfach so hereinplatzen, aber auf unser Klopfen hat keiner reagiert."
Es waren die drei, von denen eben noch die Rede gewesen war, die sich nun noch mit in das kleine Zimmer drängten.
"Wir klären gerade, wer jetzt wo bleibt, bis das Haus wieder steht", erläuterte Lea, "und waren gerade dabei, zu überlegen, wo Fiona und Sonja hinkönnten."

"Das ist kein Problem, darum brauchen sie sich nicht zu kümmern. Ich habe über Lila jemanden kennengelernt, der uns eine Unterkunft in Aussicht gestellt hat."
"Na, dann ist das Problem ja auch aus der Welt!" seufzte Lea erleichtert.
"Wir wollten uns übrigens gerade vorläufig verabschieden", ergänzte Jürgen, "denn Fiona und Sonja dürfen das Krankenhaus schon heute verlassen."
"Ihr habt's gut!" sagte Kathrin neidisch, "aber, so gut wie du heute aussiehst, Fiona, kann man sich das auch gut vorstellen."
"Mir geht es auch besonders gut!" bestätigte Fiona und sah Jürgen mit strahlenden Augen an, "willst du es ihnen nicht sagen?"
"Was sagen?" wollte Kathrin sofort wissen.
"Wir werden heiraten!" verkündete Jürgen, "und zwar sobald ihr alle aus dem Krankenhaus seid, denn ohne euch hätten wir uns nie kennengelernt, und darum möchten wir gerne, daß ihr alle dabei seid!"
"Das ist ja super!" rief Kathrin, "dann werden wir uns auch alle besonders beeilen, gesund zu werden, damit ihr nicht so lange warten müßt!"
Auch alle anderen Anwesenden teilten die Freude, und es gab ein ziemlich lautstarkes Hallo, das schnell die Oberschwester auf den Plan rief. "Was ist denn hier los?!" verlangte sie empört zu wissen, "hier ist ein Krankenzimmer und kein Partyraum!"
"Nun seien sie doch nicht so!" bat Lea um Verständnis, "das wird uns helfen, schneller gesund zu werden!"
Kurz erklärte der Oberschwester den Grund der überschäumenden Freude.
"Na, dann gratulier' ich auch schön!" sagte diese mit immer noch arg säuerlicher Miene, "aber ab jetzt etwas weniger laut, sonst muß ich die Besuchszeit für beendet erklären!"
Bevor sie die Klinik verließen, statteten sie natürlich auch noch Thomas, der mit zwei anderen Kindern im Nachbarzimmer lag, einen Besuch ab.
Nach Rücksprache mit den Ärzten, auch denen von Georg, wurde die Trauung für einen sechs Wochen

späteren Zeitpunkt geplant. Bis dahin wohnten Jürgen, Fiona und Sonja nun bei Lisbeth und Meliolantha, während auf dem Grundstück der Meinholts zwei neue Häuser entstanden. Zwei? Richtig! Georg und Lea hatten den neu Verlobten das Angebot unterbreitet, bei ihnen zu bauen, so daß für das junge Paar der Erwerb des Grundstückes fortfiel und Jürgen mit einem Bausparvertrag seiner Eltern in der Lage war, den Bau zu finanzieren. Bis sie dort einziehen konnten, würden allerdings noch einige Monate ins Land gehen.
Dann war der große Tag gekommen: Nach der feierlichen Trauungszeremonie in der Kirche, bei der Georg, der sich fast vollständig erholt hatte, und Lea als Trauzeugen fungierten, setzte sich der ganze Troß zu Bernhard in Bewegung. Dieser hatte nämlich in Abstimmung mit Martha angeboten, daß dort die Feier stattfinden sollte, weil bei ihnen dann auch die Elfen dabei sein konnten, von denen lediglich Lila, bei Kathrin verborgen, in der Kirche anwesend gewesen war.
Über Lila hatten die anderen inzwischen auch von dem Tod Moros und Cassandras erfahren, so daß keine bangen Befürchtungen mehr die Zukunft trübten. Auf diese Weise bildete die traumhafte Feier den Abschluß dieser von leidvollen Ereignissen überschattete Vergangenheit, und sie alle blickten in eine Zukunft, die Glück und Geborgenheit versprach.

Zu diesem Zeitpunkt ahnte noch niemand von ihnen von dem Unheil, dessen Schatten sich bereits unmerklich und unaufhaltsam ausbreiteten.

- ENDE -

Weitere Bücher der Lila Reihe:

Elfen? Elfen! Sie leben neben uns, ohne daß wir von ihnen wissen. Lila ist eine von ihnen. Doch ihr sorgenfreies Leben ist bedroht. Ihr Elfendorf muß einem Straßenbau weichen, und als sie während des Umzuges bei ihren Verwandten untergebracht wird, damit sie in Sicherheit ist, geraten sie und ihre Cousine in die Fänge des üblen Magiers und Wissenschaftlers Urkalan. Mit viel Mut und Geschick gelingt den beiden die Flucht, und ihnen wird Hilfe von unerwarteter Seite zuteil: Von Menschen! Doch dann überschlagen sich die Ereignisse.

184 Seiten; mit 8 farbigen Illustrationen

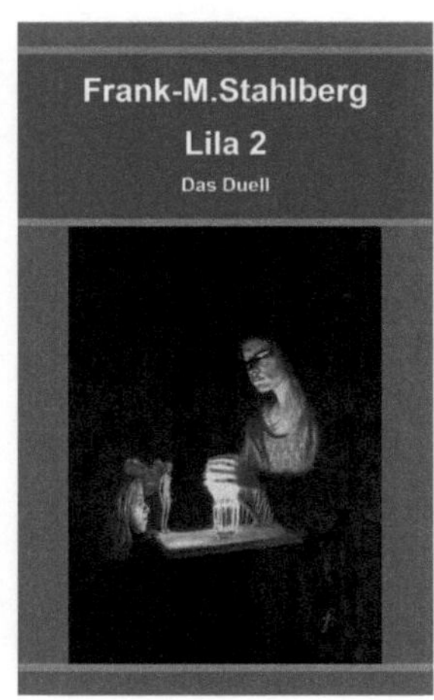

Wieder einmal bricht großes Unheil über die Elfen herein. Ein schreckliches Massaker am Ullasee versetzt sie in Angst und Schrecken. Es dauert nicht lange, da wird ihnen klar, wer für den vielfachen Tod verantwortlich ist: Urkalan! Wie können Lila und ihre Freunde es schaffen, sich vor diesem übermächtigen Feind zu schützen? Ein gleichwertiger Gegner muß her, und sie finden die Zauberin Meliolantha, die zumindest eine kleine Chance haben sollte. Doch Urkalan ist noch weit stärker als befürchtet.

196 Seiten; 8 Farb-Illustrationen

Lila und Camilla erhalten überraschenden Besuch: Eine Gumbin bittet die beiden um Beistand, denn das Gumbenvolk wird von grausamen Wesen heimgesucht, die aus den Experimenten des Magiers Urkalan hervorgingen. Lilas Einfallsreichtum ist gefragt um dieser Bedrohung Herr zu werden. Allerdings stellt sich bald heraus, dass es nur die 'Spitze des Eisberges' war und hinter den Überfällen noch jemand anderes steckt, mit dem niemand gerechnet hat.

200 Seiten; 8 Farb-Illustrationen

Eine unbekannte Krankheit, die entweder den Tod oder entsetzliche psychische Veränderungen der Betroffenen zur Folge hat, gibt den Elfen Rätsel auf und stellt sie vor schier unlösbare Probleme. Auch Lila wird mit ihren jugendlichen Freunden auf unangenehmste Art mit dieser neuen Bedrohung konfrontiert, die nicht nur alles intelligente wie auch tierische, sondern ebenso alles pflanzliche Leben bedroht und unwiederbringlich zu zerstören scheint. Kann es noch Hoffnung geben? Die Elfen versuchen alles, doch eine nach der anderen fällt der "tödlichen Königin" zum Opfer.

264 Seiten; 9 Farb-Illustrationen

Raven, von einem befreundeten Waldläufer zu einem geheimen Treffen gebeten, findet diesen tot vor. Einziger Hinweis ist ein goldener Ring mit einem Rubin, in dessen Innerem ein Abbild des Schlangengottes Kreatol zu sehen ist: Das Erkennungsmerkmal der dunklen Bruderschaft von Darrak, einer entsetzlichen Sekte, von der alle glaubten, sie sei in den großen Kriegen ausgelöscht worden. Raven zieht mit einer Truppe verwegener Krieger los, der Sache auf den Grund zu gehen. In einer anderen Gegend, in einem kleinen Dorf, wird auch Eskia, eine junge Frau von 19 Jahren, mit den Schrecken der Bruderschaft konfrontiert. Eine Horde Räuber überfällt ihr Dorf, ermordet ihre Eltern und mißbraucht auch noch ihre jüngere Schwester, welche anschließend von einem unheimlichen Wesen auf entsetzliche Art getötet wird. Außer Eskia, die alles aus einem Versteck beobachtet, überlebt niemand. Eskia schwört Rache und zieht los, kämpfen zu lernen, um dieses Vorhaben verwirklichen zu können. Die Wege und Abenteuer Ravens und Eskias, wie auch Lissas, der Prinzessin Shaks und Verlobte Ravens, die auseinander und wieder zusammenlaufen, sich kreuzen und überraschende Wendungen nehmen, bilden das Rückgrat dieses Romans. Abenteuer, Liebe, Eifersucht, Intrigen, Krieg und Tod können hautnah miterlebt werden. Ebenso die Konfrontation mit verschiedensten Wesen, unheimlichen, entsetzlichen oder einfach nur beeindruckenden.

Tauche ein in eine fremde, faszinierende Welt voller Schönheit und Schrecken!

460 Seiten

Weitere Bände der Shaktyri Triologie:

Shaktyri – Durghonds Rache
Shaktyri – Die Stunde der Keehin

Die fünfjährige Anna ist mit ihren Eltern auf dem Rückweg aus dem Urlaub. Während einer Picknickpause, bei der sich die Eltern vom Auto entfernt haben, um die schlafende Anna nicht zu wecken, erwacht diese, steigt aus und läuft hinter einem Schmetterling her. Ausgerechnet jetzt kehren die Eltern zum Auto zurück, steigen ein und setzen die Fahrt fort, ohne sofort zu merken, daß Anna nicht mehr im Auto ist. Anna sieht das Auto verschwinden und ist natürlich total verzweifelt. Sie rennt hinterher und verirrt sich dabei. Ein Frosch, der Anna weinend auf einer Wiese findet, bietet dem Mädchen seine Hilfe an. Da er jedoch nicht in der Lage ist, sie nach Hause zu bringen, sucht er einen neuen Führer für das Mädchen. So begegnet Anna auf ihrem Weg den verschiedensten Tieren, die ihr mit ihren Möglichkeiten zu helfen versuchen. Ein - trotz der ersten dramatischen Situation - heiteres Märchen, mit Witz, interessanten, wie abenteuerlichen Erlebnissen des Kindes mit den Tieren, bei welchen viele Eigenarten und Fähigkeiten jener, wie z.B. Frosch, Maulwurf, Blindschleiche, Wildschwein, Fledermaus und einigen anderen mehr, kennengelernt werden können.

52 Seiten; 23 Farb-Illustrationen